烟火里的乡愁

刘强 著

黄河出版传媒集团
阳光出版社

图书在版编目（CIP）数据

烟火里的乡愁 / 刘强著 . -- 银川 : 阳光出版社，
2025.1. -- ISBN 978-7-5525-7618-4

Ⅰ . I267

中国国家版本馆 CIP 数据核字第 2025C0F809 号

烟火里的乡愁   刘 强 著

责任编辑   郑晨阳   薛 雪
封面设计   圣立文化
责任印制   岳建宁

黄河出版传媒集团
阳 光 出 版 社   出版发行

出 版 人   薛文斌
地   址   宁夏银川市北京东路139号出版大厦（750001）
网   址   http://ssp.yrpubm.com
网上书店   http://shop129132959.taobao.com
电子信箱   yangguangchubanshe@163.com
发行电话   0951-5047283
经   销   全国新华书店
印刷装订   四川金邦印务有限公司
印刷委托书号   （宁）0031479

开   本   710 mm×1000 mm   1/16
印   张   16.75
字   数   256千字
版   次   2025年1月第1版
印   次   2025年1月第1次印刷
书   号   ISBN 978-7-5525-7618-4
定   价   76.00元

最是乡愁若酒浓

郝 良

最是人间烟火暖，最是乡愁若酒浓。

打开刘强兄送来的散文集《烟火里的乡愁》，翻阅数篇后，脑子里便蹦出来文首的两个"最"。

刘强笔下人间烟火里的乡愁，是"亲情友情"，是"一方风物"，是"田园故土"，是"乡村趣闻"，是"陈年旧事"，是"他乡逸事"。这六辑里面的内容大都与乡村有关，是作者与乡村之间的千种情、万般爱。因为散文集里面有不少作品都在《达州日报》《达州晚报》的副刊上刊发过，这些文字与我算是再度相逢。"缀文者情动而辞发，观文者披文以入情。"刘强笔下的乡愁"聚焦"渠江畔，而我在米城寨的大山上长大，但我们差不多是同一个时代的人，他所熟悉的一切，我也基本熟悉。他所经历的，我大都感同身受。所以，读《烟火里的乡愁》，亲切感油然而生，那些长眠于故土的亲人，那些年少时代的乡野生活……一一浮现在我眼前。在灯光下重读这些文字，有浓浓的暖，有浅浅的悲。这烟火里的乡愁，看似平淡凡俗，却有一种直抵内心深处的疼痛，真正是"人间烟火好闻又令人流泪"。

乡愁是中国文化的永恒主题。对于大多数国人而言，一切远离都只不过是暂别——叶落终须归根，关于乡愁的集体记忆，深深地刻入了我们的文化之中。刘强用散碎化的文字，去书写自己的乡愁，写自己的家庭，写自己渠江岸边的故乡，写自己的记忆与告别。他的文笔很质朴，没有唯美的文字描摹乡村世象，也不善于用具象的表达揭示深刻哲理，更不用说去升华文字意境——他就是一位老老实实的乡村生活的记录者，以真动人，用真实激发读者对于乡愁的集体追寻与共鸣。

在写这篇序之前，我和刘强有过这样一段对话：

"郝老师，我想出一本有关乡愁的散文集，还得拜托你来写序！"

"哈哈，你硬是盯得准人哒！你看看，你上一本《乡村匠人》是我写的序，这本书后来多火啊，获得了嘉陵江文学奖，入选四川省文学艺术界联合会2023'百佳推优'年度排行榜，又入围第十一届剑门关文学奖。你不会是想乘势而上，让你的这本散文集也火一把吧？"

"我压根就没去想其他的，我找你写序，是因为你懂我，也懂我的文字。这些文字就是真实记录我对故乡的倾诉和依恋，我年近花甲，得抓紧时间给自己的乡土生活做个总结。"

诚如作者所言，这本散文集最大的特点就是"真实"和"真情"，没有半点虚构成分，没有半分虚情假意。

我们回忆故乡时，总是喜欢打捞宁静而美好的画面，即使是苦难，也被我们荡涤为温暖。在刘强的笔下，这一点更是体现得淋漓尽致。一身正气的父亲，慈祥贤惠的母亲，乐观能干的幺姑……但是除了温暖，面对人性的复杂，作者没有回避，而是一样地真实记录，毫无矫饰。比如《大哥》一文：

也许是未读书识字的缘故，大哥的性格暴躁而古怪，平时少言寡语，做事无耐心，遇事不冷静，常常是无缘无故发脾气。有时，他连好事坏事、好话孬话都分不清，经常把别人的好心当成"驴肝肺"，得罪的人也不少，让爸妈在人前赔了很多不是，由此在全生产队又有了一个"苞谷猪"的外号。

……

有些时候，大哥的所作所为真有点"六亲不认"。记得20世纪80年代末期，我们家为修新房筹备地基石，准备在大哥承包地的山岩边开采山石，开始找他协商时，他满口应承，当两天后，家人带着石匠去开采时，他却变卦了，说今后自己家中盖房要开采这块石头，无论给什么条件都死活不同意，连父亲上门去找他，他也不给面子，把一家人气得够呛……

按常理，本来身为孤儿的大哥被作者的父母好心收养后，应该感恩不已，但他的胸无主见、口不择言和莽撞任性却让身边的亲人有苦难言。好在亲人对大哥都非常包容，只是苦命的大哥终究难逃厄运，年过七旬还在为儿孙操劳，结果在工地上意外丧生。作者在文末表达了对大哥的真实感情：

大哥，虽然你生前在为人处世方面有许多不尽如人意的地方，但毕竟我们是一口锅里舀过饭的兄弟，没有血缘，但有亲情。一种永远也割舍不了的思念将永远伴随着我。

作者笔法多为平铺直叙，土味十足，但并不妨碍其笔下的人物个性鲜明，形象鲜活。散文集里的《麻老罗》给我印象特别深。

麻老罗是生产队的壮劳力，饥荒年代，他管不住自己的手脚，不管是集体的还是私人的农作物，经常被他偷偷摸摸弄回家。他被逮住过好多次，却屡教不改。家庭联产承包责任制到户后，他凭借吃苦耐劳的精神，终于带领家人过上了好日子。但他仍改不了占人便宜的习性，而且对人对己都特别抠门——和乡亲从不人情往来，连自己生病都舍不得花钱去医院看病。

可就是这么抠的一个人，却有许许多多让人意想不到的地方。生活困难时期，常有外省来的逃荒讨生活的人，遇到饭点时，麻老罗自己不吃也要给这些人吃，如遇天黑，还要将其留宿家中，拿出家中最好的饭菜招待他们。有一年，邻村一个老人家中失火，把房屋、粮食烧了个精光。当那位老人拄着拐杖来到门前求助时，他二话不说，从米缸中舀了十几斤大米，还把刚卖肥猪的钱拿出300元，塞到了老人手里。麻老罗的这些举动，真有点出乎大家的意料。

不承想好日子才刚开头，70多岁的麻老罗却病了，而且还病得不轻，县人民医院检查结果是胃癌晚期。回老家时见他骨瘦如柴，让人于心不忍。听说他临死前告诉儿女们，不做道场，不办酒席，装进棺材找几个人抬上山，挖个坑埋了就行。

临了，麻老罗居然还这么抠。

如此"抠门"的麻老罗，让我在泪目中深深地记住了他那些出人意料的"大方"。

在刘强的笔下，故乡不再是一个单一的、普通的村庄，书中的麻老罗、邻居老黄、小剧团的演牛郎的小姑娘等角色栩栩如生，在命运的舞台上本色出演，共同演绎着生活的悲欢离合，让乡村生活变得斑斓多彩。

作者笔下的故乡，明亮与美好是其主色调。然而，作者在见证故乡不断前行的路上又喜中有忧，因为在城市化、现代化快速演进的潮流冲击下，那些拙朴、恬淡、悠然的传统乡村诗意画卷已色褪影杳。

如今，生活富裕了，过年的喜气却淡了，传统的乡村文化习俗逐渐被人们遗忘。过年的狮子龙灯没有了，更没了自编自演的文艺宣传队。昔日那激昂的鼓点，高亢的吉利话，婉转的歌舞声，还有那一张张欢笑的脸庞，早已湮灭在岁月的长河中，时不时勾起人们思乡的愁绪，让人不经意间就会想起曾经的过往。

故乡，在充满生机与活力的同时，一些厚重的乡土历史和文化却在逐渐被抛弃淡忘，这怎不令人惆怅、喟叹并深思……

费孝通先生在《乡土中国》里说起，他的家乡有个习俗，家人出远门时，长辈会用红纸包裹一点泥土，塞在箱子底下，若水土不服，或者想家了，可以煮一点泥土入汤。这个习俗足可见中国传统文化的"恋土情结"。我们现在的生活，离"土"越来越远，可是那一点乡愁，仍然留存在许多人的心里。我们在经年的忙碌之间安慰自己：生活已经这么匆忙了，还谈论什么乡愁？从这一点来讲，我要感谢作者为我们带来了一个精神上的故乡，也为更多离开故乡的人找回了丢失已久的乡愁。读完整本书，我几乎能透过纸张窥见作者的心灵世界，那里有他的忧思、疼痛、眷恋和温存……

最后，谨套用艾青先生《我爱这土地》的诗句，表达我对《烟火里的乡愁》的敬意："为什么我的眼里常含泪水？因为我对这片土地爱得深沉。"

（作者系达州日报社副刊部主任，达州市评论家协会副主席）

目 录
CONTENTS

烟火里的乡愁

第一辑 亲情友情

感悟父亲

父亲走了，走得十分安详。

他用执着和坚毅走完了92年的风雨人生路。

生与死对于他来说，就好似白天和黑夜一般。他常说十几年的浴血征战，身边不知倒下了多少战友，自己也不知从死人堆里爬出来多少回。也或许90多年来他无愧于天，无愧于地，无愧于生他养他的故土和邻里乡亲，才会这样坦然面对生与死。

不知是哪位哲人说过，人活的是精气神，一旦死去，剩下的只不过是一具待腐烂的躯壳。父亲的坦然，诠释着对生与死的理解，平凡中渗透着一种伟大的精神。

父亲出生在一个贫苦农民家庭，祖辈世代都是佃户，靠租种有钱人家的田地维持一家的生计。常言说，穷人的孩子早当家。父亲打小就很懂事，他用一双稚嫩的双肩承担起了家庭的重担。每逢栽种和收获季节，他都会不计任何报酬主动参与，并将主家打发的麻花、肉串等食物带回家中，让一家人打打牙祭。父亲17岁那年，为了防御匪患侵扰，各乡、保都成立了自保组织，父亲自愿报名当上了保丁，每天守卫在通往全保的关隘上。父亲从小就疾恶如仇，坚守职责，一次，山上一名棒老二（土匪）头目路经隘口，父亲同另一保丁持枪将其拦住要搜身，土匪头目见状抽身就跑，父亲端起"汉阳造"步枪就是一枪，子弹从其胯下穿过，吓得土匪头落荒而逃。后来群匪不依不饶，并公开向保长要人以示惩戒。后经保长出面调和促成叫"梁子"（谈判）。谈判的当晚，7名土匪在饭桌上右手提枪，左手吃菜喝酒，强行要我父亲低头认输，从不示弱的父亲手拿地瓜手雷与其针锋相对，众匪愕然只好作罢。从此全保路不拾遗，夜不闭户，山上的土匪再也不敢轻易到保上抢劫、骚扰了。

1940年，正是抗日战争最艰苦的岁月，国民政府为了补充兵源，按照"三丁抽一""五丁抽二"的新兵招募政策，抽到了父亲一家头上。看着多病的兄长和年幼的弟弟，父亲毅然主动代替兄弟参军，在陕西潼关新兵营短训3个月后，被编入炮兵营随军征战，参加了抗击日寇的诸多战役（战斗）。在多年的浴血征战中，父亲荣立三等功2次、四等功3次，因军训积极，受营部嘉奖令2次。一生虽不曾功勋卓著，但他以一个热血男儿应有的热血和勇气，以一个共产党员的铮铮铁骨，谱写了一曲热爱党、热爱祖国、热爱人民的伟大赞歌。

父亲复员回乡后，积极投身于社会主义建设事业的热潮中，在劳动中，以他那正直的秉性、勤劳和智慧，深得领导和群众的信任，被群众推选为生产队队长。在那生活困难的岁月里，为了让群众吃上饭、吃饱饭，父亲起早贪黑布置生产、安排劳力，事必躬亲。在他担任队长期间，队里的粮食产量年年均在全大队前列，他把一个群众思想落后、生产生活贫穷的生产队带成了全大队最好的生产队。

父亲没有给我们做儿女的创下多少物质财富，却给我们留下了永恒的精神食粮。他一生从不居功自傲，而是平等待人，淡泊处世；他也从不主动伸手向国家要这要那，直到1988年才按国家政策享受复员军人定期定量补助。他说，当干部就要处处为群众着想，要做群众的表率。在任基层干部期间，他从没多吃多占集体一根草、一粒粮，即使在生活最艰苦的20世纪60年代和70年代初，父亲也同样坚守着一个共产党员的诺言，全凭慈善的母亲节俭操持，才让一家人度过了那个年代。

父亲从不计较自己的得与失。1955年复员回家，已经37岁的他才同母亲结婚成家。即便如此，他对儿女也从不娇惯，时常用他浴血沙场的经历和感悟，向我们灌输对党、对祖国的热爱和忠诚。同样，勤劳正直的父亲一生劳作，从没间断过，直到80岁高龄还下田劳作，而后中风偏瘫，翌年又股骨骨折，往后几年一年一次重病，身体一年不如一年，从单拐行走到双拐支撑，再到后来的卧床不起。12年间，父亲以坚强的意志和毅力走到了最后，从未在儿女面前喊过一声痛，发过一次脾气。然而，他心中始终牵挂的却是他的儿孙们，学业如何？工作如何？每逢一大家子团聚时，他时不时还会讲起他当年征战沙场的旧事。如果谁无意间打断了他的唠叨，他便会一脸的不高兴。而我们心中永远明白，92年来父亲所经历的事真的是太多太多，而最让他难以忘怀的是他戎马生涯，历经生死拼杀的16年。

父亲一生俭朴，从不大吃大喝，铺张浪费。除喜好吃辣和少量饮酒外，健康的体魄，让他承受了战争年代的艰苦岁月。

父亲一生慈祥，从不打骂、娇惯儿女。他用他历经岁月沧桑的胸怀，教育引导儿女们勤奋学习，努力工作，遵纪守法，用大爱回报社会。

父亲一生坚强，16年戎马生涯，在生与死的湍急漩涡中，他一路坚强地走了过来，从来没有一句怨天尤人的牢骚话。

父亲一生用一个大写的"人"字，为他92年的风雨人生路画上了一个圆满的句号。

感悟父亲！父亲是一面墙，为儿女们遮风挡雨；父亲是一盏灯，为儿女们引路导航；父亲是一面镜，让儿女们梳理行装；父亲是一本书，给儿女们智慧和力量。

（2021年7月28日《达州晚报》副刊刊发）

清明，我想起了母亲

　　"清明时节雨纷纷，路上行人欲断魂。"每当清明节来临，我对母亲的思念更加浓烈，不由得遥寄我的追思，忆起母亲的生前。

　　2009年农历八月三十日下午2点左右，79岁的母亲照料瘫痪多年的父亲吃过午饭后，拿着锄头到老屋旁的菜地里锄草，不慎从1米高的地边仰倒下去，后脑勺着地撞击在了地坝所砌的栏边石上受伤出血。当时没有任何人在场，她强忍疼痛爬进屋内，躺在凉板床上休息。后被侄曾孙路过看见，当即通知在家的二嫂，可惜的是当时我们做儿子的却没有一个在她身边（这是我一生中对母亲痛感愧疚和遗憾的）。后来，在铁路上做工的二哥赶回家中，请来村卫生站医生对母亲的伤口进行简单的包扎处理后，打电话征询我的意见。鉴于母亲是后脑勺受伤，我提议立即租车送她去县人民医院做CT检查。当我赶到县人民医院时，刚从CT室摄片出来的母亲，坐在大厅的休息座椅上，由于颅内出血压迫脑神经，她已开始神志恍惚。我半蹲在母亲面，问她口渴不渴，喝不喝水。问了几次后，她才回答了一声"喝嘛"。母亲这一句简短的应答，成了她永诀儿女们的最后遗言。此时，我看见了母亲那无神的眼中噙着浑浊的泪水。她再也说不出一句话来了……时至今日，当我想起母亲，就会想起她最后那无神的泪眼，一种无名的愧疚感深深地刺激着我。我在心底痛苦地呼喊着，母亲，可恨儿子无回天之术，没有从生死边缘把你拉回来，请你的在天之灵原谅儿子的不忠不孝吧！

　　母亲在喝了一小口她孙子买来的饮料后，被送进了脑外科重症监护室。赓即，医生为母亲输上了降颅压的脱水剂，挂起了氧气袋。我们再三要求医生用最好的办法抢救母亲，接诊的钟医生看片后告诉我们，由于后脑勺着地撞击，导致后脑挫裂伤伴颅内出血，冲撞波使其前脑脑髓散裂，开颅手术的成功率只有5%，建议保守治疗观察后再定。我将医生的诊断情况立即电告远在山西工作，同样也在县人民医院做医生的大哥，他分析病情后，同意采取保守观察治疗。

我把钟医生的手机号码告诉了大哥，随后便和二哥在重症监护室外守着。听着里面心脏监测仪有节奏的"吱吱"声，我的内心忐忑不安，并默默地向老天祷告，希望母亲尽快脱离危险，早日康复。

午夜12点，在医生的通融下，我做了消毒杀菌措施，走进重症监护室。此时母亲已处于重度昏迷中，并伴有高烧，全身被覆上了冰袋降温，呼吸和心跳基本平稳。看到这一切，我真想奇迹在我眼前发生。凌晨3点，我又去了一次重症监护室，母亲的病情急转直下，她的眼睛睁得大大的，已没了呼吸和光反射，只有微弱的心跳，瞳仁散大4毫米。一旁的钟医生告诉我，母亲已无生还的可能了，只要拔除氧气管和输液管，就会停止心跳，宣告死亡，并建议我们办理出院手续准备后事。我坚决不同意，如果还有一线希望，就得抢救！再者，我又如何忍心去拔掉氧气管和输液管呢？在我再三恳求下，医生同意了我的请求。

早上7点30分，天微亮，昨夜还是放晴的老天阴云密布，开始下起了小雨。我刚在院外的花台前舒展一下疲倦的筋骨，手机突然响了起来。我的心"咯噔"了一下，一看号码，是监护室的护士打来的，我立即往里冲。钟医生说："我们已经尽力了，办手续出院吧！"看着病床上双目紧闭的母亲，我压抑很久的悲伤，像大河决堤一样，再也无法控制了，号啕大哭起来。钟医生拍了拍我的肩，安慰我说："别伤心了，你母亲走得很安详，就跟在休息睡觉一样。"

是啊，母亲也该好好休息，睡一个安稳觉了。几十年来，母亲为了这个家，为了儿女们，特别是为了晚年生病的父亲，又何曾这样休息过一刻呀！

运送母亲遗体回家的路上，老天好像也在为母亲的去世哭泣一般，下起了入秋后少有的大雨。一路上，我们谁也没说话，一向善于言谈的陈大哥

（大哥同期入伍的战友，在县自来水公司工作）和司机也是沉默无语。

此时，极度伤心的我思绪洞开，想起了母亲的生前。

和天底下所有母亲一样，母亲有着一颗善良慈爱的心，她胸襟宽广，与邻里相处和睦。20岁时，与大她14岁，刚从抗美援朝战场上回来的父亲组成了家庭。从那一刻起，她就承担起了抚育儿女、养家糊口的重任。在那生活困难的岁月里，母亲节衣缩食打点着一家人的开支，即便自己挨饿受冻，也要让儿女们吃饱穿暖。那时父亲是生产队队长，但母亲从不以此做派，而是带头出工参加集体劳动，态度诚恳，谦和待人。当父亲因为生产队的工作与社员发生口角争执时，母亲从不帮腔，总是劝解安慰父亲。事后还会暗暗地找对方赔礼道歉，请求对方原谅父亲的不是。母亲的谦和大度，几十年来在四邻八方成为美谈，颇受乡亲们尊崇，以至于在她逝世之后，前来拜祭吊唁的邻里乡亲络绎不绝。人们念念不忘的是母亲生前对大家的好。为了儿女，母亲常常忍辱负重。每当儿子和媳妇间发生口角抓扯，不论对与错，她总是帮着媳妇说话；有时婆媳间为小事而产生了争执，她也是息事宁人地忍让，把委屈埋藏在心里，自己打打肚皮官司也就过去了，从不在儿子面前喊冤叫屈。在几个儿媳妇心里，婆婆就是她们的亲娘。融洽和美的婆媳关系，让左邻右舍既夸赞又羡慕。同样，母亲为了儿女安心工作，承担起了照顾父亲的重担。92岁高龄的父亲，晚年中风骨折卧床不起，12年间全凭母亲照顾他的生活起居。即便是最后两年，父亲神志混乱，大小便也要人护理，她也不厌其烦地悉心照料，从来没有一句怨言。我回老家看望父母时，常常见到父亲在大白天，一会儿吵着要睡觉，睡不了一会儿又要起床，几乎每天都要反复折腾七八次。母亲煮稀饭时，他却要吃干饭；煮干饭时，他喊着要吃稀饭。一到晚上，父亲就更难待候了，半夜胡言乱语，不停地喊着天亮了，硬要母亲给他穿衣起床，搅得母亲夜夜不得安宁，从没睡过一个囫囵觉。为此，母亲不知偷偷地流过多少回眼泪，本来十分硬朗的身体，几年下来变得憔悴苍老了十几岁。

然而，母亲默默地承受着这一切，在我们面前永远保持着一种乐观的心态，并时常叮嘱我们要好好工作，不要为父亲的事分心。母亲曾经不止一次地对我说过，待服侍父亲百年寿终之后，她要去山西和福建我哥哥、姐姐那里去耍几年（20年前，母亲曾去过哥哥、姐姐那里，分别小住了几个月），去看一看外面的世界，好好享享清福。但时隔不久，母亲却先父亲而去，连她最后一次最简单的心愿都没能实现，留下了永远也弥补不了的遗憾，叫我们做儿女的怎能不伤心难过！就在母亲去世64天后的农历十一月五日，父亲也离我们而去，在去往天国的路上，他追寻着母亲的足迹，到另一个世界里去过着夫唱妇随的生活。我们愿他们来世还做夫妻，还做我们的父母！

啊！母亲，世上最敬爱的母亲！虽然您离我们远去，但你的音容宛在，您那高贵的品格，伟大的胸怀，慈祥的母爱，将永远留存在我们心中，并将成为您的儿孙们在今后的人生道路上的试衣镜和指路碑。

腊八忆母

当朔风凛冽，树上落叶飘飞，时令进入数九寒冬之时，聆听着春的脚步声，一个转眼，腊八节就到了跟前。

腊八节，即农历的腊月初八这天。儿时，母亲说，腊月初八是猪八戒的生日，那时我们懵懂得不知所措，以为她说的是《西游记》里那个二师兄猪悟能的生日，也没有过多地去探究，反正这天家家都有香喷喷的腊八粥吃，这可是一年中难得的一次美味佳肴了。

后来，我才知道，腊八节这天并非猪八戒的生日，而是佛教的创始者——佛祖释迦牟尼成道之日，又称"法宝节""佛成道节""成道会"等。人们为了不忘佛祖成道以前所受的苦难，也为了纪念佛祖在腊月初八悟道成佛，便在腊月初八这天以吃杂拌粥作为纪念，从古到今一直延续了下来。

一到腊八节，我就想起了香喷喷的腊八粥；想起腊八粥，我就会想起慈祥的母亲。说实话，母亲煮的任何饭菜，吃起来都是那么香甜可口，特别是她亲手熬煮的腊八粥，更是味道上乘，至今让人难以忘怀，即使这么多年过去了，我还会时不时地想起。母亲的腊八粥勾起了我胃内的馋虫，给了我幸福的回味。

母亲说，做腊八粥不仅仅在配料上要齐全，而且把握熬煮火候很重要。所以，母亲熬煮腊八粥十分讲究，配料多以大米、糯米为主，佐以玉米、大豆、花生、绿豆、荞麦、红粮米等五谷杂粮，外加腊肉丁、大枣、腊豆腐干等食物。先要把大米、糯米和其他杂粮放进温水里浸泡几个小时，待锅内的水烧开后，把这些粮食倒进锅里，用猛火煮沸，再以文火慢熬几十分钟，加入腊肉丁和豆腐粒继续熬煮，然后，根据各自喜好，放入少许食盐或白糖，一锅香喷喷的腊八粥就做成了。

熬煮腊八粥最关键的一环，就是要把握好粮食和水的比例。如果水加多了，熬出来的粥清汤寡水，糯性差，吃不出粥的感觉来；如果水加少了，不但粥熬煮不熟，还很容易粘锅烧煳。对于母亲来说，这些熬粥的技巧早已烂熟于心，从没出现过一点差错，每年熬煮的腊八粥总是干清适度，吃起来香糯可口。

每每吃腊八粥，母亲都会站在我们身旁，看着我们贪婪地吃着腊八粥的模样，面带着微笑嗔怪几句，吩咐我们慢点吃，说锅里还有，眼神满含关爱。直到我们吃好吃饱，她才从碗橱中拿出碗筷，舀出锅中剩余的腊八粥吃起来。那时生活艰苦，熬煮的粥不多，加之我们少不更事，只管自己肚子吃饱，从没顾及父母能否吃到。此时想来，父母之爱真是天高海深。

过了腊八节，母亲就开始忙碌着为过年作准备。那时是大集体生产，父母节衣缩食，千瓢食、万把糠，无论大小也要喂头过年猪，哪怕宰杀了净边肉只有几十斤，除上交公社食品站供应给吃商品粮的人外，余下的三四十斤猪肉，母亲便会悉心打理，变着花样做出一些菜品来——把猪肚划开，撒上花椒面、辣椒面和食盐后，切成条，用麻丝缠绕捆成肚花；把猪前胛和后墩瘦肉切细，拌上佐料，用猪小肠做肠衣灌成香肠；把猪肝切成条做成熏猪肝。总之，几十斤猪肉，母亲会做出十几个菜品来，用作春节时招待客人和平常自家人食用。

临近春节前，母亲都要忙碌许多天。腊月二十四这天打完扬尘，她便会把家中的铺盖、蚊帐和一家人的换洗衣服，装上满满一背篼，背到两公里外的小河沟去搓洗，直到天黑才背着湿漉漉的衣物回家。母亲的手冻得像红萝卜一样，看着都让人心疼。

在母亲眼里，儿女永远是她心中的一切，即使自己不吃不穿，逢年过节也要为我们缝制一套新衣。哪怕是"阴丹阳布"，或从商店里买回膏子染料，把白布染成不同颜色，将穿旧了的衣服重新上色，过年时穿在身上也能增添几分喜气，让我们弟兄姊妹几人欢喜一番。

　　过年前几天，母亲还得跑前跑后地置办过节物品——购门神、对联、年画；称包汤圆的红糖、白糖；还有糖果、瓜子，虽然分量都很少，但每样得有一点儿，备着过年时招呼应酬客人之需，以免让他人说闲话。

　　母亲最拿手的活儿是自制红薯果、爆米花和糯米果。一进入红薯收获季节，母亲就会选一些个大质甜的鲜红薯，放在锅里蒸熟后切成条，放在竹笆上晾晒，直到红薯果吃起来绵柔，咀嚼有味时方可。炒制时，母亲先将河沙倒入锅中炒热，然后把红薯果放进去不停地翻动。红薯果在温度极高的沙中滚动，待恰到好处时和沙一起倒出锅，用竹筛过滤掉炒沙，放在地上冷却之后，用胶口袋或瓷瓦罐装好捂实，以防漏气返潮，便于随吃随取。

　　不得不说，无论是红薯果、爆米花或糯米果，母亲都炒制得非常到位，火候拿捏得非常准确。炒出来的红薯果脆而不焦，吃起来十分爽口；用糯玉米炒制的爆米花粒粒炸开，装在盆钵里犹如盛开的木棉花，看起来晶莹剔透，诱人食欲；炒制出来的糯米果酥脆、麻辣味俱全，吃了一颗想两颗，回味绵长。

　　穿过时光隧道，回到11年前一个秋日的下午。79岁的母亲在菜地里锄草时，不慎从1米多高的地坎摔下去，后脑勺着地导致脑出血，被送进县人民医院抢救。在医院CT检查室的座椅上，已处于半昏迷状态的母亲，泪眼无神地望着我。在生死边缘，她多么想儿子拉她一把，可当时的我束手无策，心如刀绞，万般无奈地看着她离我而去……

　　斯人已去，往事成殇，涌动万般思绪。母亲走了，带着儿女心中的遗憾走了。从那以后，每逢腊八节吃粥，我总是索然无味，无论怎么细嚼慢咽，也始终感觉不到，当年吃母亲熬煮的腊八粥时，那种恬淡温馨的滋味儿来。

（2021年1月21日《达州日报》副刊刊发）

一枚顶针

打开装有父亲解放战争和抗美援朝战争军功章和复员军人证明书的小木盒，我拿起里面一枚生锈的铁顶针认真地擦拭着。看见这枚顶针，我就想起母亲，想起我的幺姑，以及与这枚顶针有关的点点滴滴来。

在20世纪70年代前，农村的物质生活极为贫乏，家家户户都是掰着手指头过日子，通常是吃了上顿愁下顿。而穿戴的衣物就更加困难了，只有过年的时候，父母才会拿着钱和布票去供销社买一些"阴丹阳布"，或者把廉价的白布用膏子颜料染成不同的花色，然后请裁缝进屋，为每人做一件新衣服。那些年，小孩们穿的戴的是"新三年，旧三年，缝缝补补又三年"，一件衣服老大穿了老二穿，老二穿了老三、老四穿，一件单衣薄裤穿到最后已是"疤上加疤"，变成了厚衣厚裤。由此，这些缝缝补补的活儿，我们家都是由母亲一人承担。而顶针无疑成了母亲的最好帮手，被常年戴在右手的无名指上。

在靠工分吃饭的年代，母亲是屋里屋外两头忙。天不亮她就起床拾掇一家人的早饭，还要喂鸡、喂鸭、煮猪食，然后催促我们起床、穿衣、吃饭、上学读书。忙完这一切，她便捎着锄头上坡参加集体劳动，同父亲一道，一背太阳一背雨去挣一家人年终分口粮的工分。干活的中途，母亲还会利用"歇气"（休息）的间隙，在附近的田坎地边扯一背猪牛草。天黑收工回家，她还要煮饭、喂猪。待一切收拾妥帖，全家人都上床睡觉后，母亲才安静地坐下来，拿出破烂的衣服、裤子，在昏黄的煤油灯下，为我们一针一线地缝补起来。

有时，我半夜醒来，看见油灯旁的母亲蜷曲着上半身，左手摁住布疤，右手拿着针线，像一个指挥家指挥着大合唱，双手一伸一放之间，是那么优美协调。母亲一会儿用顶针顶住针鼻眼将针往上顶，一会儿将针在头皮上蹭几下使针尖更顺滑。如果燃烧的灯捻芯发黑，母亲会不时用手里的针去拨一拨，让煤油灯的光亮更强一些。当一个布疤补完，母亲便会埋下头用嘴咬断缝线，在线尾处打一个新结，继续缝补另一个布疤。母亲的背影随着煤油灯火苗的跳跃，在身后的篱笆墙上不停地晃动着。此时想起母亲为我们缝补衣服的情景，仿佛时光回放，在记忆里仍是那么清晰分明。

每缝补好一件衣物，母亲便会站起来，将其抖几下折叠好，并借此伸伸腰，然后又坐回板凳上继续缝补另一件衣物，直到把手头缝补的活儿做完，才打着哈欠，揉着惺忪的睡眼，捶一捶有些酸痛的腰，吹灭油灯，上床睡觉。

记忆里，那枚顶针似乎没有离开过母亲右手的无名指，时间一长，那节拇指都变了形。只有幺姑来我们家时，母亲才会把顶针摘下来给她戴上，让她帮忙替我们缝缝补补。幺姑一离开我们家，顶针又回到母亲手上。或许母亲是为了减少戴顶针的麻烦，方便随时缝补衣裤；也或许母亲把顶针当成了一种装饰品，像现在女性手上戴的金银首饰一样，习惯了顶针不离手的感觉。

那时属计划经济时代，任何商品和物资都是计划供应。人们平常洗衣服的肥皂不但贵，而且还紧缺，由乡供销社按家中人口统一下发，一般一个家庭一个月只能领到半节或小半节肥皂。分发时用一根麻绳对准肥皂的中线拴牢，两人拽住麻绳的两端用力拉扯，硬生生地把肥皂切成两半，一家一半。所以，人们在洗衣服时，为节约肥皂，通常把桐子壳烧成灰，用灰中含有的碱分发衣服去汗，然后把衣服放在石头上用手反复搓洗。一次，母亲下河去洗衣服，为了不妨碍搓洗衣服时顶针挡手，她从手指上把它退下来放在身旁的一块石头上。洗完衣服回家后，母亲发现顶针忘了拿，她冒着盛夏中午火热的太阳，往返1公里多路，硬是把那枚顶针拿回来才了事。不知母亲是舍不得这枚顶针，抑或怕花钱又去买，现在我才明白，怀旧的母亲更懂得节约，虽然当时一枚顶针只值2分钱。

记得读小学时，每当春季来临，我们一帮小孩放学后，就会用红领巾蒙住其中一个人的双眼，其余的人在路旁的几棵桐树上藏"树猫子"。攀爬躲藏中常常是树枝折断，人从树上掉下来摔得鼻青脸肿，衣服、裤子被撕破。当我无数次狼狈地回到家，少不了父亲的一顿呵斥。而母亲啥话也不说，只是嗔怪地看着我。待忙完一切后，她拿出装针线、角布的竹篾篓，在煤油灯下穿针引线为我缝补起撕破的衣裤来。想起那些年母亲为儿女们成长所付出的辛劳，至今让我心怀愧疚。

幺姑也是做针线活的一把好手，她家离我们家大约只有10公里路程。每当秋后农事一闲下来，幺姑就会到我家住上十天半个月，为我们一家人赶做过年穿的布鞋。只要幺姑一来，母亲就如释重负般地把所有针线活交给她——当然，还有那枚从不离指的铁顶针。幺姑除短暂地承担起我们一家人日常的缝缝补补外，主要任务就是为我们做过年的新布鞋。过年过节，买不起供销社的胶底板鞋和布胶鞋，无论如何也要穿一双手工做的新布鞋，以此增添过年的喜气，也让我们小孩子高兴一番。

1976年，在青海省西宁市工作的表哥接他的母亲——我的幺姑过去住，没想到这一去就是诀别。一年后，幺姑因患食管癌不幸离世。得到这个消息的那几天，母亲抚摸着手上幺姑曾经戴过的顶针，不知掉了多少回眼泪。

13年前秋天的一个下午，母亲在菜地里劳作时跌下1米多高的岩坎，导致脑出血，也离我们而去。临了，我把她手指上的那枚顶针取下来，放在那只木盒里，与父亲的遗物长久相伴。

从那以后，每当母亲的生日或忌日，我就会打开那只小木盒，拿起她用过的这枚铁顶针，认真地擦拭上面的锈垢，让它锃亮如新——就像母亲当年细心地为我们缝补每件衣服一样。

于是乎，顶针、针线、衣服、煤油灯，还有逝去的母亲和幺姑，幻化成了一抹乡愁，成为我一生永远割舍不去的思念。

（2023年3月24日《达州晚报》副刊刊发）

外　婆

屈指算来，外婆离开我们已经40多年了。

然而，在我大脑的储存库里，对外婆的记忆是散淡的、模糊的，仅存的也是一些片段而已。但儿时与外婆在一起相处的短暂时光，却是那么幸福和温馨，让我终生难忘。

听母亲讲，外公去世得早，外婆含辛茹苦地把6个儿女养大成人，为他们娶妻选婿，成家立业，耗尽了一生心血。我家离外婆家较远，相距30多公里的乡间小路，步行要一天时间，加之20世纪六七十年代生活艰苦，相互走动的时间也非常少。记得我20岁前只去过外婆家3次，可想而知去一次外婆家是多么不容易。

那些年，农村的基础设施相当落后，乡镇基本不通公路。那时总说"要得富，挨山住，没得吃的吃苞谷，没得烧的烧松树"。老家离华蓥山只有10公里路程，相比而言，外婆家那里既不靠山，也不邻河，山高坡陡，到处都是光秃秃的石骨子山梁，典型的深丘地区，生产生活条件非常差。因为山大无柴，地下无煤，燃烧物之类的生活物品十分紧缺，连竹林坝的竹叶笋壳都被捡拾得干干净净，用于生火煮饭。偶尔，舅舅进山挑一次煤炭，往返一次要3天时间。第一天从家里出发，走10多公里小路到土溪场三姨家吃午饭；然后又步行15公里到我家住一晚；第二天又从我家出发步行20多公里进山去挑煤，当天把煤挑回后晚上又住我家；第三天便起早往回走，中午同样要在三姨家吃午饭，直到天黑才到得了家。挑100多斤的煤炭不知要耗费多少时间和精力。

在记忆深处搜寻外婆的点点滴滴，印象最深的是她老人家心地善良。她个子较高，小脚，近视眼，身躯佝偻，但说话的声音十分洪亮。20世纪70年代初，那时我才7岁左右，父亲是生产队队长，但逢每年"红五月"收割栽插季节，外婆就会到我家小住一段时间，名义上是来女儿家走亲戚，实际上是来我家帮衬家务。父母忙于生产队农事挣工分，外婆来后自然就承担起了洗衣、煮饭的后勤工作。说实话，那个年代家家都没有余粮，顺应季节出啥吃啥。小麦收割后，队里分了点小麦，没有机器打面粉，全凭用石磨子推磨成面。当时外婆虽然已是七十来岁的老人，但很有力气，磨完麦面后清扫磨膛时，几十斤的上磨石，她轻轻一端就起来了。或许，人生命运的坎坷，练就了外婆坚实的体魄和顽强的意志。

外婆家住岩峰镇文家山，外公姓代，是入赘外婆家做上门女婿的。外婆在世时，我只去过她家一次，那时是大集体生产，走亲串戚也只能在过春节的时候。记得第一次去外婆家，是母亲和三姨带上我一起去的，10多公里的羊肠小道，弯弯曲曲，爬坡上坎，让人望而却步。因为年少无知，我在路上时常耍横使性子坐在地上不走，来回30多公里的路程，大部分都是母亲和三姨换着背我才走完。此时想来，无端"剥削"两位老人家的力气，真有点违背天理，由此，我常常深感内疚和自责。

由于外婆那里地区条件差，加之两个舅舅的子女也多，一家人的生活十分困难，全凭邻近的大姨、幺姨时常上门关心照顾，以及经济条件稍好一点的三姨家物资上的接济，才让外婆一家人度过了艰难的岁月。

外婆家对面有一座山梁很高，左边一条深沟，屋旁有一山洞——"霄洞"，洞内有约500平方米的大厅，很宽敞，说话还有回音，"檐老鼠"（蝙蝠）成群结队地飞来飞去。我和舅舅的儿子一同进去过这个山洞。听外婆讲，这个山洞很长，可直通山的那头，曾有人从洞的这头走到洞的那头。至于其真伪，因为洞深漆黑，谁也不敢进去验证。

外婆去世那年（大概是20世纪70年代末期），由于交通不便，通信不畅，舅舅家没有派人来给我们传递消息，听说是三姨叔亲自上文家山去，出钱出物帮助两个舅舅料理了外婆的后事。直到一个多月后，三姨传信，我们才得知外婆生病去世的消息。母亲为此大哭了一场。是啊，母女之情血浓于水，不能见自己母亲最后一面，岂不是终身的遗憾？往后几年，只要一提起外婆，母亲就会悄悄地掉眼泪。也只怨那时物质生活条件太差，简单的事情变得复杂化了。

随着时光的推移，农村形势发生了深刻变化，人们不仅解决了吃饱穿暖住好的问题，而且基础设施建设也日新月异，农村交通纵横交错，水泥路也通到了家家户户。如果现在从老家出发去外婆家，坐船乘车也就一个多小时，假若当时有这条件，也不至于给母亲留下终身的憾事了。

如今，外婆去了，母亲也去了，大姨和两个舅舅也先后去世，连最亲近的三姨也于今年7月中旬离我们而去；外婆膝下的6个儿女如今只剩下幺姨了。生老病死，本是生命自然法则，谁也不能逾越。外婆虽然是一介平民，但同样生前伟大，死后荣光。因为她为代氏家族的繁衍和兴旺付出了她毕生的精力和心血，她同天底下所有的母亲和外婆一样，将永远被她的儿孙晚辈们所尊崇。这种血浓于水的亲情，将世世代代传承下去。

敬爱的外婆，天堂里并不寂寞，因为您有儿女们的陪伴。愿您老在另一个世界幸福、快乐！

幺姑的灯草绒布鞋

我是穿着幺姑做的灯草绒布鞋长大的。

如今，幺姑离开我们已经40多年了，可她的言谈举止，在我幼年的脑海中已定格成永恒。

幺姑个子不高，身材瘦弱，岁月的风霜过早地在她脸上刻下了深深印迹。但她性格很乐观，总是面带笑容，时不时地还会哼几句《女儿经》之类的歌谣。幺姑早年结婚生下表哥后，姑父因病去世，生活的艰辛让她不得不再婚，可没过几年，第二个姑父又去世了。家中的苦日子不但一点儿没改变，负担反而更重了——一个老父亲和姑父前妻留下的一个儿子。好在后来表哥很争气，在当地政府和亲戚朋友的资助下，高中毕业后顺利考入了大学，毕业后被分配到青海省西宁市一所中学教高中，后转入成都工作，直至退休。早前，幺姑一直没时间去青海表哥家，后来家里丢得开手，她终于有机会去了。可谁知道此次前去，却是一去不复返，那里成了她生命的终结地。

幺姑家离我家不远，大约15公里。所以，每到农闲她就会到我家来住上一段时间。幺姑是个勤快人，来我家从没闲过，父母上坡参加集体劳动，她就负责洗衣、煮饭，料理家中的杂活。幺姑不但饭菜做得好，针线活更是她的拿手好戏，我们一家人的布鞋都是她纳制的。那时属国家计划经济时代，买卖商品凭票供应。虽然供销社有鞋卖，但一般都是布胶鞋，价格不菲，每家每户最多只有一双或两双，雨天谁出门谁就穿。皮鞋就更为稀罕了，偶尔看见国家工人或脱产干部穿一双翻毛皮鞋，直叫人羡慕好些天。自己做的布鞋，成了人们日常生活的主要用品。

　　说实话，要做一双布鞋，程序非常繁杂，首先是打布片壳，用不穿的旧衣旧裤，加灰面糊，一层层地粘贴在一起，层上加层，厚度合适，放在太阳底下晒干后，按照竹笋壳剪的鞋样，剪成鞋形；再把旧布一层层地依附在布片壳上，面上铺一层新白布，剪去多余的边角，用麻绳临时固定，一只鞋底就成了。为了让层叠的布结实受力，还有一道关键的工序——纳鞋底。一双鞋底近千针，每穿一针都要用戴在右手食指上的铁顶针对着针尾用力向上顶，才能把针抽出来。如果想要抽线轻松，可将麻绳放在用蜂蜜残渣做的"蜡团"上拖几下，起到润滑作用。要纳鞋底离不开麻绳，搓麻绳又是一件非常细致的活。把剥晒晾干的青麻撕成小丝，将裤腿挽至大腿部，分两股放在弯曲的大腿上搓成很小很受力的小绳，末端能穿过细细的大针鼻眼，并且，每根麻绳要粗细匀称，不能有麻结，避免在纳鞋底过程中受阻，抽线费劲。

　　幺姑向来做事精细，从打鞋底到做成布鞋，都是她一手完成，从没让母亲插过手。从开始的月牙形布鞋，到后来的松紧布灯草绒布鞋，甚至于鞋面上加铁纽扣的新造型，幺姑做起来都很拿手，穿着顺脚又好看。读小学时，我总是穿着幺姑做的灯草绒布鞋，在同学面前炫耀。因为幺姑做的布鞋跟得上潮流，往往会赢来很多羡慕和赞许的目光。

　　那些年，我们一家人穿的布鞋，都是幺姑一手包办。反正每年的寒冬腊月，幺姑就会来我家住上一段时间，专门做过年穿的布鞋。如果幺姑家中事多，她便把布料拿回家，抽早晚空闲时间，将鞋子做好后送到我家来。小时候，我经常和哥哥姐姐们去幺姑家玩，因为幺姑面慈心善，总是拿最好吃的东西煮给我们吃，也从没大声说过我们一句，很有亲和力，所以孩子们全都争着去。

　　记得是20世纪70年代中期，幺姑要到青海省西宁市表哥那里去，我们一家人都舍不得她走，但一想到幺姑辛苦了一辈子，也该出去享享清福，就释然了。临走时，她来到我家，当时正好是8月稻谷收获之后，父亲特意将生产队分的谷子拿去打成米，让幺姑尝尝新米。吃饭的过程中，幺姑说喉咙鲠食，喝了点米汤后才缓解了过来，大家都没在意。没想到这不经意的一鲠，成了幺姑致命病因的开始。

幺姑去青海没两个月，表哥写信回来说，幺姑喉咙鲠食，去省医院检查是食管癌晚期，已不能动手术，只能保守治疗。得知这个消息后，全家人都很焦心，知道这个病不好治，妈妈还偷偷流了几回眼泪，念叨幺姑一辈子是个苦命人。可惜那时交通不发达，条件不允许，要不然，我们一家人都会去看幺姑的。

几个月后的一天，公社邮递员托人带信，叫去领挂号信，父亲叫我去。我带上父亲的私章，步行5公里小路去公社，从邮递员那里把信领了回来。信是表哥写来的。当晚吃饭前，二哥把信念给全家听，我们才得知幺姑去世了，全家人失声痛哭了起来。父亲含泪说："我这辈弟兄姊妹四人，如今只剩下我一个人了，老天不睁眼哪！"我从没见父亲如此伤心过。他戎马生涯16年，参加过抗日战争、解放战争、抗美援朝，大小战斗近百次，曾无数次经历生与死的血拼，他都坦然地走了过来。可在亲情面前，七尺须眉也凄然泪下，叹生命脆弱，怨老天不公。那晚，一家人都没吃晚饭。

几年后，老表把幺姑的骨灰盒送回老家陈家湾安葬。那天，老天垂泪，下着蒙蒙细雨，一行十几人从我家出发，默默无语。我抱着用红布遮掩的骨灰盒同行，想起幺姑生前往事，泪水迷蒙了我的双眼。

幺姑，这几十年里，您在天国还好吗？侄儿好想穿您亲手纳制的灯草绒布鞋！

（2019年7月23日《达州晚报》副刊刊发）

梨花落后又清明

也许是约定俗成，即将进入4月的天气，总是晦暗灰蒙，似乎在酝酿着一场雨事，恣意地把节日气氛烘托。

11年来，每当清明节来临，我心中就会泛起一丝淡淡的莫名的哀伤，对父母的思念也愈加浓烈。漫山遍野雪白的梨花和李花纷纷扬扬地撒落，灰色的清明菜不带一丝血色，在淅淅沥沥的春雨中滴着眼泪，给这个特别的日子平添了一种庄重和肃穆。

11年，时间不长也不短，3000多个日日夜夜都在过往中回味，梦里时不时与父母相见。他们一如生前，慈祥的面容，亲切的话语，让我欣喜若狂，醒后泪满双腮。

忘不了，老屋旁那棵核桃树下，夏日的阳光火辣。父亲吧嗒着呛鼻的旱烟，古铜色的脸上布满纵横交错的沟壑，若有所思地向我讲述当年抗击日寇，横渡长江，解放南京、上海，浴血上甘岭的战争逸事。语句平缓，目光炯炯，好像要穿透浓密的树叶，穿透对面的小山，回到当年征战的沙场，再现那弹雨血拼的16年。

忘不了，夏天月圆星疏的夜晚，坐在竹椅上的母亲，摇着一把棕叶扇，一边驱赶着蚊虫，一边向我讲述天上的七仙女，地下的牛郎，还有孙悟空三打白骨精，二郎神劈山救母的神话传说。我依偎在母亲怀里，静静地听着，把一切默记在了心里。

那一年，上小学的我在学校打架，伤了同学的筋骨，吓得不敢回家。那晚，当父亲在屋后山梁生产队废弃的"看青棚"找着我时，没有骂我，也没有打我，二话没说，背上我就回了家。第二天，他到学校给老师说了不少好话，又赔了医药费，掉头就往回走。父亲转身的一刹那，我分明看见他眼里噙着的泪水。从此，我再也没和别人打过架。

那一年，一个青黄不接的4月，我生日的当晚，母亲悄悄在我枕边放了个煮熟的鸡蛋。我知道，在生活困难的年代，一个鸡蛋可以换一斤食盐，一家人可以佐餐一个星期。望着母亲佝偻的背影，那晚，少不更事的我感觉好幸福温馨，手摸着鸡蛋一觉睡到了天明。

这些年，一有空我就会拿出父亲的军功章，轻轻摩挲后贴在脸上，静静地感受它的温暖，继而反复地看，总想在里面找寻些什么出来，但一直没有理想的答案。

这些年，每当看见墙上母亲的照片，我都会专心地想，大字不识一个的母亲，为什么会有那么多做人的道理？不论顺境逆境，从没见她气馁过，她时常面带笑容，在儿女们面前是那么淡定和坦然。

从那年起，每年的清明节，我都会来到父母的坟前，先将一把坟头上的杂草，给青蒿菜腾出向阳的空间，捧几捧新土培上，插上几支花笺，点燃一对蜡烛和三炷香，叩首祭拜。然后，我会坐在坟前，与父母低声泣语，把人生的苦和忧向他们倾诉，有时也把儿女们的事拿来说说，给他们分享一下后生晚辈的快乐。

任凭天上飘飞的雨滴落在脸上，淋湿衣服，我也浑然不觉，就那么木然地坐着，静静地诉说，像小时候在父母面前撒娇、撒泼，憨笑言欢一般。我生怕时间过得太快，内心真舍不得离开。

"燕子来时新社，梨花落后清明。"父亲，母亲，再过几天就是清明节了。也许，因为疫情防控，我不能来看你们，冥冥中我会告诉你们，这个初春，举国上下众志成城抗击新冠疫情的壮举；还有你们膝下的曾孙和曾外孙，他们长得真的很逗人喜欢，你们也该高兴了才是……

（2020年4月2日《达州晚报》副刊刊发）

麦香深处

乡村五月，当布谷鸟的叫声嘶哑而沧桑时，地里的麦子开始泛着金黄，在初夏的阳光下随风摇曳，翻涌着一波波麦浪，散发出一丝淡淡的麦香，让人沉醉其中。

20世纪改革开放前，老家乡下的人都是以农为主，视土如金，一年四季都在土地里刨算，收了上季种下季，从没让田地荒芜空闲过。土地联产承包制到户后，父亲像一个指挥战斗的将军，在家中的几亩田地里运筹帷幄，排兵布阵——这块田种什么，那块田种什么，小春播什么种子，大春栽插什么作物，他都会认真去谋划，并提前做好种子、农药、化肥的储备。当每年的收获季节到来，父亲便会笑眯眯地摸着自己的胡须，看着颗粒饱满的粮食，像当年在上甘岭战场，欣赏从敌人那里缴获的战利品一样，满脸都是惬意的表情。或许，这缘于一个军人固有的秉性，毕竟他经历过抗日战争、解放战争、抗美援朝16年血与火的生死考验。

麦子属冬播夏收作物，生长周期长，上年的初冬播种，要来年的初夏才成熟收割。所以，当初秋时节，田里的稻谷收获结束后，父亲便会拿起锄头，到谷田里去挖沟开垦，把谷田里的水排干，利于翻土耕种。待到10月初头上，将田土翻挖过来炕晒，人们习惯称之为"挖炕田"，让田土干裂疏松后，再一锄一锄地刨细垒厢，打窝下种。那些年，家中的几亩田地，全凭父亲、母亲二人耕种，他们往往是天不亮就顶霜披雾地下田干活，一干就是一整天，天不黑不归家。没办法，农事催人，误一时，就会误了一季，这是庄稼人必须遵循的规律。

耕种小春这季农作物，不仅活儿特别多，而且粮食的产量也不高。抛粮下种后，管理的活儿也一趟紧跟一趟，除草、施肥、洒药，几乎没有空闲过。好在父亲是侍弄庄稼的一把好手，他把粮食作物当作自己的儿女一样来对待，从没怠慢过。他常说，儿要亲生，田要深耕，要精耕细作，方能颗粒饱满。那时，我们弟兄姊妹几人都还小，不懂得父亲说这些话的含义，也帮不了父母什么忙。只是农事季节一到，学校都要放一周的"农忙假"，我们便在家里放牛、割草、煮饭、烧水，做一些杂活，以此减轻父母的劳动强度。

每当田地里的麦子开始成熟，父亲就会提前做好收割农具的准备工作。他利用逢场天，将割麦的镰刀拿到乡场上的铁匠铺去重新錾出齿路，还会从篾活市场买回遮阳棚、撮箕、箩筐，以及堆屯粮食的围席，并收拾好拌筒、架子。待一切准备就绪后，父亲便背着手，嘴里叼着一杆旱烟袋，吧嗒着在田地边转悠，看哪块田地的麦子黄得早，便选一个晴好天气下田开镰收割。

一季麦子收完，要耗去十天半个月时间。收完麦子还得立即收水栽秧，收、播两头忙，前前后后要辛苦一个多月，人们一般把五月叫作"红五月"。田里的农活一忙完，地里的玉米、红粮苗也该施肥除草了。常言道，春争日，夏争时。一点儿戏不得，一旦误了农事，地里的庄稼歉收，仓里无粮，"吊起锅儿做钟敲"，一家老小只有饿肚皮的份了。所以，父母把农事季节抓得非常紧，再苦再累，也不会偷得一刻闲。往往这一个多月时间忙下来，父母会变得又黑又瘦，身上的肉都要掉好几斤。

待第一天收回家的麦子晒干后，母亲便会拿出一些麦子来让我们磨面"尝新"。那时，机械化水平不高，一般农村都没通上电，照明用的是煤油灯，打米、磨面也是石推磨子碾。我们用石磨把麦子磨成面，再用箩筛把面过细成灰面，用来煮面疙瘩或炕麦面粑吃，那清新的麦香味，至今仍让我难以忘怀。

不得不说，母亲做的麦面粑吃起来别有一番风味，正如时下抖音的一句话——"味道真是好极了"。炕麦面粑前，母亲会提前从花椒树上摘回一些嫩叶，或从山坡上扯几窝野葱叶子，放到面盆里，加上适量的水和面粉，再放一点食盐，用竹筷反复搅拌均匀，使其黏软有筋性，拿筷子一挑，会牵出一些面线来方可。调和面粑的面泥干湿要适度，干了不行，湿了也不行。这一点，对于母亲来说是驾轻就熟的事了，干湿拿捏得也非常到位。

下锅炕粑前，母亲会放上一块猪油或一小匙菜油，待锅底烧热后，把油均匀地抹在半个铁锅上，然后拿起平时吃饭喝汤的小瓢羹，将稠稠的面泥舀进锅中，一次可舀10瓢羹左右，等锅底的面粑烤熟后，用锅铲将面粑翻过来压成薄薄的面饼，再反复翻炕几次后，就可以出锅了。这时，一股淡淡的麦香味里，弥漫着嫩花椒叶或葱花的味儿，满屋飘溢。可以这样说，迄今为止，母亲做的麦面粑，是我吃过的任何面类食品都替代不了的，此时想起仍觉余香犹存。

记忆里，父亲不愧是一个种田的能手，耕田犁地、抛粮下种、栽秧挞谷样样都在行。他虽然不识字，但对农事季节却谙熟于胸，常常以农谚来辨识季节，如"桐子叶包一勺盐，谷种就下田""三月清明不用忙，四月清明早插秧""寒露霜降，胡豆麦子在坡上""处暑荞子，白露菜""清明断雪，谷雨断霜""九月打雷麦成堆，十月打雷黄土垒"等，这些是对季节的一种界定；还有观察天气的谚语，如"云往西，披蓑衣""有雨四方亮，无雨顶上光""先打雷，后下雨，不如晴天一泼大露水"等。总之，应时应节的谚语，父亲总能信手拈来，准确率也是八九不离十。

如今，乡村的五月依旧那么火红，但没了曾经的人声鼎沸，笑语欢声；只有机器的轰鸣声和布谷鸟催时的叫声，为乡村增添着亮丽音色。而勤劳一生的父母也于12年前离我而去，他们生前热爱家乡，死后也长眠在这片土地里，留给我的只有麦香深处那淡淡的乡愁，以及难以忘怀的思念。

（2020年4月10日《金沙文化》刊发，2022年5月10日《达州晚报》副刊、2022年10月《达州群众文化》转载）

老屋记忆

时至今日，我人生三分之一的时间，是在老屋中度过的。

老屋大约修建于20世纪二三十年代，五柱木结构穿斗房。1960年父亲从祖籍地刘广坪"沙石盘"搬来居住时，卖了家中的两只老母鸡和几十个鸡蛋，就从别人手中买下了这两间正房一间偏房的三间老屋。

那是因为，父亲从朝鲜战场复员回乡后，当时的大队书记见他当过兵，个性耿直，公道正派，又是共产党员，有一定的组织领导能力，就安排他到另一个生产队去当队长。那时大哥才3岁多，自己走路下来的，二哥才几个月，是父亲用大箩筐，连同简单的日常生活用具一起挑着来到了新家，几年后才有了姐姐和我。

老屋坐南朝北，原主人姓罗。听说，因为房屋当北风，朝向不好，吹散了老屋先前一家人，导致一大家子病的病，死的死，最终这家人成了"绝户"。

从农村风俗迷信来说，这房子是不能居家住人的，否则会像前主人一样家破人亡。或许当初房价低廉是我家购买此房最主要的原因之一。

但父亲从不把此事放在心上。他说，身正压百邪，人不对怪屋基，牙不好怪米饭硬，全是封建迷信，牛鬼蛇神。当时，年少的我并不明白父亲所说的这些，直到后来，从有意或无意中，我才真正理解了父亲说的这些话的道理。因为，1940年，在抗日战争最艰难的岁月，父亲义无反顾地加入国民革命军，参加了抗击日寇的诸多战役（斗）。1948年，国共两党决战淮海，他随队起义投诚加入中国人民解放军，参加了渡江战役和解放南京、上海、浙江丁海岛等战役，1951年入朝作战，1955年复员回乡，戎马生涯16年，参加大小战役（斗）近百次，亲身经历了生与死的炼狱，也目睹了身边倒下的成百上千名战友。由此，他把生死看得很坦然。

或许是应了父亲"身正压百邪"的说法。从搬进老屋到我们拆除老屋重建新房的几十年时间里，一家人从没遇到过大灾大难，也没患过大病怪病，弟兄姊妹几人健康成长。着实给了那些在背地里叽叽歪歪，乱嚼舌根子的人一记响亮的耳光。

老屋所在地是个小院子，被人们称为"上丫口"，有四户人家居住，其余三家都姓罗。虽不同姓，但关系处得非常好，很少为鸡毛蒜皮的琐事发生争吵，谁家有好吃的，都会拿出来共同分享。一遇逢年过节，上下几个院子的人都会相互串门，大人们扯闲谈吹牛，小孩们则踢毽子、打娃儿牌、跳绳、拉猫……尽情地玩耍，哄笑打闹声不断，十分热闹。这种场面，是如今乡村永远也找寻不到的了。

老屋后有一座叫"古坟嘴"的山梁，言下之意是葬死人的坟林坝，常有鬼怪之类的事发生。但我只见过零散的几座古坟，从没见过鬼神之类的仙家。或许是初生牛犊不怕虎吧，反正，那些年，我的胆儿忒大，从没害怕过妖魔鬼怪，这一点，都源于父亲那正统的言传身教。

老屋前左侧山梁上有两株黄桷树，听说是同院子的人栽下的。栽树的人姓罗，是一个教书的老学究，鲁迅先生笔下的孔乙己类人物，古板、刻薄、迂腐，满口的"之乎者也"，但我从来没见过，其子女后辈文墨一般，甚至于还有不能识文断字的，也没有一个儿孙晚辈继承他的衣钵。

常言道，前人栽树，后人乘凉。好在他栽了两株黄桷树，不但成了雀鸟的栖息地，也成了我儿时攀爬的好去处。掏鸟蛋，取鸟窝，割黄桷树的叶子喂牛。有一次，我取了一窝喜鹊蛋，被喜鹊骂了几天几夜，也由此挨了父亲几荆条棍子，触及了我的皮肉，让我懵懂的心长了几分"见识"。但在20世纪80年代后期的一场冰雪霜冻中，其中的一株黄桷树枯死了，的确让人感到惋惜。

老屋旁有株核桃树，虽没长出几颗核桃来，但每到春夏季节，满树宽大厚实的叶片，却成了我用来包裹麦面粑的好东西。从树上摘下叶片，用清水冲洗干净，将面团揉压成面粑，用核桃叶包好，然后瓮在带火舌的柴火灰里焖烤，待一定火候，面粑色泽变得金黄，吃起来香脆可口。至今，那口感极佳的麦面粑味道，仍让我念念不忘。在生活困难的年代，我作为家中的老幺，才享有这样的"特殊"待遇，每逢家中吃面疙瘩或面糊糊，我必烤一个麦面粑吃。

老屋所在之处地势较低，一遇绵雨天便阴冷潮湿，地面的三合土起水打滑。加之房高只有4米多，无楼层，夏天太阳直晒在屋瓦上，室内温度上升，闷热难受；冬天瓦上结霜，气温骤降，室内寒气逼人，异常清冷。尽管如此，我们一家人依然其乐融融，温馨的欢笑声时常在老屋里荡漾。

老屋承载了太多的幸福和欢笑，完成了它既定的使命。20世纪90年代初，我拆除老屋，搬到另一个地方建了新房。隔年，二哥在原屋基上重建，只是变换了房屋朝向，改为坐西向东。院子里的其他三家人都分别搬出了老屋，选址建了新房。老院子的宅基地上，只留下一些残垣断壁，一片荒凉破败的景象。

岁月流逝，风雨飘摇。如今，老屋已不复存在，早已消失在岁月的皱褶中，但它留给我的记忆却是那么深刻和难忘，每每想起，总是充满温馨甜蜜的回味。

（2020年8月28日《达州日报》副刊刊发，2020年重庆《金沙文化》第二期转载）

大　哥

　　春节回家上坟祭祖，在大哥的坟茔前，我点燃三炷香、两支蜡烛、一刀纸，在袅袅飘飞的纸屑烟雾中，大哥曾经的过往顿时在我脑海中活泛开来。

　　大哥生于1948年农历五月初五。过去，乡下孩子一出生，一般都会取一个小名，有的取动物名"某牛儿""某猪儿"，也有按节气来取的，若是中秋节那天生的便叫"中秋"。大哥出生那天是端午节，便自然有了"端阳"这个诨名。他并不是我父母亲生的，而是随我父母长大的。因为我有一个同胞大哥，为了在称呼上不出错，通常在喊他时，我都会在"大哥"的前面冠上"端阳"二字。

　　大哥的父母死得早，留下年长他3岁的哥哥和他。1955年，父亲从朝鲜战场复员回乡与母亲结婚成家，见他兄弟俩孤苦伶仃，便收留了他，并托人将他哥哥抱养到了10公里外三教寺岩脚张家湾一张姓人家为子，改名易姓，以此解除兄弟俩生存的困境。因为大哥与我们同姓、同一个宗祠，又是五房内血亲——父亲的堂侄儿，对一向耿直善良的父亲来说，不把他们安顿好，他吃饭、睡觉都不会安稳的。

　　自此，大哥就进了我们家的门，做了爸妈的儿子，确切地说是侄儿，他对爸妈也是以"二爸""二妈"相称。那时他已经10岁了，早过了上学的年龄，只好在家放牛、割草，帮父母做一些家务活。后来有了大哥、二哥、姐姐和我后，他还要照顾我们兄弟姊妹四人。听父母健在时讲，一次大哥用背篼背着1岁的二哥去地坝边的竹竿上收布尿片时，二哥不小心从背篼里倒栽了出来，摔在了竹林坝砍伐后的竹篼上，右脸颊被划了一条口子。由于当时缺医少药，也未缝合伤口，至今二哥的脸上还留下一条长长的疤痕。年少的大哥自知闯了祸，悄然出走。为此，父母东奔西走四处寻找，直到4天后才在相隔8公里外另一个生产大队一户村民家中找到他。父亲没有责怪大哥，千恩万谢那家村民的收留之情后，牵着大哥的手回了家。

也许是未读书识字的缘故，大哥的性格暴躁而古怪，平时少言寡语，做事无耐心，遇事不冷静，常常是无缘无故发脾气。有时，他连好事坏事、好话孬话都分不清，经常把别人的好心当成"驴肝肺"，得罪的人也不少，让爸妈在人前赔了很多不是，由此在全生产队又有了一个"苞谷猪"的外号。有时，他对待家里的人也是如此，稍不如意便脸红脖子粗地又吵又闹，不了解他个性的人还以为我们一家人在嫌弃他不是父母亲生的呢！

到了大哥谈婚论嫁的年龄，父母托媒四处张罗，他终于与邻村的一个姑娘定了亲，一年后结婚成家。大嫂姓蒋，虽然谈不上聪明伶俐，但贤惠持家。记得大哥结婚时，家中最小的我才8岁，四姊妹都还在上学读书。于是乎，生产队个别眼红的长舌妇，见我们一家人红红火火，巴不得把水搅浑，便在大哥大嫂面前挑唆："几个读书的，你们打蛮力挣工分来养活他们划不着。"不长头脑的大哥便吵着要分家单干，拗不过他性子的父母只好由着他，把家分了，三间无楼层的木排立房屋显得拥挤了起来。没办法，父母只好东挪西借，节衣缩食筹钱买下队里闲置的两间"知青房"，让大哥一家搬了进去。

有些时候，大哥的所作所为真有点"六亲不认"。记得20世纪80年代末期，我们家为修新房筹备地基石，准备在大哥承包地的山岩边开采山石，开始找他协商时，他满口应承，当两天后，家人带着石匠去开采时，他却变卦了，说今后自己家中盖房要开采这块石头，无论给什么条件都死活不同意，连父亲上门去找他，他也不给面子，把一家人气得够呛。最后，我们家只好到相隔较远的地方去选了一块岩石开采。对于大哥不讲亲情、友情的做法，我们并没放在心上，也不想和他计较，要是换了别人绝对要理论一番的。说实话，当时他家修房根本不现实，估计又是听了旁人的煽动吧。这个大哥，自己总是胸无主见，把吃饭的脑袋长在别人肩上！

大哥虽然胸无城府，但个性耿直坦率，是那种"不打死把锤"，乐于助人的人。在生产队里，他帮东家耕地犁田，帮西家栽秧挞谷，只要有人请帮忙，他宁可丢下自家的活儿不干，也要去帮别人。尽管他平常在话语上得罪了不少人，但大家都不会去计较，都记得他的好。

时光荏苒，眼瞅着大哥家的日子一天天见好，不承想，天有不测风云，在20世纪90年代末期的一个冬天，大嫂在牵牛放牧时，被突然发怒的耕牛用犄角擂进路旁的一口粪凼中。被人救上来后，大嫂只感觉腰有点疼，认为是伤了筋脉，吃点止痛药，休息几天就会好。没想到，第二天疼痛加剧，当把她送到邻近的三汇镇卫生院救治时，却已是无力回天。究其原因，估计是牛角擂伤了内脏，使其肝或肾出血所致。大嫂去世后，耕田种地、养家糊口、教育儿女的重任全都落在了大哥一个人的肩上。好在后来儿女们都大了，先后外出打工挣钱，大哥不仅修建了新房，还风风光光地娶了儿媳，嫁了女儿，得了孙子、外孙，日子比上不足，比下有余，在当地也算不错的了。当然，这中间少不了我们弟兄姊妹的帮衬和谦让。按理，父母把他养大，两位老人在世时的赡养费，以及去世后的一切开销，他都应该分摊，我们却没让他出过一分钱。

侄儿天生木讷，性格与大哥不相上下，思维欠灵活。在他儿子刚满两岁时，媳妇和他闹离婚，虽然他千般挽留，但她最后还是狠心地离开了这个家，离开儿子这块心头肉，嫁给了别人。这下就苦了大哥，他不但要耕种几亩责任田地，还要照看孙子吃饭穿衣和上学读书。在那10多年时间里，他起早贪黑地忙，常常是有泪往心里流，但他咬牙硬挺了过来。后来孙子初中毕业也外出务工去了，儿女们认为父亲辛劳了一辈子，便筹钱在邻近的土溪场上购置了一套住房，让他去坐街享福。在儿女们的反复催促下，他万般不舍地离开生活几十年的家。但一生把劳动当作持家本钱的大哥并没闲下来，到乡场居住的几年里，他先后去木材加工厂打过杂，去成达铁路上打过零工，还一度在土溪镇环卫办当过环卫工人。他用自己闲不下来的手挣钱养活自己，却把儿女们孝敬他的零花钱全部积攒下来存入银行。在他心里，儿孙晚辈是他永远的牵挂。

世事无常，意想不到的事却发生了。2022年9月9日大清早，我刚起床洗漱完，正准备去办公室上班，侄儿打来电话说，他老汉在铁路上做工从岩坎摔下来受伤，恐怕不行了！我立即电话通知住在乡下老家的二哥，我们一起坐摩的、乘渠江渡船，心急火燎地赶往土溪火车站（原来的旧车站，新站已向成都方向前移了2000米）。在一辆长安车里，我们见到了大哥。他坐在后排座椅上，双眼紧闭，牙关紧咬，一脸的痛苦状；裤裆处有未干透的新鲜血渍，手肘处有划裂伤，但手和脸余温尚存，只是没了心跳和脉搏。我顿时悲从中来，泪水迷蒙了双眼，在心底暗暗地对他说："大哥，你为了儿女辛劳一生操持家务，75岁的人了还要去干活挣钱，却落得个非命而去，你图的啥呀？！"

这时，负责此次工程的承包人小陈来到跟前，他对我以叔相称，向我道出了意外发生的经过。这次干活是为了清除成达铁路沿线两边护坡上的杂草树木，防止其坠落到铁路线上影响车辆通行安全，每晚工资150元。而施工时间必须在凌晨1点至4点，因为这个时段过往火车较少，便于施工。8日晚上10点多，小陈把同去干活的其他几人，用长安车运至相隔土溪火车站10多公里外的铁路线上，按要求的时间段准点施工。深夜3点多，一行人通过一处护坡时，大哥不慎从4米多高的涵洞口顶部跌落下去摔伤，后被送往邻近的三汇镇卫生院救治。医生摄片检查结果是左肩胛骨骨折、皮肤擦伤。医生见大哥小便出血，怀疑是伤了肾脏，便催促转院，在去往县人民医院的路上，大哥因内脏大量出血，痛苦地咽下了最后一口气。

听完小陈的陈述，我说："既然事情已经发生了，人死不能复生，先找个地方把死者临时安顿下来，然后再说一说后事吧！"我接着说道，"明知他已是75岁的人了，早已超出正常用工范围，你却招他去干活？明知高空陡坎危险，不适宜深夜施工，你却偏偏选在凌晨过后？明知高空作业应该配备保险带、保险绳、安全帽等防护措施，你却一样也没有？"我来了个敲山震虎，三个"明知"把对方问得哑口无言。这不仅仅是为了死亡赔偿金，也是为了体现一个人的生命价值。俗话说，扯死人筋，靠的是扯。通过三次交锋，最后按照国家规定的死亡赔偿标准，双方心平气和地以23万元的赔偿金敲定。

23万就买断了一条活生生的命，买断了一个人的生存权利，想来又是何等地残酷和悲催。

大哥，虽然你生前在为人处世方面有许多不尽如人意的地方，但毕竟我们是一口锅里舀过饭的兄弟，没有血缘，但有亲情。一种永远也割舍不了的思念将永远伴随着我。

大哥，你一路走好，天堂没有痛苦，再不需要你劳心费神了，你就好好歇息吧！如果有来世，我们还做好兄弟！

（2023年3月8日《达州日报》副刊刊发）

端午情思

年年端午，今又端午。当小满节气一过，田地里的禾苗泛着新绿，谷秧下的小青蛙发出稚嫩的叫声时，传统的端午节也就如期而至了。

端午节，川东北一带又叫作"端阳节"。那些年，北方人吃粽子，南方人吃麻花、馓子，似乎是过端午节约定俗成的事儿，从我记事时起，成了雷打不动的主题，一直延续到今天。"不效艾符趋习俗，但祈蒲酒话升平。鬓丝日日添白头，榴锦年年照眼明。"近日翻书读到唐朝殷尧潘的《端午日》，让我思绪翻腾，想起了曾经的过往。

记忆里的端午节，无疑是春节之外的一个重要节日。在端午节到来的前几天，母亲把生产队分回来的小麦，倒出几木升，让我们几姊妹放学回家后，用石磨推磨出来，再用箩筛筛成灰面。端午节那天大清早，母亲便会早早起床，背着背篓到屋坎下的溪沟旁去扯菖蒲、艾蒿、禾麻、折耳根、过路黄之类的植物，把家里几间房屋的门框和窗户两边都挂得满满的，像五颜六色的彩条一样。母亲说，端午这天，百草都是药，有的可以熬水外用治干疮止痒，有的可以内服止咳润肠、祛风除湿。而菖蒲、艾蒿还是刚生下满3天的婴儿"洗身去垢"的必用之物。

忙完这一切，母亲煮好一家人的早餐之后，便开始筹备中午的过节食品。她把事前磨好的灰面放入瓦钵中，加上适量的水，再放一点食盐，用水调和后，反复用力揉捏，直至面泥干湿适度，柔软不沾手，扯一小坨能搓成长条为宜。随后，在吃饭的八仙桌上抹一层菜油，把面泥表皮抹上油放在桌上，用干净的棉帕盖上"发汗"，待一定时间后，便可搓麻花儿了。

往往过端午节这天，父亲都会去赶场置办过节的物品。日子虽然艰难，但猪肉多少要买一点，雄黄要买一包，黄烟要买几筒。待父亲回到家，母亲便去烧火钩烙肉、洗刮、切片，准备吃粉蒸肉的垫笼蔬菜，搓麻花的活儿自然是父亲的。使牛抬耙，干惯了粗活的父亲，对于搓麻花这类细活，做起来也得心应手。他搓出来的麻花粗细匀称，放进滚沸的油锅儿经翻腾之后，金黄酥脆，勾人食欲。

炸完麻花儿，锅里通常会剩下不少菜油。这时，母亲会去地坝边上的花椒树上摘一些嫩花椒叶，放在瓦钵内加水和灰面，倒上一点白酒"醒面"，然后用竹筷调和出面泥来，用手抓进油锅内炸油面粑。不得不说，外表金黄，里面泡松呈蜂窝眼状的油面粑，不仅满是麦子味，而且那浓郁的花椒叶香，至今想起仍让人口齿生津，回味无穷。

中午时分，一大盆麻花儿，一大碗油面粑，还有一蒸笼冒着热气的粉蒸肉，满屋飘溢着菜油和猪肉味儿。一家人围坐一桌，父亲坐在上首，惬意地喝着加了雄黄粉的酒，咂巴着嘴里的食物，摸着自己的下巴，时不时地吩咐我们慢点吃，说过节要吃饱吃好，别噎着了。吃完饭，父亲会让我们几姊妹一个一个地到他跟前，用手指沾起酒杯底的雄黄，涂抹在我们的口、眼、鼻、耳上，说抹了雄黄酒，蚊虫近不了身。兴致一来，老实憨厚的父亲，还会给我们讲起一杯雄黄酒，让白娘子现出原形的故事来。末了，父亲离席点燃买回的黄烟，把每间房屋都放满烟雾，说屋内用黄烟熏后不会长虫壳蚂蚁。

老家地处渠江边上。每逢端午节，沿江两岸的乡镇都要举办一场龙舟赛，我们习惯称之为"划龙船"。所谓的龙船，其实就是用平时打鱼的渔船，在船尾拴上一朵大红布扎的花，放上一面大鼓。一些平时耕田种地的庄稼汉，头上和腰上都系着红布带，他们赤膊上阵，看上去精力充沛，总有使不完的劲儿。随着一声号令，他们便整齐划一地划动着手里的船桨，在"嗨佐、嗨佐"的号子和激昂的鼓声中，龙船如离弦的箭一般，驰骋在宽阔的江面上。

而划龙船最精彩的重头戏就是"抢鸭子"。当龙船划行到一定距离时，江中心大船上的人便把灌了花椒和白酒的鸭子放进河里。几十只被麻醉后的鸭子在江水中胡乱地扑棱着翅膀，一会儿钻入水中，一会儿在水面上东窜西跑，整个江面白晃晃的一片。于是乎，划龙船的桨手们，便会放下手中的船桨，一个个"扑通""扑通"地跳进水里去抢鸭子。这时的江水浪里飞花，沿江两岸观赛的乡民欢声雷动，鼓掌声、呼叫声渲染着节日的喜庆。

那些年的龙舟比赛，除以速度、距离作为评判的标准外，重要的是以抢的鸭子多少论输赢。哪只龙船上的人抢的鸭子多，就会成为此次龙舟赛的冠军，奖金就是自己抢到的鸭子。谁抢的鸭子就归谁，这在当时物质生活贫乏的条件下，也算得上是丰厚的奖励了。所以，参赛前，选择参赛的划桨手很重要，不仅要年轻，体力好，而且水性要好，游泳技术要高。一般来参赛的龙舟，都是沿江的街道和村社自行组船参加。

一方一俗。端午节这天，凡是谈恋爱的和刚结婚的年轻人，走人户是必不可少的内容。如果是刚处对象的男青年，在端午节前一天，会带着几斤新鲜猪肉、麻花、馓子去未来的岳父母家，把女朋友接到家里来过节。过完节还得给女朋友买上一套新衣服，打发10到20元的喜钱。这是礼节性的常识，如果男方不懂这些规矩，会招来闲话不说，弄不好这门亲事还会告吹。所以，逢年过节，男方父母即使在亲朋好友处去抓点借点，也要给未过门的儿媳妇打点清楚；如果是结了婚的人，女方父母会叫自己家里的人去接女儿、女婿回来过节。当然，走人户不能空着手去，得根据岳父母家亲戚的多少置办一些礼物，大多数是几斤猪肉，20把麻花，20把馓子，还有2把棕叶子蒲扇。从五月初五这天开始，家家都要走完，如果岳父母家亲戚朋友多，要走到初十左右才结束。但亲戚们回馈的礼物也不能少，大多是一大一小两把布雨伞，另外打发5到10元的喜事钱。

时过境迁，转眼几十年就过去了。虽然现在的日子变好了，过端午节的食品也丰富了许多，但总难找到当初过节时的感觉。那金黄、嘎嘣脆的麻花儿，那香气扑鼻的粉蒸肉，那充满情意的走人户，那象征着奋发拼搏精神的划龙船、抢鸭子赛事，以及沿河两岸此起彼伏的欢呼声，已定格成一个时代的记忆。

（2022年6月3日《达州日报》副刊刊发）

那年，那人，那戏

即将步入花甲年纪，我对未来已没有太多的幻想和憧憬，总喜欢在夜深人静时，关掉电视，把手机调为静音模式，然后倚靠床头，点支香烟，抛开世间俗事，让心灵随着飘散的烟雾，游走在记忆的角落和岁月的边缘，细心地去捕捉曾经历过的事。思绪穿越岁月的时空，回到了久违的家乡和我的青春少年。

那时的山乡农村，不但物质生活十分困难，而且文化生活也极度贫乏，除区公所电影队每月一次到每个大队巡回演出一场电影外，就只有年末岁尾大队组建的文艺宣传队，反复上演的"忠"字舞、三句半和快板书了。到了20世纪80年代初，时不时有外省的一些杂技团和小剧团走乡入村地演点小杂耍和古剧目，给沉寂的乡村带来了些许生气。如果是晚上，一到演出结束，四面八方燃起的麻梗火把，像是一只只火龙蜿蜒行走在山路上一般，把漆黑的夜晚装点得五彩斑斓。

曾记得1980年的秋天，一个安徽省的小剧团来到村上，因为他们的演职人员只有10多人，服装道具也比较简单，几只木箱子里装着一些演出服装，所以演一场的费用只要20元。虽然这些小剧团道具服装简单，但并不代表他们表演马虎，水准低下。可以这样说，在当时那种生活条件下，人们对戏剧的痴迷绝不亚于现在的人对3D电影大片的喜爱程度。大队书记见是农闲时间，便和剧团团长商议，演出费由集体负责，白天一场，晚上一场，连演3天，演出剧目，村民可以根据自己的喜好点唱。

于是，大戏开锣，全村都沸腾了起来，犹如过年过节一般，场面十分热闹。当时我还在上初二，白天要到学校读书，只能晚上去看演出。记得他们演出的剧目很多，都是一些黄梅戏，有《铡美案》《打渔杀家》《女驸马》《梁山伯与祝英台》等，最后一晚村民点唱的是《牛郎织女》。演牛郎的演员是个18岁左右的小姑娘，虽然年龄不大，而且角色反串，但她唱、念、做、打样样演技精湛，一招一式皆到位得体，看上去浑身上下都是戏。当演到织女被王母娘娘所迫，即将和牛郎分别的时候，她真的是泪如雨下，唱腔如泣如诉，把那种难舍难分的情景表演得淋漓尽致。虽然年少的我对感情之事还处于懵懂阶段，但同样也被她的表演所感动，泪水在眼眶里打转。那天晚上，看演出的人特别多，我由于人小个头矮，只好爬到舞台右侧前方的一堵围墙上去观看。当我扭头看台下的观众时，不禁大吃一惊，全场"唏嘘"声四起，在煤气灯光的反照下，在场的所有男女老少，一闪一闪地眨巴着满含泪花的双眼，不少老婆婆还不停地抹着眼泪抽泣。待演出结束，全体演员出场谢幕时，台下的观众们都肃然起立，掌声、欢呼声雷鸣般响起。这是观众对演出效果的肯定，也是对全体演员的感谢和称赞。

　　第二天一大早，剧团悄无声息地走了，可乡亲们对演牛郎的小女孩却始终念念不忘，对她精湛的演技津津乐道、赞不绝口。不过，很快就有人弄清楚了戏中牛郎那晚演得活灵活现的原因。原来，在10多天前，剧团在我们邻近的一个公社演出时，小女孩因演出劳累得了重感冒。一位心地善良、看过小女孩演出的大妈是个戏痴，内心很喜欢那个小演员，当得知她病了，便前去探望她。见她病得不轻，大妈看在眼里，疼在心上，就主动说服剧团团长，把她接到自己家中，像对待亲生闺女一样，请医生看病拿药，为其悉心调理。这让背井离乡的小女孩甚为感动。大妈有个和小女孩年龄相仿的儿子，小女孩在他家养病期间，他们常在一起聊天，畅想未来人生，到了无话不说的地步。在母女俩无微不至的关心照料下，几天后，小女孩的病好了，感情也在一对少男少女的心中开了花。后来，小女孩回到剧团，便和同在剧团的哥哥、嫂子商量，说自己想留下，和那个男孩共度一生。常言道，出门在外，远离爹娘，长兄长嫂如同父母。哥哥觉得她年龄小，可能是一时冲动，没有经过深思熟虑，加之远在外省，结婚后离娘家太远，往来又不方便，于是便坚决反对。但她固执己见，哥哥说服不了她，便一时气愤动手打了她一巴掌，并责令她断了这个念想。小女孩忍痛割爱，流着泪告别了曾给她无限温暖的母子二人，继续着自己的舞台生活。在演《牛郎织女》时，小女孩触景生情，想起自己不舍的爱情，想起自己的遭遇和戏中的牛郎织女何曾相似，她用自己的表演表达着对这个传说故事的感悟，表达着对现实家庭婚姻的不满。在那场演出中，她因饱含真情，成就了那场生动绝伦的表演，也给在场的所有观众献上了一场罕见的舞台盛宴，留下了让人终生难忘的印象。

时光如电，转瞬间，40多年过去了。那个剧团走后再也没有回来过，我也无缘再见演牛郎的那个小女孩，她日后的命运如何，我也无从得知。当年豪爽善良的大妈或许健在，或许已经作古；当年的少男少女早已年逾花甲，或许已是儿孙绕膝，欢笑堂前；当年观看那场演出的乡亲们，因时隔久远，能记得那场戏的人已经寥寥无几。但舞台上的精彩却在我脑海中定格成永恒的画面，现实版的牛郎织女对我的震撼已经超越古老神话传说中的故事。

那年，已经远去；那人，已各奔西东；而那戏，却时不时地在我脑海里翻腾。

（《鹤舞金沙》2020年第二期刊发）

栀子花开又一年

儿时，每到初夏季节，我家老屋前田埂上的那棵栀子花树，树冠高大宽阔，枝繁叶茂，洁白的花骨朵挂满了枝头，沁人心脾的花香很远都能闻到。这棵栀子花树见证了我年少时的欢笑与泪水，也铭记着一段由花而生的青涩往事，让我至今念念不忘。

记得初中毕业的前一年，我们班里来了一名插班的女同学。老师介绍说，她来自重庆市郊的一个区县，表叔在我们学校教书，因为有了这种关系，才到我们学校读书的。当她走进教室的那一刻，仿佛一阵清新的风拂过，带来了不同于我们这个乡村小学的别样气息。她眉清目秀，个头高挑，眼中闪烁着聪慧的光芒。她身穿一件花格子翻领上衣，脚套一双凉胶鞋，一头乌黑的长发随意地束在脑后，显得既青春又充满活力。

也许上天注定了我们的缘分，老师安排她与我同桌。从小就不喜欢和外人交往，性格内向的我，感到有些拘谨。第一节课下课后，她面带微笑主动与我打招呼，问我叫什么名字，家离学校有多远。和一个陌生的女孩子说话，我感觉脸在发烧、心在跳，低着头坦诚地回答了她的问话。最后，她爽快地对我说，初来乍到，请多关照。说完，她发出了银铃般的笑声。我抬头侧脸看了她一眼，下意识地摆弄着桌上的文具盒，以此遮掩我内心的忐忑。从此，我们之间的交流多了起来，我从她口里得知，她家住在县城侧边，由于家里弟兄姊妹多、负担重，她是家中的老大，父母打算让她放弃学业，回家务农，让弟妹们上学读书。她在我们学校教书的表叔得知此事后，认为女孩子不读书太可惜了，便向她伸出了援手，并向她父母保证承担她上学的一切费用。所以，她才来到我们学校读书。

不得不说，她的到来逐渐改变了我沉默寡言的性格，为我的生活增添了几分别样的色彩。那时，男女同学间很少交往，桌子、板凳中间都画了一条"中轴线"，相互都不能逾越。自从我俩同桌后，这条"中轴线"自然就没有了。课余时间，我们无话不说，一起讨论作业，一起分享彼此的学习感悟和家庭琐事。她的学习成绩非常好，我除语文成绩勉强过得去外，其他学科都不着调。我时常向她讨教学习上遇到的难题，她总是耐心为我解答。她的言行像一股暖流，时时温暖着我的心。

那年夏天，屋前那棵栀子花树开得特别茂盛。一天早上，我摘了几朵即将盛开的栀子花苞，小心翼翼地用一张作业本纸包好来到学校，趁她没在教室里的时候，悄悄把花放进她的书包里。课间休息时，她从书包里拿出栀子花，放在鼻尖前嗅了嗅对我说："栀子花是你送的吧，真香，谢谢你。"她的嘴角扬起一抹浅浅的微笑，那一刻，我感到非常高兴，仿佛看到了世界上最美的风景。

她告诉我，她十分喜欢栀子花，因为栀子花不但花香四溢，还是一味很好的中药，有止咳化痰、清肺养肺、消炎止血的作用。她爸长期咳嗽气喘，用晒干后的栀子花泡水喝，还真的有效果。在家时，每年栀子花盛开的时候，她和妹妹都会提着竹篮到附近的几棵栀子树上去摘花，晒干后让父亲泡水喝。她认真地说着，我默默地点头应允，心中涌起一股莫名的感动。

从第二天起，每天早晨上学前，我都会来到栀子树下，摘几朵花骨朵带到学校，放进她的书包里，一直到花季过去，哪怕是下雨天也从未间断过。然而，美好的时光总是短暂的。当第二年的栀子花如期绽放时，毕业季也到了，我们都要离开学校，或继续读书，或择业步入社会。而我由于学业偏科，对继续上学失去了信心，只好回家帮父母耕种承包的田地。

离校的那天，学校举行了一场简单的毕业典礼。我一大早便到栀子树上精心挑选了十几朵花骨朵，用母亲的缝衣线捆扎成花束带到学校。不知什么原因，从不迟到的她，那天却来得很晚，直到毕业典礼开始后才到教室。她来到我身边坐下，脸上没了以往的笑容，和我一样一声不吭地听着老师和同学的发言。同学们感慨良多，诉说着师生情、同学情，有的同学眼眶红润，似乎有泪花闪动，一种难舍难分的情景。在送她去火车站坐车回家的路上，我们边走边谈，她说回去后她会继续读书，将来想当一名教师，圆儿时的梦想。我不着边际地应允着。临上车前，我从书包里拿出那束栀子花递给她，她接过花束放在鼻尖嗅了嗅，面带微笑地对我说了声"再见"，声音听着有些颤抖。在她转身上车的一瞬间，我分明看见了她眼角的泪水。我木然地怅在原地，看着缓缓驶出站台的火车，心中涌起一股难以言喻的惆怅。

她回家后给我来了封信，信中说她妈病了，她也不准备上学读书，过完春节就随姑姑去广东进电子厂上班，挣钱给妈妈治病。言语中有些情非所愿的无奈。我给她回了信，鼓励她面对现实，选择自己的人生路。信中我们都没有其他多余的话。其间，我们又通了几次书信，随后我也外出务工了两年，从此我们就失去了联系。

栀子花开又一年。转瞬间，40多年过去了，屋前那棵栀子花树也早已不在，当年的懵懂少年也已鬓角染霜。而每年的栀子花开时节，我就会想起那个秀外慧中的她，以及我们相处的那段美好而短暂时光。或许在火车站的最后一别，就意味我们今生缘分已尽；或许她早已忘记当年那个同桌的我。但那段难忘时光，那份纯真的情谊，却永远留在了我的心中，成为我今生最宝贵的回忆。

愿不知此时身在何方的她，也能感受到我来自心底的这份温暖和祝福。

（2024年6月25日《达州晚报》副刊刊发）

心随落叶飞

秋风萧瑟，落叶缤纷。

小清凝视着窗外飘落的银杏树叶，那一片片脱离生命母体的叶片，似乎满是不舍地在半空中打着旋儿，亦如她此刻的心情。

去年的这个秋季，是小清最痛苦最难挨的日子，但也是她一生中最幸福的时刻。在省城一家医院病房里，小清和小光举行了别具一格的结婚仪式。没有婚纱，没有司仪，没有乐队，更没有祝福的亲人，只有同病房的父女俩和病理科的医生、护士，见证了他们的婚礼。

那天，她扶起病床上的小光，捋顺他凌乱的头发，给他换上新买的一套深灰色西装，系上红领带。面无血色的小光，看上去顿时精神了许多。她也刻意地打扮了一番，换上平时自己最喜欢的大红旗袍，简单地化了一下妆，头上插了两朵从医院花园里摘来的菊花，憔悴的脸上焕发了些许容光。

她扶住小光，面对川东北老家方向，深深地三鞠躬，感谢父母双亲的生育之恩、养育之情；对拜时，她俩眼含泪花，彼此都明白，这一拜，也许就是他们今生的诀别，但他们都无怨无悔；最后一拜，是对在场的医生和护士，感谢这几个月他们对小光病情的医治和精心呵护。这一拜，真情满满，在场的医生和护士都哭了，这哭声，好像是对他俩的最好祝福！

耗时十几分钟的婚礼，让身体极度虚弱的小光有些吃不消。一旁的护士把小光扶上床，立即为他挂上补充能量的液体。小清拉着他的手，轻轻抚摸着，并拭去他眼角的泪水。

小光躺在床上喘着粗气，苍白的脸上带着笑容，虽然有些苦涩，但毫无一点勉强。

他欠小清的实在太多了。恋爱这些年，他没陪她去逛过商场，没给她买过一件衣服，也没陪她吃过一次像样的大餐，更没陪她外出旅游过。可以这样说，为了他，小清抛弃了优越的生活，过着清苦、辛劳的日子。原指望苦尽甘来，共度美好未来，没承想自己患了白血病，这一晴天霹雳撕破了阳光满满的希望，他彻底绝望了。

好在有小清的陪伴和悉心照料，点燃了他生的火花。他想，即使病治不好，也不能给自己、给家人、给小清留下一丝遗憾。

几个月过去了，小光的病情时好时坏，呕血、鼻出血，又输血补血。骨髓穿刺配型，一直没有匹配的骨髓，而且已错过了最佳治疗时间，即使有适配的骨髓，移植后排斥的可能性大，成功的概率非常小。

当小清提出在病房中和他举行婚礼时，小光压根就反对，但经不住小清的苦苦哀求，小光只好违心地同意了。

对于和小光举行婚礼，小清是经过深思熟虑了的，对小光，她倾注了一生的爱，除了小光，或许她今生再也爱不起来了。因为，在她心里，小光是她生命中的唯一，即使小光离去了，她也永远不会忘怀，她要为小光洁身自守一生，以此回报小光对她的爱。所以，这个举动，她没有告诉任何人，包括父母。如果两位老人知道了，是绝对不会同意她这么做的。

其实，小清和小光恋爱，父母一直都持反对态度，只是拗不过她固执的坚持，最终还是默许了。没办法，年轻人的事情，就由他们自己做主吧！过分的要求，会伤了他们和女儿的感情。但对未来女婿，他们仍心存芥蒂，只不过嘴上没说罢了。

小清明白父母的心思，平常也很少带小光回家。恋爱几年来，她只带小光回去过一次，那一次是因为哥哥结婚，人多，事多，大家都没把此事放在心上。

只是苦了小光，明知两位老人对他不满意，他仍装着没事儿一般，在小清面前从未表露出一丝的不快。他心里清楚，只要自己对小清好，时间会改变一切，到时，小清父母对他的看法也会改变的。

　　眼看着小光事业上出现转机，家中的弟弟和妹妹也已长大成人，都找到了一份自己满意的工作，两人正准备谈婚论嫁时，小光却病了。这一病，把小清心中憧憬的未来化为了泡影。

　　为了给小光治病，小清辞去了工作，拿出这些年自己攒下的所有积蓄，还向亲戚朋友借了几万块钱。她带着小光跑遍了国内所有知名的大医院，心中只有一个愿望——无论如何也要把他的病治好。可得到的答复只有四个字——"骨髓移植"。

　　小清崩溃了，她不能没有小光，无论如何她也要和他在一起。在小光生命最后几天的时光里，她如愿以偿地与他举行了婚礼。她在难以言说的苦痛中，感受了人生片刻的温暖、幸福……

　　时光如电，转瞬已是一年。

　　此时，窗外秋风正劲，秋阳迷人。小清手扶窗棂，泪眼婆娑，眺望着不远处那一棵棵金黄色的银杏树——她要在那纷纷扬扬的落叶中去寻找曾经的过往。

　　看见了，她看见小光挥舞着右手，面带微笑地缓缓走来。

相逢在深秋

她和他本是互不相干的两个人，是网络让他们相识相知。

她没事时总喜欢发发微信朋友圈，把心里的烦恼通通晒出来，这样，心情就会好一些。一天，她又习惯性地拿出手机，想找人说说话。于是，她打开微信，很自然地点出了他的名字，因为，她曾经跟他打过几次招呼，他却总是不理她，这让她有了一种不到黄河心不死的想法，想看看他究竟是何方神圣，如此这般傲气。

中午，她趁回家煮饭的空隙，看了他的朋友圈。一看就什么都明白了，他朋友圈的那些照片和发表的文章，就足以证明他不是一个无所事事的人。她非常生气，心想，不理就不理呗！于是在私信里对他说："有啥了不起的！"也许，正是因为这句话，激起了他的好奇心。他看了她的朋友圈，然后对她说："其实你的内心也是蛮苦的！"就这样，他们开始聊上了……

说实话，她是很不相信网络的，在那个虚拟的世界里，真实的人们都说着言不由衷的话，到最后还不知道到底是谁骗了谁，直到她遇到了他……

夜深了，他们还在孜孜不倦地聊着。聊天时，他的每一句话语，听起来总是温馨入耳，在她平静的心中泛起阵阵涟漪。她不知道是真是假，毕竟只有一面之缘，也没说上几句话，现在说这样的话是不是有点太草率了？也许，这就是缘分，让两个互不相识的人从此不再陌生。后来她才明白，相识是缘，相爱是分；缘是天意，分在人为。每天他们都这样聊天。在夜深人静的时候，她对他说："你累了吧？夜深了，睡吧，明天还要上班呢！"可他却说："不累，陪你说说话，你啥时候睡我就啥时候睡。"她很感动，也非常开心，一种久违了的冲动油然而生。

一天，他对她说："等哪天空了，我来看看你。"她只当他是随便说说的，没当真。可当他真真切切地出现在眼前时，她相信了。那一刻，她不知道说什么好，她非常开心，也很感谢他，在母亲患病住院的非常时期，时不时有他的微信陪伴，让她原本暗淡无光的生活变得有趣了起来。她面带微笑地看着他，心潮起伏，不知道说什么好，毕竟在虚拟的网络里，他们才认识没多久。

时间就这样悄无声息地过着。天亮时，有他的问候；夜深了，有他的聊天陪伴。慢慢地，她习惯了他的陪伴和问候。如果不是他无意中的一次关机，她还不知道，原来，他早已经走进了她的心里……

在深秋的一个阳光灿烂的清晨，他说："今天有空吗？"

她回道："不知道，有什么事吗？"

"没事，今天天气蛮好的，我们出去走走吧！"

"等会儿再说，好吗？"她说。

她没给他希望，但也没给他失望，她只是在等待，因为她真的不知道等会儿有没有时间去。她怕如果答应了去而去不了，会让他失望；如果此时拒绝了，又怕自己会后悔。

时间一分一秒地过着。她在想，等会儿如果有时间了，要跟他一起出去吗？此时此刻，她很矛盾，也很纠结。然而，当随后不久，她拨打他的电话想告诉他，她有时间陪他出去走走时，电话里却无情地传来"对不起，你拨打的电话已关机，请稍后再拨！"那一刻，她蒙了，她不知道他为什么要关机，是生气了吗？还是手机没电了呢？她无从知晓。也是在那一刻她才明白，他早已占据了她心里的位置，只是自己还不知道而已。

于是，她不停地拨打他的电话，终于打通了。她问他："你为什么要关机呀？"可他却说："我也不知道的，这个手机总是这样自动关机。"终于，笑容又出现在了她的脸上。这样的心情是无法用言语来表达的，只有她自己才体会得到此时的感受。

那天，她和他都玩得很开心。太阳暖暖地照在身上，路边一棵棵泛黄的银杏树映入眼帘，那四处飘溢的桂花香味，温暖了彼此的心灵。他俩沐浴在阳光下，享受着大自然万物孕育的芬芳。虚拟的网络，真实的情感，让他们真真切切地感受着夏娃和亚当——泥捏的男人和女人，并赋予爱的精灵所带来的神奇。

思念一个人，怀想一个人，总是让她每天牵肠挂肚。有时她忍不住问自己，在茫茫人海中，如果不小心弄丢了彼此，有一天风雨归来，彼此的手是否还能相牵？

然而，在记忆的深秋里，在一抹暖阳中，有一个影子总是反反复复地向她缓缓走来，温暖的笑容一次又一次地把她的心融化……

第二辑　一方风物

大斌山古战场探秘

阳春三月的最后几天，被一个"倒春寒"搅和，气温骤降，显得异常清冷。

30日下午，在渠县文管所工作的钟华兄来电话告诉我，次日四川西华大学有几名专家来渠，专程考察东安镇的大小斌山寨和土溪镇的礼义城，邀我一起陪同，我欣然应允。

近些年，出于对历史的好奇，我有意无意去过礼义城5次，对宋代以来，迄今已有700多年历史的礼义城，以及城内兵民20余年的抗元史，多少有一些了解。可以说，这是一座英雄的古城堡，留下了可歌可泣的动人故事。每当行走在古寨墙遗址上，耳畔犹闻战鼓催征，金铁撞击声和厮杀声，让人为之一振，热血沸腾。

但对于相隔只有几百米的大斌山古战场，我却知之甚少，想探访它掩藏在岁月深处的秘密，是我由来已久的心愿，既然机会来了，并且还有专家同往，本是求之不得的事，岂能错过！31日上午9点，我同专家组一行从镇政府出发，驱车前往大斌山古战场遗址。

据《渠县志》记载："大斌山又名袱头山。地处四川省渠县东安乡（乡镇区划调整改革后为东安镇）斌山村，北与礼义城对峙，南与小斌山相望，距渠城30公里。"乾隆版的《渠县志》里详述，"环城之寨有百数，而斌山最为险焉""高耸数十仞，足锐而顶丰，四壁峭直，划焉如削成"。其南北有两径可以上下，基方广三里许，可容数千人。其下周围，乱石森列，以代缭垣。"清泉数窦，汪汪乱石中，寨民群汲，恃以不渴。"由此足见斌山寨在川东一带地势之险峻，地理位置之特殊。

大斌山是历代兵家必争之地。《渠县志》又述，明末清初（1644—1650），农民起义军张献忠部将吴应元率军先后在此与地主武装郭荣贵部"大战数十，小战数百"，战事历时7年之久，终因寨内民众团结一心，寨墙高仞而不得破。时至今日，只要提到大斌山古战场，当地一些上了年纪的老人，就会给你说起"羊打鼓，马摇铃，一夜赶到礼义城"的典故，以及脍炙人口的动人故事。

相传，明末农民起义军攻打斌山寨数年，因地势险要，寨墙坚仞，每次攻寨都以失败而告终。首领吴应元绞尽脑汁，心生一计，以"围而不攻"之策，使其寨上断水断粮而不攻自破。于是乎，他便派兵遣将把斌山寨围了个水泄不通。数月后，寨上果然水粮皆枯，兵马困乏，外无援军，内无粮草，情况十分危急，眼看寨子就守不住了。这时，寨内一熟读兵书的老学究，向郭荣贵献上一计——利用夜色掩护，将两只活山羊倒挂在寨墙内的大鼓旁，羊一挣扎便四蹄乱蹬，击打在牛皮大鼓上，便响起"叮叮咚咚"的鼓鸣声。又令人在寨墙外挂上纸糊的大鱼，让戴着铃铛的马在寨上来回奔跑，"叮叮当当"的铜铃声响彻整个山寨。如此这般十余日之后，寨下的守军摸不着头脑，误以为寨上物富粮丰，水草充足，兵强马壮，困寨之计终难以成功，便下令撤走了悬崖陡峭处的兵马。

寨上的人见敌兵退去，守卫松懈，便砍来竹子，划成篾条，用稻草搓成绳，与篾条绞扎在一起，做成长长的纤绳，在一个风高月黑之夜，让几十名精壮兵丁在"将军石"悬崖处，溜索而下，前往对面的礼义城搬救兵，运送粮草，解了大斌山被困之危。此事是否真实，史书无记载，也无从考究，但几百年来此说法能流传至今，也不无道理，有待于专家学者进一步考证。

我们一行人在当地村民的带领下，从林间荆棘丛中寻路拾级而上，来到斌山寨北寨门。该寨门呈拱形，用条石垒砌而成，高2.8米，宽1.7米，因年代久远，一条门拱檐石已断裂错开，很是危险。进了寨门，站立大斌山寨上，南面的礼义城近在咫尺，北面的小斌山遥相对望，与大斌山寨相倚仗，不远处的渠江静静地流淌，好像在诉说着斌山寨的前世今生，以及它曾经的辉煌，而今悲凉。

寨上，遍地的柏木树遮天蔽日，人在林中走，不见天外光。站在悬崖边极目远眺，山峦田畴，遍地桐花怒放；襄渝一线、二线铁路和一幢幢风格各异、错落有致的民居尽收眼底。由长岩村在外成功人士李明恒返乡兴办的3000多亩柑橘水果基地，泛着星星点点的绿，给沉寂的乡村灌注了生命的活力。寨上的几块巨石上，凿有两口石缸，一口呈方形，另一口呈梯形，大者长1.52米、宽0.75米、深0.72米，还有无数个大小不等的圆形柱孔，生火煮饭的柴灶，用于碾轧火药和稻谷的石槽，充分证明山寨上曾经有人生产、生活过。山寨上的城墙大多依山就势，只有南北寨门处用石头人为垒砌而成，用于山寨防御。可以这样想象，在370多年前的冷兵器时代，凭借斌山寨的险要地势，只要把守住南北两个寨门，山寨就固若金汤了。

同行的几位专家，每到一处都要仔细考察。对有考古价值的东西，他们都会拿出卷尺丈量其长度、宽度和深度，并绘制成方位分布草图，以备日后研究斌山寨的历史沿革之用。他们肯定地说，从寨上的遗存之物来看，属明末清初时期人们生产、生活痕迹无疑，有可能历史还要更早一些。他们还认为，数千人在山寨生存了7年之久，遗存下来的生活痕迹不可能只有这两口水缸和石灶，应该还有很多这样的生活设施。它们要不就是深埋在泥土下，要不就是开荒造田时，被人为破坏，究竟还有没有，此时还是个谜。

而在距此10多米远的悬崖边上，伫立着两块20多米高的大石柱，当地村民称之为"将军石"，一个是"大将军"，一个是"二将军"，是当年坐镇指挥打仗的将军站立的地方。这都是一代一代流传下来的故事。试想，当年固守斌山寨的都是郭荣贵的地主武装，散兵游勇，何来将军之言？不过，传说终归是传说，是人们对英雄的臆想和崇拜，应与历史的真实性区别开来。

临近中午，天上云开雾散，太阳出来了，驱逐了先前的寒意，放眼望去，沿大斌山寨四周的远山近水一览无余，更加清晰明了。行至南寨门处，这里已没了寨门，我们只有凭想象勾勒出当年寨门的形状；也没有石梯，在大集体生产那些年，被用作修保管室和砌田边地坎去了，只有人工挖掘的几行泥梯路，供行人通行。下寨的路很陡，得手扶路旁的小树，方能稳住重心前行。

下得山来，回首仰望春阳下的斌山寨，草木葱茏，雄奇险峻。微风拂动，树影绰绰，传来阵阵"呜呜"的鸣叫声，犹如万马千军在排兵布阵，使充满神秘色彩的山寨，更具诱人的魅力。

"风沙吹老了岁月，沉淀的却是记忆。"可以这样说，在川东北一带的古战场遗址中，大斌山寨不愧为一个英雄的山寨。

（2020年4月9日《达州晚报》副刊刊发）

拜谒川东礼义城

仲春，我带着虔诚，怀揣多年心中的崇敬，专程前往省级重点历史文化遗址保护单位，四川省渠县土溪镇，拜谒礼义城，探访三教寺；去品味厚重的历史，寻觅先人的足音。

礼义城坐落在渠县土溪镇洪溪村，距古汉阙10余公里，距古城坝遗址3公里，占地面积16.8公顷（252亩），与渠江遥遥相望，是宋、元、明、清时期的政治军事中心和军事要塞，距今有700多年历史。

礼义城地势险要，四周悬崖峭壁，宋时沿崖边修筑了1米多高的城墙，建有瞭望口和城垛，分别与东门、小东门、新寨门、吊岩嘴门、水门、垮寨门、泡树湾门、漂漂湾门8个寨门相连，形成了坚固的城堡。目前，除水寨门保存较为完好外，其余寨门均已损毁，只留下原寨门内小路和部分石梯。

据史书记载，南宋末年，抗元战事吃紧，为抗击元兵入侵，四川州府采取"守点不守线，连点而成线"的对敌方针，以当时的重庆为中心，在长江、嘉陵江、沱江、渠江流域一带，选择险要地形修筑城寨，并将府治、州治、军治和县治置于其上，礼义城即为渠江流域扼守川东咽喉要塞的重要城寨，以及当时的临时县治所在地。

除修筑了外城墙外，城内还建有内城墙，墙体两边用块石垒砌，内填泥土，宽5尺，高丈余，以此作为第二道防御工事。从宋宝祐年间建城，到德祐元年（1275年）城破，元军曾无数次围困攻打礼义城。城墙外四周蒙古包林立，投石车满布，因东门与其他寨门相比，地势较为平坦，易攻难守，成了寨外敌军主要攻击之处。

在与元军作战的20年间，城内军民同仇敌忾，顽强坚守，以弱力与强敌相抗，加之地理条件特殊，与相隔不远的大斌山寨互为掎角，"乃走川北镇请师击散群贼，地方安堵，文教振兴"。明末农民起义军张献忠所部，在大斌山与地方武装激战7年，历经大小战事数百场，因有邻寨礼义城相助，寨墙终不得破，可见礼义城在战乱时期的重要性。

明万历年间在礼义城上修建了一座寺庙——三教寺，"城之绝顶处有祠，中如来，左孔子，右老君像，皆石刻，此三教所以名也"。清乾隆七年（1742年），三教寺重修，它集儒、释、道三教合一，"儒理实兼乎释道"，以礼为主。三教寺一度香火鼎盛，万民朝拜，是清代川东地区宗教之地，后毁于历代兵乱。

伫立于礼义城上，金铁撞击声、呐喊厮杀声犹在耳畔。我循着先人的足迹，伴着晨风暖阳，沿着农田一旁的小路来到水门。它是礼义城遗址上8个寨门中，至今保存得较为完整的一处。这里山势险要，悬崖峭壁，易守难攻，大有"一夫当关，万夫莫开"之势。寨墙和寨门均为大型条石垒砌而成，门楣上方刻有"水门"二字，两边门柱上刻有一副对联——"松石连云锁，桃花逐水流"，字迹遒劲有力，虽经风雨剥蚀，仍然清晰可见。因与渠江距离不到2公里，故此寨门有"水门"之称。如今，寨墙内已见不到与当年战事有关的物证，只有透过寨门内的门柱上固定门杠的石洞，以及长满青苔的门槛石，方能想象得到当时此地战事之频繁，地势之险要。

看完水门后从来路返回，向南而去，前往三教寺遗址。相传，原三教寺有六层大殿，分别为大雄宝殿、龙襄殿、牛王菩萨殿、送子娘娘殿、夫子殿和紫霄殿，气势恢宏，香客络绎不绝。三教寺究竟有多少层殿宇，因年代久远，史料也未详述，已无从考究。而今，这里除近几十年来在庙宇遗址上修建的农房外，只有原寺庙内遗存下来的部分山墙基石，静静地向人们诉说着岁月的沧桑。

大殿遗址左前方有一块石碑，是清末"重修三教寺石碑记"，碑石材质较差，上面所刻字迹毛糙潦草，显然不是名家所书，官家所刻，经日晒夜露，风雨侵蚀，部分内容已模糊不清。遗址内现存有宋代"地图碑"残件，上面描刻着当时礼义城街区、城墙、城门等概貌。后被人为破坏，用铁砧劈开成了条石，用作了有线广播电杆和地坝栏边石，只散见上面部分文字，无不让人为之惋惜。

据当地老人讲述，三教寺后面的山梁上，原有一石塔，共5层，高丈余。塔内有两口大瓦钵，口与口相合，里面有一成年人尸骨，推测应是三教寺内得道高僧的遗骸。20世纪70年代中期被村民拆除，石头被生产队用来修建了保管室，两口瓦钵就不知去向了。

沿着三教寺遗址后山小路拾级登上礼义城最高峰眺望，天高云淡，视野开阔，放眼四周，邻近的三汇镇、土溪镇、临巴镇、东安镇等乡镇部分山水概貌尽收眼底。20多公里外的华蓥山，峰峦叠嶂，云遮雾绕，宛若一只巨龙横亘在那里；不远处的渠江风平浪静，像一条深蓝色的长丝带围系着礼义城。居高临下，山下地势平坦，草木葱茏，田地里的玉米、油菜等农作物一片深绿；一幢幢红砖绿瓦的农居错落有致，家家炊烟四起，如夜晚的星辰一般，掩映在绿色的海洋中——好一幅秀美的山水田园新画卷！

礼义山上，禾苗茁壮，绿树成荫，一条新修的水泥路从北寨门蜿蜒而上，连通家家户户，昔日天险变坦途，让山上的村民告别了肩挑背磨的日子。这里居住着三四十户人家，除三教寺遗址处集中居住着10多户人家外，其余20多户都散居在礼义城各处。近些年，随着条件的改善，不少村民都到乡场镇和县城购房，迁出去居住了，只有部分老人对故土情深，舍不得离去，留守在了山上。

这里环境清幽而恬静，只有一批又一批的考古团队时不时上山，才打搅着山上的宁静。这里远离山外俗嚣，堪称世外桃源，很适宜居住，是一个休闲养老的好地方。听说外地有几个投资商上山来考察过，计划恢复礼义城原貌，重建三教寺，再现当年历史。如果此事能成功实施，可以说是福荫一方百姓的善举，是千年礼义城的幸事，期盼早日得以实施。

　　"暗淡了刀光剑影，远去了鼓角铮鸣，眼前飞扬着一个个鲜活的面容，湮没了黄尘古道，荒芜了烽火边城……"日影西斜，我怀着恋恋不舍的心情与礼义城挥手作别。行至数公里后回首望去，落日余晖中的礼义城大气磅礴，霞光满天，犹如观世音菩萨的莲花宝座，金光四射。侧耳细听，仿佛还隐隐约约地传来《大悲咒》的诵读声。

（2020年6月19日《达州日报》副刊刊发）

小斌山传奇

残缺的寨墙，垮塌的寨门，遍山的荆棘杂草，似乎向人们诉说着山寨曾经的辉煌和如今的悲凉。

这就是传说中的小斌山寨。它虽然没有相邻的大斌山寨那么壮怀激烈，可歌可泣，但在人类历史长河中，这里曾经发生的人和事，却让人记忆犹新。

小斌山地处渠县东部的东安镇斌山村，与市级文物保护单位大斌山古战场遗址遥相对望。此山地阔约10亩，圆锥形地貌。站在寨之高处，居高临下，远山近水一览无余，且四面悬崖，地势险要，独门独路，几百级阶梯通达寨顶，易守难攻，有"一夫当关，万夫莫开"之势。在冷兵器时代，无疑是一处驻军防守的坚固城堡。

小斌山寨建于何朝何代，史书无记载，也无从考究。但民间对于此寨的来历流传着诸多版本，但最靠谱的当数与"八大王剿灭四川"和"川楚白莲教之乱"有关。因为小斌山的对面是大斌山，在明末清初，大斌山寨曾发生过数百场战争。明末农民起义军张献忠攻入四川，其部将吴应元带兵途经此地时，与郭荣贵的地主武装在这里生死鏖战了7年之久。

而小斌山和大斌山直线距离不到2000米，与不远处的礼义城互成掎角，形成以"大斌山为中心，左有小斌山、右有礼义城"的防御体系。它是大斌山的左膀右臂，为大斌山的地主武装与张献忠的农民起义军对抗，奠定了坚实基础。

而让人不解的是，大小斌山寨都与"兵"有关，为什么不叫"兵山"，而叫"斌山"呢？翻开汉语词典："斌，汉语拼音，读作bīn，本义为文武兼备，无其他引申意义。斌斌，同彬彬，文雅的样子；富有文采；文采鲜明；文武兼备。斌字，在名字的词条中，又有文武双全的意思。"或许，称之为"斌山"，其意在"文武兼备"，与这里曾经发生的人和事息息相关，其寓意就更加凸显了。

据《渠县志》记载，明末清初（1644—1650），农民起义军张献忠部将吴应元多次率军在此与地主武装郭云贵部交战，历时7年，因寨内民众团结一心，寨墙高仞，终未能攻破。

据传，为抵御义军的骚扰，护佑一方百姓安宁，在张献忠部未到来之前，郭荣贵把邻近的大小斌山寨作为御敌防守的主战场，耗资数百两白银，招募民工开山打石，依山就势，在大小斌山寨上垒砌寨墙，修筑寨门，建造房屋。同时，还把年轻力壮的乡民召集起来，组建成团丁，购置了刀枪剑戟和弓箭鸟铳，通过简单的操练之后，分兵把守着大小斌山寨。

当张献忠的部将吴应元带兵到来之时，郭荣贵将附近周边的民众，全部转移到大小斌山寨上，并将自己家中粮库里的粮食、蔬菜搬运上寨，供避难群众日常生活之需。

在那生死血拼的7年时间里，为配合大斌山作战御敌，小斌山上也驻扎了数百名兵丁。当义军攻打大斌山主阵营时，小斌山上的兵丁们便下寨偷袭义军后营，让其首尾难顾，以解大斌山之围。尽管张献忠的起义军凶悍残暴，历经数百场拼杀，大斌山寨仍坚不可摧。直至明朝灭亡，李自成在北京建立大顺王朝，张献忠在成都称帝，后吴三桂引清军入关，明末农民起义宣告失败，清军的铁蹄踏遍中原。吴应元见张献忠战死，也只有望着坚不可摧的大小斌山寨摇头叹息，并带着满腹遗恨悻悻而去。

从此，大小斌山寨和附近乡民，归属清王朝统治。人们日出而作，日落而息，面朝黄土背朝天，日子虽然清苦，倒也太平，从无兵匪骚扰。直到清嘉庆年间的"川楚白莲教之乱"，才又搅起了一方微澜。

当时，绥定府（今达州）的白莲教分坛教首徐添德，发动手下数千教徒，在今达州范围内起事与清廷抗争。他们大多以山寨为大本营，白天在寨上御敌防守清军，夜晚进村入户宣传教义，发展教众，与清朝政府分庭抗礼。当时小斌山寨上就驻扎了200多名白莲教教徒，他们对山寨重新进行了加固和修缮。几年时间里，州府曾多次派兵清剿小斌山寨，但此地地理位置特殊，寨墙坚韧，清政府也束手无策。

直到后来襄阳白莲教起义军在湖北郧西被包围，白莲教总教首王聪儿、姚之富跳崖自杀。加之，州府推行团练和坚壁清野战术，筑起大量寨堡，将村落百姓强行移居其中，又训练团练进行防守，从而切断了白莲教起义军的粮草。没了生存的土壤，小斌山上的白莲教教徒只好弃寨而去，另寻生路。

物换星移，岁月更迭，转眼几百年过去了。但有关小斌山的传说却一代又一代地传承了下来，成为当地民众茶余饭后引以为豪的话题。

（2022年7月6日《达州晚报》副刊刊发）

渠江两渡口码头的来历

在四川省渠县，有一条叫渠江的母亲河，它由州河和巴河汇聚而成，始称三江汇流。渠江起源于三汇镇，连绵200余公里汇入长江，沿江大小码头数十个。20世纪90年代前，在陆路交通还不发达时，渠江河运昌盛繁荣，商贾云集，是两岸重要的水上交通运输大动脉。

地处渠江上游的土溪镇洪溪村（原隶属三汇镇管辖，后划归土溪镇），境内有700多年历史的礼义城古遗址，与古賨国都城坝遗址相距不到3公里，左有东安乡的大小斌山古战场，右有流溪乡的佛尔岩，前与渠江遥遥相望。从宋末到清末，这里战事不断，是历代兵家必争之地。礼义城遗址紧邻渠江处有两个渡口码头，一个叫"红溪口"，一个叫"狗汇坨"，坊间对这两个码头的来历传说众说纷纭，但流传最多的是因"八大王剿灭四川"滥杀无辜后而得名。

人们所称的"八大王"就是明末农民起义军张献忠。相传张献忠带兵征剿四川时，途经洪溪口上游的杨家枏桥下的一条小河沟时（现今的东安乡斌山村，这条小河沟起源于几十公里以外的华蓥山山脉，河道内卵石遍生，一年四季河水丰盈），所乘战马扬蹄不前，任兵士鞭抽拳击仍然如此。张献忠疑惑顿起，怕河中有伏兵，遂将手中的长矛用力刺进河中，一瞬间，一股殷红的鲜血从水中喷涌而出。兵士见状，全都蜂拥而至，用大刀、长剑和其他兵器纷纷向河中刺去，顿时洞穴大开，洞内惨叫声四起，尸横遍野，鲜血染红了河水。原来，小河沟下全是洞穴，并没有伏兵，而是躲避战乱的当地百姓，只可惜几百条生命就这样无辜惨死。如今，人们把这里称为"斩人洞"，桥下面是一大石板，很光滑，由于长年被河水冲刷，上面长满青苔，石板末端显露出十几个洞口。

我老家离此不远，小时候，一到夏天，我们一帮小孩常常光顾此地，光着腚在石板上"梭滩"钻洞。这些洞穴洞连洞，洞中有洞，相互贯通，且处于溪水流经之地，要潜水才能在洞内穿行。我每次去玩耍都要把屁股梭肿，几天都不敢坐板凳；在洞内水中穿行憋气，把人憋得脸青面黑，方才罢休回家。

"斩人洞"里无辜乡民的尸体和血水，流经大堂河顺小溪数公里后汇入渠江，血水染红了半边江水，小溪与渠江交汇处就成了红（洪）溪口，尸体流入红溪口下游一回水湾处滞留堆积，引来周围的野狼家狗云集蚕食，后来这个地方就有了"狗汇坨"的称谓。传说的故事听起来有鼻子有眼，不知是真是假，反正一辈传一辈，一直流传至今。因史书无记载，也只能把它当成一种传说，偶尔成为人们茶余饭后吹牛侃大山的话题而已。

不过，相邻"斩人洞"约两公里处就是大斌山古战场遗址。据《渠县志》记载，崇祯十七年（1644年），张献忠所部战将吴应元率农民起义军攻入渠县，与当地的地主武装郭云贵部在此"大战数十（次），小战数百"。郭荣贵以大斌山为据，以两千兵丁破敌万余。至于张献忠是否率兵亲临此地，史书无记载，但其部将吴应元曾在此处屯兵攻寨不假，不知是否与传说中的"斩人洞"故事有关，还有待考究。

也许，在历史长河中，只有浩瀚宇宙和大地山川见证了370多年前所发生过的一切，才真正知道传说中故事的真伪。但无论何朝何代，战争带给人民的灾难是深重的，只有和平安定才是人民之幸。

（2019年6月13日《达州晚报》副刊刊发）

扑朔迷离的"龙峡子"

地处华蓥山与大巴山交会处的渠县东安镇，境内群峰矗立，渠江环抱，襄渝一线、二线横贯全境。也许是沾了山的俏丽，水的灵气，境内有一个叫"龙峡子"的地方，这里崇山峻岭，峰峦叠嶂，钟乳悬挂，溪水深蓝，峡谷悠长，风景十分旖旎。半山腰一棵参天松树下，一股天然泉水，终日汩汩流淌，为路人止渴解乏。此泉被称为"一碗水"。

相传，很早以前，这个地方不叫"龙峡子"，也没有"一碗水"。这里地势平坦，土地肥沃。小村里居住着王姓100多户人家，人们世代和睦相处，朝闻鸡鸣，晚听鸟语，过着男耕女织的世外桃源生活。

村里有个叫王庆的人，从小父母双亡，孤苦伶仃，村里人见他可怜，从没把他当外人，这家一碗饭，那家一碗汤，他吃着百家饭一天天长大。长大后的王庆虎背熊腰，力气惊人，他不仅非常勤俭，而且乐于助人，疾恶如仇。遇到外地恶人欺凌乡亲时，他总是站出来把恶人打得满地找牙。从此，再也没人敢轻易骚扰王家村了。

王庆好像有使不完的力气，今天帮东家耕田犁地，明天帮西家挑水劈柴，很受乡亲们的喜欢。眼看就到了谈婚娶媳妇的年龄，乡亲们寻亲访友，在方圆几十里范围内为他张罗。终于，王庆与邻村的一个李姓姑娘对上了眼。在几个月后一个春暖花开的日子里，王家村张灯结彩，为王庆把李姑娘娶进了门。从此，小两口夫唱妇随，日子过得有滋有味，让王家村的人羡慕不已。

可是，好景不长，在一个电闪雷鸣、狂风暴雨之夜，一个巨大的"幽灵"出现在王家村。于是乎，房倒屋塌，良田尽毁，好端端的一个村庄，顷刻间惨不忍睹。

来的是一条混世恶龙。从此，王家村再无安宁之日。地里的庄稼一到成熟收获季节，一个夜晚全被恶龙吞食得干干净净，颗粒全无，村里的鸡、鸭、猪、牛也全都被恶龙吃光。由于有种无收，全村人食不果腹，日子十分艰难。而面对凶猛的恶龙，全村人还是一点办法也没有。

看到全村乡亲如此，王庆怒从心中起，恨从胆边生，一直寻思着收拾恶龙的办法。在一个风高月黑之夜，恶龙又下地作祟糟蹋田里的稻谷。王庆手握尖刀，瞅准一个机会跃上龙头，抓住龙角，将尖刀用力向龙的眼睛刺去。顿时，一股冲鼻的鲜血喷涌而出，只听得一声惨嚎响彻天地，剧痛的恶龙骤然间腾空而起，又重重地跌落到地上，将平地砸出一条深谷来。深谷两边隆起了一座座高山，龙爪行走的印迹，变成了深浅不一的绿荫凼。至此，瞎眼的恶龙顷刻间消失得无影无踪，王家村又恢复了昔日的宁静。

只可惜搏杀恶龙的王庆再也没有回来。李姑娘坐在峡谷边哭了七天七夜，直哭得个天昏地暗，日月无光。她的泪水滴在脚下的石板上，形成了一只碗口大的石坑。陡然间，从石坑内冒出一股泉水，而且长年不涸。

从那以后，人们便把被恶龙砸出的峡沟叫作"龙瞎子"（后演变成了"龙峡子"），把李姑娘哭夫地的泉水叫作"一碗水"。

千百年来，有关"龙瞎子"和"一碗水"的故事，一直流传至今。

（2023年8月9日《达州晚报》副刊刊发）

乡村婚俗

俗话说，男大当婚，女大当嫁。对于男女婚事，在四川东部一带礼数烦冗，讲究颇多。通常一个人从初次见面到结婚成家，得经过很多道程序，才能完成终身大事。

20世纪改革开放前，男女到了谈婚论嫁的年龄，都是秉承"父母之命，媒妁之言"。一年四季面朝黄土背朝天，绝大多数的人足不出村，对外面的世界知之甚少，根本没有时间，也没有机会去自由恋爱。

由此，乡村媒婆成为牵线搭桥的重要角色。她们用三寸不烂之舌，左方右圆，游走于乡村院落，穿行千家万户，硬把绿的说成红的，成就了一桩又一桩美满婚姻。

会　人

农村有句古话——"媒人一张嘴，黑白也难分"。乡村媒人男女都有，但绝大多数都是上了一定岁数的中老年妇女。她们对方圆几十里范围内，谁家有男，谁家有女，包括年龄、身高、相貌，以及家庭条件，都了然于胸，并时不时地在心里配着对儿，只要自认为门当户对，相互般配的，便登门撮合——先是让双方互看照片，如果点头认可，便约定见面时间和地点，人们私下称之为"会人"。

见面的地点一般都是选择在乡场上的场当头或电影院门口。双方见面后，媒婆一会儿问男方，一会儿问女方，东说西劝，说得让人心动。如果双方表态认可，便走进饭馆边吃饭边摆龙门阵，以此增进相互间的了解和认识。

婚姻大事，岂可儿戏？见面这天，双方父母都会到场，帮自己的儿女斟酌，怕年轻人见识浅，眼光不准，误了终身大事。不过，同不同意这门亲事，关键还是取决于年轻人自己，父母的意见一般只能作为参考。

进　屋

接下来，便是约定"进屋"时间，也叫"查人户"，就是到男方查看家庭条件，有房无房，家境是否殷实，弟兄姊妹多少，家庭负担轻重，父母身体状况好坏，等等。

进屋这天，媒人会带着女孩的母亲和婶娘、姑姑或舅妈、姨娘一同上门，帮忙斟酌。反正，这天男方会把家里清扫个遍，屋子收拾得干净利落，东西摆放得整整齐齐，生怕女方说东道西伤了面子。

老话说"一看咸菜二看酒，三看灶屋四看狗"。意思是到你家来，如果腌的咸菜和蒸的醪糟好吃，证明家中女主人能干；如果厨房收拾得干净，用具摆放得整齐，咬人的狗儿听主人打招呼，证明这一家人明白事理，懂人情世故，不是扯横（方言，指不讲理）之人。

女方一帮人进屋来，除从外表看男方家里条件外，还会翻箱倒柜，看衣物多少；掀开盛粮食的木柜、扁桶的盖子，看里面有无余粮，够不够一家人一年的口粮。如果柜子、扁桶里都装满了粮食，说明男方父母会打理生活，懂得节俭，将来女儿嫁过去后才不会缺吃少穿，受苦受穷。

查完人户，女方一家会悄悄在一旁商量，是否同意这门婚事，并将商量结果告诉媒人，由其转达给男方。如果不同意，女方一家就会立马借故离开；如果中意，女方一家就会留下来吃午饭。当然，男方提早会做好准备，去乡场上打酒割肉，买回好吃好喝的东西，弄上满满一桌菜招待客人。这种事千万不能吝啬和怠慢，否则，女方一家说你"狗头狗脑"舍不得。初次上门，得给对方留下好印象才行。

写订婚书

乡村有句老话叫"空口无凭,立字为据"。女方上门查完人户,点头认可这门亲事之后,接下来还会要求男方写订婚书,把这门婚事"拴牢",以免中途变卦,伤了双方的脸面。那些年写订婚书,一般都是请读过几天私塾的老学究来执笔,裁一张大红纸,用毛笔从右至左竖写。订婚书的格式大抵为某公社某大队某生产队某某男,与某公社某大队某生产队某某女,于某年某月某日缔结百年姻缘,双方自愿,情投意合,望从今日始,共同遵守约定,不得中途毁约而误了婚姻等等之类的表述。除男女双方签字摁手印外,双方在场的三亲六戚,以及在场人员都要签字摁手印,作为见证。

所以,写订婚书这个仪式也非常隆重,还要请好几桌客人参加,也是一笔不小的开销,都是由男方出钱出力操办。

此后,男女双方你来我往,相互走动接触,一旦时机成熟,便开始谈婚论嫁,挑选结婚时间。乡村风俗,结婚时间得由男女双方的生辰八字来定,于是乎,男方母亲会带着礼品,与媒婆一道去女方家索要其生辰八字,川东北一带称之为"催庚"。

催 庚

催庚前,媒婆会去女方家沟通,要征得女方父母同意后才行,要不然去了也是白去。此外,切忌怠慢媒婆,烟、酒、肉等礼数必须周全,否则,一旦媒人要个小心眼,就会让你多费不少口舌。如果女方父母对未来的女婿有看法,认为还需"考察"一段时间,会以"女儿年轻,再等一年、两年"为借口推托;如果没意见,会立即拿出木箱盖子,把写在上面的出生时间,爽快地报给未来的亲家母。老话说"弟兄望弟兄穷,亲家望亲家富"。一家养女,一家养儿,都是父母的心头肉,双方父母都希望将来儿女的日子过得好。

接下来,男方父母便将未来儿媳和儿子的生辰八字,交由地理先生掐算时间。只要日子定下来，地理先生会用红纸开出"婚期单"，什么时间女方"发亲"，什么时间"进屋"，什么时间新郎、新娘"拈香"拜天地，什么时间"入洞房"，上面都写得明明白白，你只要照单行事，就万事大吉了。

清　话

婚期临近前10天左右，男方母亲会和媒人一道，到女方家商量结婚事宜，这也叫"清话"。男方会问女方的陪嫁有多少台数，其中包括抬盒、箱子、柜子、衣柜、洗脸架的数量，还有棉被、蚊帐有多少床，衣服有多少套，到时好安排多少人来抬"行嫁"。女方则会向男方索要"过礼"财物，按当时的行情，根据男方的经济承受力而定——300至500元的彩礼，双鸡、双鸭、过礼肉、粉条、"揩脸肉"，还有衣服裤袜和鞋子——说好的物品，结婚那天一点也不能少，否则，女方会以此为由"不发亲"，叫你吃不了，兜着走。

一提到彩礼，有的女方父母总是谦虚地说"凭大方"。一句"凭大方"，让男方摸不着头脑，不知究竟给多少才合适。遇到大气一点的男方父母，会按当时的行情，给出让对方满意的彩礼。男方认为，女方父母辛辛苦苦把女儿养大，给点彩礼钱是应该的。于是乎，亲家间有说有笑，相互谈论如何办好这门亲事，莫让别人看笑话。

结　婚

男女婚事的最后一部曲，就是结婚。那时交通条件落后，不通公路，更没有婚车，也不拍婚纱照。结婚那天，女嫁男接，媒人打头带路，后面依次是新郎、新娘和送亲客，还有专门提录音机放喜庆音乐的人，乐声缭绕，帮忙抬"行嫁"的一大路。中途还会停下来休息几次，目的是"敲"新郎的喜糖喜烟，开几句不荤不素的玩笑，沾一点喜气，热闹一番。大家有说有笑，一路都飘荡着一股浓浓的喜气。

送　亲

送亲客是结婚这天不可或缺的角色。一般来说，要由新娘的弟弟来担任，如果新娘没有弟弟，其妹妹或五房内的堂弟堂妹也行。如果这些人都没有，则由侄男侄女出场，要是年龄太小，走路跟不上趟儿，送亲客的母亲就会随行，背着娃儿完成这趟美差。

对于这天的送亲客，也有许多不成文的规矩——接亲路上不能超前，也不能落后，要走在新郎、新娘后面，抬"行嫁"队伍的前面。到了新郎家，也不能和其他人一起直接进屋，到了地坝坎下或屋后就得停下来不走。待新郎拈香拜完天地，把新娘送进了洞房，才腾出手来去请送亲客进屋。但不能空手去请，得给喜事红包。不然，送亲客不会跟你走。在第三天新娘回门（回娘家）时，同样还得给送亲客打发红包。

牵　亲

其间，还有一个小插曲，就是"牵亲"，由男方的哥嫂或三亲六戚中的妇女来完成。但还得有一个条件——牵亲婆要有儿有女，并且身体健康、聪明伶俐。"牵亲"的意思是牵手引路，婚后生儿育女顺利。同时，牵亲婆还要负责"安床坝铺"，说上几句吉利的顺口溜，增添一番喜气。

嫁女、娶媳妇，是人生一大喜事。由此，双方父母都非常看重，各办各的酒席，各请各的客，提前一个月就会通知三亲六戚、亲朋好友到时前来参加婚礼。这天，不论礼物多少，该来的都来了，但也少不了邻里乡亲来凑热闹。女方的姑婶还会给新娘买衣服"添箱"；男方如有姐姐，还要给新郎买衣服"装郎"。这天，厨房里的厨师和帮忙打杂的人更是忙个不停，满屋烟雾缭绕，饭菜飘香，桌上"九大碗"齐备，荤的素的、凉的热的都有，猜拳行令，吆五喝六声荡漾，把山乡农家喜事渲染得无比热闹。

请 拜

结婚时还有一个重要礼仪，那就是"请拜"。"请拜"是在第三天吃回门酒时进行的，请的对象都是近亲属。"请拜"时，新郎、新娘用竹筛装着糖果和香烟，由支客司按照事前写好的名单，按辈分称呼一个一个请。首先是新郎的父母，接下来是新郎的爷爷、婆婆、外公、外婆和叔伯婶娘，还有七大姑、八大姨、舅爷、舅娘……反正该请的必须得请，请漏了别人会不高兴，认为你瞧不起人。每请一个人都得给钱上礼，10元、20元不论，一旁的新郎、新娘不停地说"谢谢"，还会拿烟、糖给上礼的人，以示回敬。

谢 媒

当然，这个媒不是白说的，男方得感谢媒人牵线搭桥才行。回门席这天，男方父亲会拿着一个装有香烟、糖果、红包的米筛，在支客司的引领下来到媒人桌前"谢媒"。谢媒钱给多少则根据当时的物价或一方习俗而定。如果媒人嫌谢媒钱少了，会让新郎的父亲"转个手"再添个10元、20元。一般来说，这样的事不会发生，谢多少媒钱，事前都会有一个约定。在20世纪80年代，撮合一桩婚姻辛劳费也就60至100元。不过，媒人不挑不抬，全凭嘴上和腿上功夫，吃也吃了，耍也耍了，人情也有了，还成就了一场好姻缘，也算是做了一件积福积德的大善事。

如今，乡村婚俗发生了本质上的变化，由于年轻人大多数都在外务工或经商，传统的"父母之命，媒妁之言"，被自由恋爱所取代，结婚的条件也提档升级——城里要有房，家里要有车，还得有"三金"。而且婚礼要隆重，酒店要豪华气派，婚车还要好，参加婚礼的客人要多——唯如此，脸上才有光彩。哪怕是为此欠下一屁股的人情债，结婚过后一家人吃糠咽菜过苦日子，也在所不惜。

或许，这种变化是社会进化的必然，也是乡村婚俗的一种畸形演变，让人感觉喜忧喜参半。

（2020年10月19日《达州晚报》副刊刊发）

乡村年俗

过春节，川东北一带叫过年。除了打扬尘、贴春联、放鞭炮与其他地方大致相同外，还有很多富有地方色彩的文化习俗，细细品评咀嚼，让人回味无穷。

打扬尘是为过年作准备。每年的腊月二十四这天，便是山乡农家打扫扬尘的日子，意在"除旧迎新"好过年。打扬尘不是用扫帚，而是去竹林割一大把竹叶，绑扎在一根长竹竿上，这就成了打扫扬尘的主要工具。那些年，川东北一带木排立房屋居多，分"五柱""七柱"或"九柱"（通指一扇排立五根、七根、九根柱子），房屋高度一般在5.3至6.6米，且大多数没有楼层，手拿捆绑着竹叶的长竹竿，站在地上都能把屋顶的扬尘清扫干净。屋内的扬尘主要是蜘蛛网和厨房里烧柴火产生的烟尘所致，所以打扬尘时要戴草帽，避免扬尘入眼和脏了头发。打下来的扬尘不能随意乱倒，可与柴火灰混合之后，用作农家肥施用在麦窝内，既可肥田，又可灭杀地里的"土蚕"（一种专咬禾苗根茎的虫）。

贴春联和年画是过年的一项重要内容，主要是增加过年的喜气。在20世纪80年代前，春联和年画只有新华书店才有卖，当然，春联也可以买几张红纸回家，请人帮忙代写。而年画除门神外，都是单个人物肖像或领袖画像；也有故事画报，几十个人物故事小画片，组成一张大画报，下面配有文字故事。大年三十中午吃了团年饭，用沥干饭的米汤，加一点汤圆面增强黏稠度，搅拌成糨糊，用红高粱苗做刷子涂在墙上，把春联、画报贴上去，陡然间屋内屋外焕然一新，增添了过年的祥和和喜气。没办法，那些年的墙壁都是用红高粱棍夹的壁子，外面糊上稀泥，贴上画报，无疑成了一种豪华的装饰。

团年饭是过年的开场锣。大年三十中午，远在异省他乡的人都要赶回家来团圆，一家人举杯话亲情，其乐融融，欢声笑语荡漾在山乡的农家小院。川东北一带在吃团年饭时还有一个习俗，就是将桌上的饭菜，每样都夹一点放在地上让狗食用，如果狗先吃哪种食物，开年哪种食物就值钱或价格会上涨。吃罢团年饭，还有"封年年饭"的习俗——用刀把自己家中的李树、桃树、杏树等果树砍一条口子，涂抹上团年桌上的饭菜，寓意来年果实满树。其实，这些习俗都是人们心中对新的一年的愿想。

"坐岁"是过年的必修课。在20世纪六七十年代的山乡农村，没用上照明电，也没电视看，吃了年夜饭后，大家便围着一盘炉火闲聊，这就叫"坐岁"。大人们通常是你一句我一句地说这说那，诸如东家的儿子开年某天要结婚，得还别人的份子钱；西家的婆媳关系不好闹分家了；还有今年收成不好，队里年终结算每人少分了几十斤谷子；开年报名，家中老大、老二的学费还差好几元，得找隔壁的李四家借点……总之是东拉西扯，既像是全家一年的"工作总结"，又像是开年的"计划安排"，反正是一些陈芝麻烂谷子的事，一说就是几箩筐。

俗话说"大人望种田，细娃儿望过年"。大人们的闲聊，似乎与小孩们无关，他们"坐岁"，是为了那份"压岁钱"。虽然只有3角、5角，但那可是一年中仅有的一次，并且可以随意支配的"红利"。所以，无论坐多久，哪怕是上眼皮和下眼皮打架，他们也硬撑着焦急地坐在小板凳上等待。不过，做父母的心都很公平，即使有孩子耐力不够睡着了，第二天起床后，也会从自己裤兜里发现那份惊喜。

"偷青"是大年三十晚上的娱乐节目。收到父母的压岁钱后，定力好的毛孩子，便会邀约同院居住的伙伴，摸黑外出去"偷"别人家地里的小菜，诸如葱、蒜苗、白菜、萝卜、豌豆尖等等，这就叫"偷青"。但区别于其他偷窃行为，看上去算是偷，实际上是过年取乐的一种形式。去"偷青"的人，都不会太贪心，每人手里拿着一点菜回家，就算是了却一桩心事。当第二天丢菜的主人发现后，也不会过分生气，边说边笑地骂上几句："背时的贼娃儿，一点儿力不费还要比我先尝新，吃了尿都屙不出来！"一阵风儿吹过来，笑骂声被淹没在了稀落的过年礼炮声中。

"挑银水"是正月初一的习俗。人们清晨起床第一件事就是去挑井水，谁去得早，挑的水越多，兆头就越好。一般初一大清早，井边就围满了挑水的人，依轮排序，你一挑，我一挑，片刻工夫就将满满的一井水挑个精光。说话声，桶碰井沿声，响彻寂静的乡村，渲染着节日的气氛。不过，初一这天还有几个习俗——厨房里用过的废水不得随意向外倾倒，得用桶、钵装着，否则，倒的是"银水"，会破了今年的财运；一家老小白天不能上床睡午觉，说是睡了要垮田边地坎；即使头疼脑热感冒了，也不能吃药、打针，无论如何也要熬过初一这天。所有这些忌讳，都是为了新的一年图个吉利，有个好的开头。

汤圆是正月初一早上的主食。早起，将用糯米磨成的汤圆面儿，根据各自的喜好，以红糖或猪肉为馅儿，做成大小不等的汤圆，放在不温不火的开水锅里慢煮，目的是不让汤圆破皮"走糖"。有的家庭还会在几个汤圆中包上硬币，如果谁吃到包了硬币的汤圆，就预示着新的一年财旺运旺。

上坟祭祖是雷打不动的课题。吃完汤圆后与弟兄叔侄，五房之内血亲，带上早已准备好的香蜡纸钱，来到自家的祖坟前，年长的叔爷辈们会向你介绍这个坟里埋的是谁，那个坟里埋的是谁。如果哪座坟的石头或坟上的泥土塌陷了，他们就会吩咐身边的年轻人，清明上坟时，把坟头石扶正，添上几捧土重新垒一垒。然后，按辈分和年龄大小，在场人员依次一个一个地上前磕头祭拜，燃响一挂鞭炮，点烛焚香，默许心中愿望，愿今年红运当头，父母身体健康，儿女苗壮成长，财源滚滚，事事顺心如意。

吃面条是正月初二的规矩。初一晚上就得提前准备，将熏制后的腊猪脚洗净切块，加入海带、大豆、木耳之类的素食，用文火慢炖，待第二天早上起来，倒入新鲜的酥肉再炖煮半个小时，就可以食用了。吃时，必须加少许煮熟的面条和菠菜、白菜、豌豆尖等时令蔬菜混吃。不得不说，这样烹调出来的面条，味香色美，不愧为一道难得的美食。浓浓的腊肉香，伴着新鲜的蔬菜葱香味，为新年增添了浓郁而祥和的气氛。

"化门前纸。"过去有句俗言——"初三化门前纸，大人外出做生意，小孩儿出门捡狗屎"。意思是说，正月初三一过，这个年算是过完了。于是乎，一家老小各行其是，大人们开始挖田拌地，给麦子补肥除草，拾掇田地里的禾苗庄稼；小孩则上坡放牛割草，捡拾路边的狗粪、牛粪，倒进自家的粪凼里，浸泡发酵后充作农家肥。不过，该做的农活要做，走人户的事也不能落下，得提着"弯弯腊肉"走亲访友去拜年。如果亲戚朋友多，七大姑、八大姨，还有大爷、二叔、麻幺公，以及岳父、岳母、外公、外婆，一拜就是10多天，有的到正月十五才拜完。没办法，水越搅越浑，人越走越亲，祖辈流传下来的规矩，得一辈一辈地延续下去。

在生活困难时期，逢年过节，家中都得有所准备，即使东挪西凑，也要置办一些年货。穷有穷的活法，富有富的活法，一般来说，大门小门的春联要买，门神、福字、画报要贴，还要多少买点瓜子、糖果和鞭炮，用自家玉米炒点爆米花，切点红苕果，权当招待客人的零食。大人不穿不戴，也要到供销社去买几尺布，为儿女缝制一件新衣服，哪怕是"阴丹阳布"，或用膏子将白布染上不同的颜色，穿在儿女身上，暖在父母心上，也能增添一点喜气。

过年还有一样东西必不可少，那就是上坟祭祖的香蜡纸钱和鞭炮。其实，这都是前传后教，自己所作所为，都是做给儿女看的，一旦将来自己有了那么一天，儿女也会上行下效照规办事。殊不知，人死如灯灭，泉下有灵也不知。这只不过是做给活着的人看，求得心理上的安慰罢了。

那些年过春节，虽然物资匮乏，可人们的精气神相当不错，村村都有文艺宣传队。只要每年的十冬腊月一到，每个生产队都会抽调几名有文化的男女青年到大队统一排练文艺节目，队里评工分。"忠"字舞、三句半，还有快板书，以及革命歌曲唱得震天响。从正月初一开始，天天开台唱戏，免费为群众演出。唱歌跳舞的人乐此不疲，看戏的人也百看不厌，这或许是当时物质文化生活贫乏，人们追求精神文化生活的具体表现吧！

那时，乡场上都扎有龙灯和车车灯，每个大队也都扎了一蓬狮子，走村入户地为乡民拜年讨喜事钱。狮子、龙灯耍得好不好，一是靠锣鼓敲打，二是靠吼吉利话。人们把吼吉利话的人称为"叫口"，"叫口"请得好，狮子龙灯就兴旺。可以说，"叫口"是出口成章，见啥说啥，全是四言八句的发财恭喜话。如果路遇两蓬狮子龙灯碰了头，相互间还得比拼一番吉利话，少不了锣鼓助威，直到输的一方散烟点火后，说上几句客套话，方才拱手让行，各行其路。

还有一些喜欢热闹的人，见耍狮子的人来了，便提早在自家院坝里，用家中物件摆一些"字谜"，中间放上几包烟或一个小红包，让耍狮人来"猜拆"。拆字时，狮子要不停地跳，锣鼓要不停地敲，打灯笼的"叫口"围着字谜绕圈圈，并动手把字谜拆解开，直到摆字谜的人认可后，方才罢休。否则，字谜拆解不开，耍狮子的人得不到烟和红包不说，按规矩还要如数倒赔给摆字谜的人。不过，乡村人一般都豪爽，不会计较这些，即使字谜拆解不开，烟和红包也照给不误，大不了嘻嘻哈哈说笑一番，目的是增加过年的气氛。

舞狮耍龙一般从正月初一开始，要闹腾到正月十五才结束。正月十五晚上，乡场上扎的草龙在街头巷尾烧完"烟火架"后，要送到河坝头去烧掉，意在"送龙入海"。乡村的狮子也要入室，用一条木条凳将狮头供在堂屋里，待来年过春节时又可拿出来耍。

如今，生活富裕了，过年的喜气却淡了，传统的乡村文化习俗逐渐被人们所遗忘。过年的狮子龙灯没有了，更没了自编自演的文艺宣传队。昔日那激昂的鼓点，高亢的吉利话，婉转的歌舞声，还有那一张张欢笑的脸庞，早已湮灭在岁月的长河中，时不时勾起人们思乡的愁绪，让人不经意间就会想起过往。

（2021年1月21日《达州晚报》副刊刊发）

走人户

记忆里，川东北一带，把逢年过节走亲访友，称为"走人户"，此称谓由来已久。

在20世纪80年代前，乡村生活十分艰苦，人们在温饱线下徘徊，一年四季面朝黄土背朝天地苦干加实干，也无法解决吃喝拉撒的困难。

但川东北人豪爽、大气、不拘小节，而且重情重义。逢年过节，或亲朋好友婚丧嫁娶、生日寿宴、小儿满月"打三朝"，他们都会去捧场凑热闹，不论送的礼物轻重，人到心意到，俗话说"千里送鹅毛，礼轻情意重"，这个道理早已在人们心中根深蒂固。

川东北一带乡村的人走人户，形式多样，礼品也因事而定。

春节走人户叫"拜年"，一般都是至亲，三亲六戚、七大姑、八大姨、五房之内的大爷、二叔、麻幺公、岳父、岳母、外公、外婆家，或五房之内血亲。总之，只要自认为该去的地方，想方设法也得去。

老话说"水不搅不混，人不走不亲"。即便是八竿子打不着的亲戚，相互礼尚往来走动的次数多了，也可以成为至交，比差不多亲戚的关系还要亲密。

那些年，春节拜年的礼品一般是6斤挂面，如今看来，也太不成礼数了。可在生活困难时期，除逢年过节外，平时家里来了客人，一碗热气腾腾的猪油面，撒上一把刚从地里掐回来的新鲜葱花，那可算是最高级别待客礼数了。

拜年时，家庭条件稍好点的人，会提上一块腊肉，因为是带着排骨的肉，用谷糠熏制后呈弯形，所以又叫"弯弯腊肉"。过年提着它走亲戚，代表着身份，也很吸引路人的眼光。虽然一块肉只有两斤左右，这也算是罕见的大礼了。

上门拜年，可不是白拜的，主家得给同去的小孩打发喜事钱，也叫"挂挂钱"。所以，遇到家中弟兄姊妹多的，能争取到拜年走人户的美差，得使出"一哭二闹三滚地"的要横招数，方能得到父母的许可。他们高高兴兴地穿上新衣服去走人户，其实是冲着那点"挂挂钱"去的。

除过年外，平时走人户，也有一番讲究。如果是同村同队的人生长满日，一般都是送6斤挂面。如遇结婚之类的酒席，那就得送粮食了，谷子、小麦或玉米，分量10至20斤。那时生活条件差，日子不好过，能送上这些也算是重礼了。

也有一些条件更差的缺粮户，家中口粮上季不接下季，逢邻里乡亲办酒席，磨不过人情，只好空手上门，到记账人那里，报个出情的品种、斤数，这叫吃"挂挂胡"，意在稻谷或小麦收割后，会将吃酒的挂账，如数送到主家来。此时，记账的人会在其名字后面，画上一个符号，让主家明白。

虽然空手而来，吃的是欠账，但同样是上门的客，主家不但不会另眼相待，就是一同来坐席的其他客人，也不会嫌弃抛白眼，反而觉得这人懂人情世故。常言道"人有三灾八难，煤有过窄过干"。谁都会遇到捉襟见肘的时候，大可不必放在心上。

最讲规矩的走人户，要数才耍朋友的年轻人了。在川东北一带农村，刚谈恋爱的男青年，除新年这个节日外，还有两个节日的人户必须得走，一是端午节，二是中秋节。

当然，走这两个节日的人户是要花血本的，首先要买几斤新鲜猪肉，还有麻花、馓子、粽子等物品，到未来的岳父母家，接女朋友到自己家里来过节。过完节，还得给女朋友买衣服，打发礼数钱。如果钱和礼物没打理规矩，女方父母会说你抠门，不懂礼数，弄不好这门婚事还会告吹。一般情况下，男方为了保住这门婚事，即使抓点借点，也要把该买的和该送的东西准备好。

如果是结了婚的年轻人，在过端午这个节日时，走人户的礼数更不能少。按照岳父岳母家的亲戚多少，每家都要备一份礼品，一般都是买几斤猪肉，麻花、馓子各20把，还有两把棕叶子蒲扇。

当然，岳父一家亲戚回敬的东西也不能少，大多数是送两把布雨伞，另外还得打发几元的喜事钱。

作为岳父岳母家的"上席客"，女婿上门去了还真得坐上席。如果在桌上吃饭时，不主动坐在上席位上，别人会认为你这个人很"蛮"，不懂礼数。吃菜时，第一筷头子菜（大刀圆子）得夹给桌上的长辈吃，以示尊重。吃饭时，要先说"请"字，待桌上其他人动筷夹菜后，自己方能动筷；吃饭夹菜要斯斯文文，不可狼吞虎咽，否则别人会认为你像"八辈子没吃过饭"一样。最忌讳的是筷子在菜里翻来翻去。吃饭结束后，还得对桌上的人说"请慢吃"。总之，规矩繁多，有时把人弄得头晕目眩，一顿饭吃下来，冬天也会让人冒热汗。

改革开放后，走人户的礼数也悄悄发生着变化，走亲访友的份子，从食物变成了现金。由起初的10元、20元、50元，到后来的100元、200元、500元，甚至1000元或数千元不等。当然，收别人多少礼钱，今后别人家里有事办酒席，你就得还多少礼钱，一点也不能少，甚至于还要往上加，因为物价在一年一年地上涨。如果礼数不到，别人会说你是只想进，不想出，是个"塌鼻子坐席不还情"的主，今后就没有人愿意和你打交道了。

除三亲六戚要往来走动之外，更多的是社会交往越来越广泛。一到十冬腊月，请帖满天飞，连八竿子打不着的亲戚，也会给你发来一张请帖，图得一个脸熟。今天吃东家，明天吃西家，有时一天要吃几家酒席。人户走得心慌腿软，遍地的人情债，压得人喘不过气来。

如今，变味的走人户，虽然都是"礼尚往来"帮衬"扎墙子"，也属人之常情。但相互间的攀比，所带来的是铺张和浪费，让人们深陷人情债这个沼泽中，从而再难寻觅当初走人户时，那种平和素淡的心态，以及源于血缘的那份亲情了。

（2021年2月19日《达州晚报》副刊刊发）

舌尖上的清明

当每年春分节气一过，清明节也就越来越近了。天气也变成晴雨相间，乍暖还寒。淅淅沥沥的春雨，灿烂的春阳，和煦的春风，滋润着山川、河流。山绿了，水满了，天也变得更蓝，路旁沟壑、山坳间的花草也蓬勃生长了起来。万绿丛中，一簇簇清明菜迎风飘舞，灰白色的叶子，黄色的花朵，点缀着乡村四月的春色。

俗话说"清明不吃粑，生疮生到脚趾丫"。吃清明粑，是过清明节的一个重要内容，并从古至今延续下来。清明菜具有一定的药用价值，外用可治疗溃疡和创伤，有利于扩张局部血管，内服有降血压、清肺润肠、止咳化痰、祛风湿的作用。当阴云笼罩山峦，春雨霏霏而下，漫山遍野的草叶带露之时，树上的花瓣开始飘落，纷纷扬扬，在半空打着旋儿，零落成泥前也要把花香留给大地。它们用生命的本真，给这个特别的日子披上了肃穆庄重的色彩。

清明草又名绵丝青，川东一带的人们习惯称之为"清明菜"。在清明节到来的前几天，人们纷纷到山坡野地去采摘清明菜，拿回家与麦面或米面相拌和，或用蒸笼蒸成糕，或用铁锅炕成粑，做成各种不同味道的食品。然后，带上清明粑，提着香蜡纸钱等祭品，来到逝去的亲人坟前，点烛焚香，烧纸化钱，虔诚祭拜。末了，在坟头插上祭祀的花笺，献上一盘清明粑，伫立坟前轻轻絮语，遥寄绵绵不绝的哀思。

清明菜属野生植物，它并不是成片成块地生长，而是散布在路边和沟梁上。在20世纪六七十年代生活困难时期，它可算是一种难得的野菜了。为此，每当清明节到来的前几天，细心的母亲，便利用上坡参加集体生产劳动的间隙，把看见的清明菜采摘回家。清明节这天，母亲升火洗锅，把筹集起来的清明菜，掐去根须和黄叶，放在清水里反复淘洗干净，拌和着米面、麦面、菜油、食盐，制作成不同的糕点，让一家人饱饱地吃上一顿。那种味道，至今想起仍让我回味无穷。

记忆里，母亲在用清明菜炕清明粑前，会先把清明菜洗尽后用刀切成小节，在瓦钵内倒入适量的麦面，加水、食盐调和成面泥，并升火把铁锅烧热，倒上菜籽油，用铁铲将菜油均匀地铺满锅体，然后，用喝汤的小瓢羹把麦面糊舀入铁锅内，一般不大不小的铁锅，一次性可舀十多瓢羹。待麦面泥挨锅底的一面烤熟后，用铁铲将其一个一个地翻过来，轻轻地按压成很薄的饼，以文火烧锅，铁铲反复翻动面粑，就可以出锅食用了。

不得不说，用清明菜炕出来的麦面粑，不但有一种新鲜的清明菜味儿，吃起来香糯绵口，而且颜色绿里透黄，吊人胃口，勾人食欲。炕清明粑一般都用柴火，这样才能掌控火的大小，做到猛火烧油，文火炕粑。对于这一点，母亲拿捏得非常到位，炕出来的清明粑特别好吃。

用清明菜做粑，母亲还有一招，那就是清蒸。将清明菜放在开水锅里焯水，然后用篾筲箕将水沥干，用刀切细成末，放入清水中浸泡半小时，再沥起来用手挤干水分，加入糯米粉、面粉和少许的食盐搅拌均匀，做成圆筒状，放进蒸笼里加火蒸熟。如果吃甜食就加白糖，无论是加食盐或加白糖，蒸出来的清明粑味道都很好。

曾记得有一年清明节，母亲因忙于集体生产，忘了做清明粑。当我放学回家，见锅里碗里都是平常吃的饭菜，少了清明节这天的主食，又见同院居住的小孩都手拿清明粑香喷喷地吃着，我心里感觉不是滋味，便放下碗筷不吃饭，使起性子来。母亲好说歹说，我也不听，气得从没打过人的母亲，从柴火堆里抽出一根柏树棍，狠狠地抽打了我几下。那天中午，母亲连饭都没吃，就背着背篼、拿着一把锄头上坡去了。

那天吃晚饭时，母亲从灶屋里端出一篼箕清明粑，叫着我的名字说道："你吃吧，中午没吃成，晚饭给你补起。"而我什么也没说，只是不好意思地笑了笑,抓起桌上的清明粑就狼吞虎咽地吃起来。事后,父亲告诉我,因为中午没让我吃上清明粑,母亲耿耿于怀,于是放弃出工休息时间,四处找寻清明菜,收工回家后拿出麦子,架起磨挞钩推磨磨面,才赶上晚饭这个点。听了父亲的话,当时的我一点反应也没有,认为清明节吃清明粑理所当然。直到时隔经年之后,只要一想起那年吃清明粑的事,我就会感到深深的自责,虽然那时少不更事,但仍感觉对不起母亲。

那些年,清明节吃清明粑,成了雷打不动的主题和习俗,并一直伴随着我从童年走到中年,直到12年前母亲因病离我而去。从那以后,每当清明节来临,看见田边地角生长的清明菜,我就会想起清明粑,想起我的母亲。浓浓的母爱在脑海中闪现,瞬间,我已泪眼蒙眬。

(2022年4月16日《达州日报》副刊刊发)

乡村年味

"年来到，年猪嗷嗷叫。"自古以来，在川东渠县乡村，人们习惯把杀年猪叫作"办年货"，把吃"刨汤肉"叫作"吃'杀猪菜'"，把灌香肠水菜称为"做腊货"。从冬至节前后杀年猪开始，便拉开了乡村农家过年的序幕。

杀年猪

冬至杀年猪，似乎是约定俗成的事儿。因为冬至前后杀的猪，不仅耐贮藏，而且熏制后的猪肉颜色金黄，味道鲜美。所以每年冬至节前后，杀猪匠的生意特别好，乡村处处皆闻猪叫声。一年忙到头，无论猪大猪小，家家户户都要杀一头过年，还得邀请左邻右舍、三亲六戚到家里来帮忙。末了，吃上一顿"杀猪菜"，在杯觥交错中酝酿着过年的气氛。

把杀猪匠请进屋后，首先是准备烫猪的锅灶。家里的厨房扁窄，锅灶小，烫剐不方便，于是便在屋当头或地坝边临时挖一个泥巴土灶，把平时煮猪食的大锅洗干净扣上，升火烧烫猪的水。待水烧成半开状态，杀猪匠便来到圈前，打开圈门，揪住肥猪的耳朵将其拉出圈来。旁边帮忙的人逮脚的逮脚，拽尾的拽尾，将猪拖拽到地坝里，侧按在一条宽板凳上。杀猪匠站在猪头后侧，左手用力向后封住猪嘴，右手紧握杀刀，挪一挪地上的接血盆，对准猪喉处用力一刀便刺了进去。

这时的猪四脚乱蹬，无奈被人控制，反抗也是徒劳。伴随着一阵"呜呜"的吼叫声，杀猪匠抽出杀刀，一股殷红的鲜血喷涌而出，流进接血盆里。待血流尽，猪停止了哼叫和踢蹬，静静地躺在板凳上，杀猪匠便松开左手，用杀刀在血盆里搅动几下，一脚踢开舔食盆沿猪血的小狗，然后自言自语："血财旺，来年吃穿有希望。"

杀猪匠抹了抹手上喷溅的猪血，吧嗒了几口主家男人递来的叶子烟杆，便提起一只猪后腿，用刀在脚丫处划开一条口子，把钢筋做的挺杖棍从脚丫破口处插入，在猪全身肉皮内来回穿插十几条进气通道。然后抽出挺杖棍，用草纸擦一擦破口处，双手捏住猪脚，直接用嘴对准破口，鼓起腮帮子向猪体内吹气。在杀猪匠一吹一放之时，帮忙的人用木棒敲击猪的肚腹、腿胯、耳垂等部位，让气流贯通猪身，只一袋烟的工夫，一头大肥猪便被吹得鼓胀了起来，随即用麻绳拴住猪脚吹气处，以防跑气。

给猪吹完气，杀猪匠来到锅边，把手指伸进锅里，见水温差不多了，便在锅沿中间搁上一根木棒，将半个猪身放在上面，用水瓢舀起锅内的水淋在猪身上，边淋水边用刮毛刀剃毛。一头猪剃毛净身要半个多小时。烫猪剃毛不仅需要技巧，还得有人打下手才行，而最关键的是掌握好水温——温度高了，会把猪皮烫熟；温度低了，毛刮不净不说，肉皮内还会残留一些断毛。

接下来是剐边。用铁环钩住猪后腿，将猪倒挂在屋檐下或树丫上，淋上几瓢凉水，用刮刀刮除上面没剃干净的猪毛和泥污，拿出剐边刀从猪尾处开口下刀，呈一条直线，一刀到猪头，肥厚的猪膘肉就显现了出来。接下来便是开膛破肚，挖肝取肺，用剔骨刀砍开背脊骨，把猪大肠放到簸箕里倒出肠内的粪便，将猪肉放在案板上，划成无数个大小不等的条块状，剔除四大骨，留足灌香肠做水菜的瘦肉。划肉时，对过年走人户送的肉很有一番讲究，要选带肋巴骨的"宝肋肉"，熏制后呈弯形，俗称"弯弯腊肉"，提着走亲戚既上眼又不失礼数。

乡下人对杀年猪很看重。一般都是请手艺好的杀猪匠，以免在杀猪时出现差错，"预兆"不好，让人心理上产生压力。杀猪时要一刀断喉，如果猪长时间不咽气，须补第二刀就不行；抽刀后血要多，代表血财旺，如果无血，来年必定不顺畅。

乡村还有一个风俗,拉猪出圈时,主妇会站在圈门前不停地唤猪,意在明年还要喂这么大一头猪;抽出杀刀,猪血流尽后,杀猪匠会在猪喉刀口处用草纸搽抹点猪血,让主妇拿去贴在猪圈门上"祭圈神",希望来年"六畜兴旺"猪满圈。

吃"杀猪菜"

吃"杀猪菜"是必不可少的内容。待杀猪匠把猪肉划切结束,会顺手切下一牙猪肝,削一点猪前胛上的瘦肉,切一叶猪心肺,来一块五花肉,剔一节胴子骨,取几坨猪血旺……反正猪身上每个部位的肉都要来一点,用作煮"杀猪菜"。而渠县乡村的"杀猪菜",以清炖汤菜为主,首先是用烙铁将猪肉去毛除汗洗净,放入冷水锅里,加花椒、葱白、大蒜、生姜,用大火烧开去白沫,然后转文火煮30至40分钟,捞出猪肉放凉,用刀切割成块状。把清洗后的萝卜一剖为二,同样切成厚薄一致的块状。接着放入胴子骨,用大火煮1小时,待熬出其中的骨油后,捞出胴子骨,把猪肉、萝卜倒进骨汤锅内,以文火慢煮20分钟,再把切成小块的毛血旺倒进锅中煮10分钟。待毛血旺外皮起蜂窝眼时,加入适量的食盐,撒上一把从地里掐回来的新鲜蒜苗,一锅香喷喷的杀猪汤就可以上桌了。

一般来说,清炖杀猪汤味道自然清香,汤色鲜美,肉质细腻,萝卜入口化渣,夹杂着葱蒜香味,吃起来麻而不腻,无疑是一道难得的佳肴。喜欢吃辣的人,可以在自家腌制的辣椒酱里加上一点香醋,做成蘸碟。清炖的菜品蘸着辣椒酱吃,瞬间会让你头发根根冒汗,周身舒坦,直叫一个爽。

但是,一锅清炖肉萝卜汤,必须配上其他家常炒菜,才称得上一桌真正的"杀猪菜"。一盘爆炒猪肝,一盘泡豇豆炒肉丝,一盘火爆毛血旺,一盘蒜苗炒回锅肉,一盘芹菜炒肚条,一盘爆炒腰花,外加几捧苞谷泡炒花生,一坛土酿啤酒,一碗老白干,满满一桌人,大口吃菜,大碗喝酒,你来我往,举杯投箸间把亲情友情再现。

一桌美美的"杀猪菜",是一年一次别开生面的民俗视觉盛宴,是乡情满满的真实写照。一桌"杀猪菜"，是对一年辛勤劳作的慰藉，也是对左邻右舍互帮互助的真情表白。

乡村"杀猪菜"暖人肺腑，醉了季节，醉了亲情。一个十冬腊月，吃了东家吃西家，品不完，尝不够，到处都充满了温馨、祥和、喜庆和吉祥的气氛，幸福的笑声在冬日的乡村荡漾。

做腊货

做腊货是渠县人过春节的主打课题。吃完"杀猪菜"，趁帮忙打杂的亲戚朋友还没走，立马赶做起腊货来。首先是灌香肠，把猪小肠清洗干净，用麻刀刮去里面的一层油皮，将猪瘦肉切成块，拌上食盐、辣椒面、花椒面和五香八角粉，用竹筒把小肠绷起，用食指把肉灌进去，边灌肉边把肉块往下挤压扎实，使其鼓胀紧实。待一根猪肠灌结束，每隔20厘米用细麻丝拴一个结，便于收拣和食用。然后，把灌好的香肠挂在竹竿上风干几天，等待熏制。生活困难那些年，为弥补猪肉的不足，人们把糯米蒸至半熟后，拌上佐料灌香肠，叫作"糯米香肠"，吃起来也别有一番风味。

灌完香肠后，将切成块的猪肉抹上食盐放在瓦钵内腌制，将猪肝切成条用细竹丝串起挂在灶头，让柴灶里冒出的烟火熏烤；把猪肚切成片，撒上花椒面、辣椒面和食盐，卷成筒，用麻丝捆缠成肚花。直到腌制的猪肉都浸满了盐水，再洗净去毛后晾干，放在自家的土灶上，与香肠和其他腊货一起熏制。熏制的原料也很有讲究，一般都是用谷糠和柏树枝慢慢熏烤，直至所有腊货都被熏烤得金黄流油为止。

总之，一头猪的五脏六腑要变换着不同花样，做出十几种腊货来，吃起来麻辣可口，腊香味十足，让人回味无穷。

当这一切都准备妥帖，年的脚步也就近了，年的味道也开始香浓了起来。

（2022年12月8日《达州晚报》副刊刊发）

情寄渠江

渠江——一条蜿蜒流淌的母亲河，它是我儿时的乐园，是我青春的舞台，也是我如今工作与生活的守望。我生于斯，长于斯，那奔腾不息的渠江水，绵延不绝地萦绕在我的脑海中，为我的成长注入了鲜活的血液。

有资料显示，渠江是长江支流嘉陵江左岸最大支流，也称渠河，古称"潜水"，又名岩渠水。两晋时称巴江、巴水，宋以后定名为渠江。据《水经》记载："潜水出巴郡宕渠县，南入（长）江。"《汉志》亦载，巴郡宕渠县"潜水西南入江"。因潜水纵贯宕渠县境，此后即称为渠江或渠河。渠江长720千米，流域面积4.05万平方千米。渠江源头为川陕边界山区，其干流在达州市三汇镇以上为上游，三汇镇到重庆市合川城北渠河咀为下游。渠江流域面积约占嘉陵江全流域面积的25%。从源头到渠河咀，地跨陕西省的汉中、四川的巴中、广元、达州、广安等市和重庆万州、合川两区。千百年来，渠江水滋润着沿江两岸人民，造福着天下苍生。

我生长在渠江边，老家离渠江不到1公里，站在屋后的山梁上就能看见那深蓝色的江水。儿时，每当周末和寒暑假，我们一帮小孩，如同自由放飞的小鸟，背着背篼，牵着牛儿到江边放牛、割草，看着奔流不息的江水，享受着大自然的馈赠。到了夏天，我们来到江边，赤条条地跳进江水中洗澡、戏水。那清凉的江水，如同甘甜的琼浆，洗涤着我们疲倦的身体，也净化着我们纯真的心灵。我们在水中相互追逐着打水仗、"拉水猫"，在江边沙滩上"筑长城""砌沙碉"，欢笑声在渠江里荡漾。

日月如梭，我从学校毕业回到农村，从村干部到乡广播员，后从事乡镇文化工作和党政办公室工作。30多年来，我一直与渠江为伴，工作、生活在这片熟悉而又热爱的土地上，对渠江有了更深层次的了解，也见证了它的美丽。那蓝得耀眼的渠江水，在夏日的阳光下波光粼粼，宛如一条蜿蜒前行的巨龙。当暴雨、山洪来临时，它承接着两岸万千河汊的雨水，洪流滚滚，泥沙俱下，奔腾咆哮的洪水淹没了场镇、村庄、田地、庄稼。于是乎，人们把这一切都归咎于"渠江洪水"，它背负着来自四面八方的诅咒和埋怨，日复一日，年复一年，依然如故，用它的赤诚，为沿江百姓农田灌溉、水上运输、水力发电、渔业发展无私奉献。

然而，一个时期，由于沿江两岸小型企业和养殖业的迅猛发展，各种废弃水直排，垃圾倾倒，导致江水变黑，江面漂浮物随处可见，水质一度恶化。加之采砂船非法采砂日甚一日，河床垮塌，河道变窄，美丽的渠江黯然失色，失去了往日的生机。此外，由于无休止的滥捕乱捕，个别黑心渔夫使用"绝户网""电毒炸"等非法行为捕捞，使长江流域的河流陷入了"资源越捕越少，生态越捕越糟"的境地，部分珍贵鱼种也濒临灭绝。尽管国家渔政管理部门每年都要投放大量的鱼苗，但仍是杯水车薪，渠江生态严重失衡，不由让人忧心忡忡。

2017年，四川省全面推行河长制，我承担了这项工作，并兼任河长办公室主任，负责本乡镇辖区内河湖的保护工作。从此，我的肩上多了一份责任和荣誉。渠江的每一次细微变化，都牵动着我的神经。记得河长办公室刚成立时，我不仅要上报全镇河流个数、里程、水域面积，制定出台相关制度，推选出镇级河长和村级河长，建立巡河台账；而且还要深入辖区内渠江水域，以及各个支流的山汊河流进行摸底调查。查看山汊支流水质状况，对江河支流周边的养殖场和工矿企业进行登记造册，摸排粪污排放情况，并建立监管台账，梳理上报县河长办公室和县生态环境局。两个多月时间，我跑遍了全镇大小河流、水库、山坪塘，其工作量可想而知，但我却无怨无悔。

紧接着开始对沿江污染企业进行整治，镇上召开了专门会议，抽调精兵强将展开清理整治工作，严格按照河长制相关要求，该关闭的关闭，该拆除的拆除，该搬迁的搬迁，对一些禁养区外的养殖场进行粪污排放治理，建设标准化的处理设施。这项工作看上去简单，实施起来却非常难。大多数业主都很明事理，工作一做就通，积极配合工作；而个别业主却是"一拖二抗三撒泼"，想方设法抵制整治工作。

镇域内有一家生猪养殖场，规模一般，但离渠江不到500米，属关闭拆除对象。但业主的工作异常难做，我们上门向他讲政策、说规定，他什么都明白，叫他关闭拆除猪场时，他却以种种理由推脱，最后还以其兄是残疾人为由，对上门做工作的人员恶语相加，死缠烂打，拒不配合。此处工作受阻，导致后续工作无法开展。为此，镇上专题向县河长办公室、县生态环境局、畜牧部门汇报，最后采取联合执法清除了障碍。

俗话说"打得一拳开，免得百拳来"，通过联合执法教育影响了一大片，渠江污染整治工作得以顺利开展。在不到两个月时间里，全镇共关闭养殖场2家，搬迁养殖场1家，完善污染排放治理养殖场5家，搬迁垃圾场1处。2018年，场镇还建起了日处理能力600立方米的污水处理厂，镇域内渠江污染源得到有效治理。

推行河长制以来，在渠江沿岸乡镇的通力协作下，渠江水逐渐由污黑变得干净清澈起来，重新焕发出了勃勃生机。2020年7月1日，国务院颁发禁捕令，对长江流域内所有河流禁捕10年，让江河休养生息。于是乎，渔船上岸，渔网被销毁，渔民改行，昔日渔船穿梭、渔网翻飞的场景再难见到了。由此，渠江生态得到了修复。当夏季到来，夕阳照耀下的江水波光潋滟，鱼儿在水中跳跃，印证了"诗仙"李白"日落看归鸟，潭澄羡跃鱼"的诗情画意。

如今的我，除按时上报河长制资料，处理一些涉河事务，督促镇级、村级河长每月按要求开展巡河工作外，隔三岔五我都会来到渠江边，沿着辖区内9.3公里的河段走一走、看一看。那清澈见底的江水，恰似一条深蓝色的玉带，与岸边的树木和水草相交融，在蓝天白云的映衬下，透射出幽蓝色的波光；那江中翻飞的一只只水鸟，一会儿高，一会儿低，一会儿擦水而过，一会儿半空盘旋，勾勒出一幅壮美的江景图。

我深爱着渠江，它不仅见证了我的成长，也承载了我一生的梦想。明年我就退休了，即将离开深爱的工作岗位，内心总有万般不舍。但是，无论今后身在何方，我都会用自己的实际行动，去守护这条母亲河，去诠释我内心这份深深的渠江情结。

（2024年7月12日《达州日报》副刊刊发）

第三辑　田园故土

乡村又闻熏肉香

从古到今，在川东北一带，人们把冬至这天作为杀年猪日，说是这天杀的过年猪，色香肉美，耐贮藏。于是乎，每到冬至这天，乡下农村四处皆闻杀猪声，辛苦了一年的乡民，带着喜悦，将自己千瓢食、万瓢汤喂肥的猪儿宰杀，预备过春节食用。

在儿时记忆里，20世纪六七十年代的山乡农村，生活十分艰苦，但无论如何父母也要喂一头猪过年。只要每年的正月一过，母亲便把压箱底的钱拿出来，让父亲起一个大早，步行10多公里的乡村小路，到乡场上的猪儿市场买回小猪崽喂养。小猪崽买回家后，我们弟兄姊妹的事便多了起来，每天放学回家，都要背着背篼到山坡野地、田边地角去割猪草回家，再由母亲用刀宰碎，放进大铁锅焖煮后喂猪。由于没有粮食和饲料喂养，一年下来一头活猪一般只有100斤左右，宰杀后净肉70斤左右。那时不兴缴税，年猪得"吃半交半"，也就是说年猪宰杀后自己只能吃半边，另外半边要上交乡食品站统一计划供应。所以每年冬至一到，杀猪匠也特别吃香，主家好烟好酒伺候着，都仰仗其刀下留情，在剖猪分边时刀走偏锋，将自家吃的这一半硬边多划一点，让一家人能多吃个一两餐。因为硬边背脊骨自己吃，软边肉多交国家，虽然日子不好过，但那时人们的爱国热情还是蛮高的。

儿时，每逢家里杀猪，我们心里都特别高兴，放了学就飞一般地往家跑。此时，年猪已烫剐分边结束，热气腾腾的饭菜早已上桌。杀猪匠毫无半点谦虚地坐在上首，一边喝着酒，一边吃着菜，甚为得意的样儿（用现在的流行语说叫"二冲"）。桌上摆放着菜血旺、猪肝、瘦肉等，分量虽然少了点，但对于一年难得吃上几回肉的我们来说，也是一次难得的打牙祭了。

后来，家庭联产承包责任制落实到户后，日子也逐渐好了起来，所杀的年猪膘肥体壮，烫、刨、剔、剖一系列程序结束后，一般净肉都在200斤左右。这时的食品站已经解体了，再不用"吃半交半"，缴纳8元的屠宰税就了事了。再后来，自宰自食的过年猪连屠宰税也不用缴纳了。吃肉对于人们来说已再不是稀罕事，冬至节前后杀头猪，腌制熏腊后，来年的冬至，家家都还有剩余的陈腊货。

每当冬至年猪宰杀后，母亲都要忙活好几天。她先是将切成块的猪肉放在瓦钵内用盐腌制，直到肉内都浸进了盐水，再洗净去毛后，放在自家的土灶上，用谷糠和柏树枝熏制。母亲还将猪瘦肉用来灌香肠；将猪肝切成块，用细竹丝串起来挂在灶头，利用柴灶里冒出的烟火将其烤干；将猪肚切成片撒上花椒面、辣椒面和食盐，再用麻丝捆缠成肚花。总之，猪身上的东西要变换做成十几个花样的菜品，吃起来麻辣可口，腊香味十足，让人回味无穷。

冬至一到，春节就越来越近了。杀了年猪后，伴随着熏肉飘香，人们便开始准备着其他过年的物什。在外打工的年轻人也开始回家过年，一年的拼搏，一年的艰辛，在过年的喜气中，在家人和亲朋好友的团聚中被淡忘，有的只是对未来生活的憧憬和期盼。

"天时人事日相催，冬至阳生春又来。"年复一年，岁月总是在季节的交替变换中，带着乡愁悄悄从我们的指缝中溜走，留给人们的只有在重重叠叠的记忆中去寻找那温馨的回味。

（2018年12月《企业家日报》刊发，2021年1月1日《达州日报》副刊转载）

中秋往事

中秋将至，圆圆的月饼，香糯的糍粑，归家团聚的人流，勾起了我对儿时过中秋节的回忆。那时，那人，那情景，总是鲜活地浮现在眼前，让我徒增些许感怀。

我出生在20世纪60年代中期，虽然没经历过国家三年经济困难的煎熬，但70年代初期和中期的苦日子，像雕刻家笔下的大理石作品，在我脑海里刻下了深深浅浅的印痕。

在儿时的记忆里，吃饱穿暖是人们心中最大的渴求——不在乎吃好，只在乎吃饱。大人们的愿望都如此，更何况我们这些小孩子。所以，过节就能吃好东西，便成了一种概念，至今也无法淡忘。

那些年，所过的节气除清明、端午、中元、中秋、春节外，其余法定的节日，根本没消受过。而清明节也只是到先祖坟前去烧几张纸钱，磕几个响头，插几枚花笺，以示怀念，但没有好吃好喝的，饭菜依旧如故。其余几个节气就不同了，虽然生活艰难，父母想方设法也要去买点肉，做成酥肉、丸子或其他菜品，让一家人沾上一点荤腥，打打"牙祭"，安抚一下肚里的馋虫。也难怪，一年四季，我的肚内真的没有多少油水，以至于小时候经常闹肚痛。

当中秋节来临的前一天晚上，母亲就会用温水，将糯米浸泡一晚，第二天一大早，把米放在锅里煮个半熟后，再用木甑垫上竹篾编织的"粗本"，将米放在里面蒸熟后，倒进瓦钵或石碓窝内，然后，到屋坎下去砍上两根楼梯竹，打整光滑后用来舂糯米。

春糯米，看似轻松，其实是力气活。要将一颗颗米粒舂烂，并粘连在一起，不是几下几十下就能成的，几斤糯米，至少要花一个多小时。在舂糯米时，我们弟兄姊妹几人往往会围在母亲周围，眼瞅着碓窝内翻动的糯米目不转睛。这时的母亲就会满是嗔怪地，在一旁装着水的碗里打湿一下手，扯起一坨糯米来，揉捏成团，给每人一个解解馋。甚至于，为了啃食楼梯竹上粘连的糯米，兄妹几人争抢打架的事，每年都要发生，最后，母亲不得不用篾条子来制止一次又一次"动乱"。

春完糯米，母亲揉捏出几碗糯米团后，撒上一层白糖，以备中午食用；然后在簸箕内铺上一层米面，将剩余的糯米倒进去，揉压成饼，真正的糍粑就形成了。待晾干后，切成糍粑块，用油炒或油炸后，吃起来香脆可口，别有一番风味。

那时中秋节没有月饼，可口的食物除糯米团和糍粑外，就只有肉食了。母亲舂完糯米，就将父亲用供应肉票在食品站买回的猪肉，用火钩烧制后洗净切成片，加上食盐和米粉子，混合均匀，用红苕、芋头和空心菜打底，将肉铺在上面，盖上蒸笼盖放在锅里蒸，这种做法叫"蒸鲊肉"。说实话，蒸出来的鲊肉吃起来肉嫩质鲜，肥而不腻，味道可口，那叫一个绝！

中秋节这天，还有一项重要内容——和过端午节一样，正在谈朋友的男青年，要把女朋友接到家里来过节。那时的婚姻，大多是"父母之命，媒妁之言"，真正自由恋爱的人不多，一般都是经媒婆介绍而成。中秋节把女朋友接到家里，主要是增进感情，让父母检验未来儿媳待人处事如何，像不像兴家为人的样子。如果中意，就托媒人打探女方父母的意愿，他们若没有意见，男方便提着礼品上门催庚、清话，选定时间操办婚事。所以，接女朋友到家里来过中秋节，意义非凡。去接时，还要买上几斤肉，要不然女方父母会说你不懂礼数，弄不好这场婚事就会告吹。为此，男方非常在意，就是多借几个钱，也要把礼品凑齐。

中秋赏月，那时乡下人不时兴这个。再说，那些年工业污染少，大气层没遭到破坏，月朗星稀的时候多的是，"十五的月亮十六圆"，反正每月都有几个晚上能看见圆月，对此并不稀罕。加之，生活艰苦，根本没有雅兴去赏月，没用上电，也没电视看，吃完中午的剩菜剩饭，便上床睡觉了。一句话，只要能把肚子填饱，一日三餐不愁吃，就万事大吉了。

中秋节一过，一年的时间就去了三分之二，离春节也越来越近了。于是乎，父母开始置办过年的东西，筹谋着如何把圈里的生猪喂肥，无论大小，好歹自家杀了一头猪，除上交国家半边外，剩余半边，让全家人过上一个饱年。记忆里，每年的这个时节，父母总是忧心忡忡，生怕过年时全家吃不饱，穿不好。

时光荏苒，转瞬间就过去了几十年。如今，除传统的节日节庆外，还新增了父亲节、母亲节、农民丰收节等节日，连什么情人节、圣诞节之类的洋节气也开始盛行，但我对此没有一点兴趣，唯独对中华传统的几个老节日念念不忘，特别是儿时过中秋节的情景，总是萦绕心间，久久难以忘怀。

（2019年9月12日《达州晚报》副刊刊发）

别了，流溪镇，东安乡

省上一纸批文，流溪、东安两乡镇合二为一，更名为东安镇，办公地点设在凤凰路5号。为时两个多月的乡镇区划调整筹备工作，终于画上了一个圆满的句号。

乡镇行政区划调整，是顺应经济社会发展，提升整体合力，降低行政运行成本的一项重要举措，为助推镇域经济向快向好发展，注入了鲜活的血液。

1949年前，流溪、东安隶属一个乡，1954年分为流溪、东安、双石3个乡，1956年与双石乡合并为流溪乡，1958年改为公社，1984年改为乡，2017年撤乡建镇。面积26.62平方公里，人口2.3万余人，辖祥兴村、燕岩村、石柱村、凉井村、千秋村、高庙村、瓜坝村、新象村8个村和流溪社区1个社区，境内有文峰塔、凤凰山、双龙桥、佛尔岩、高轿寺等名胜古迹。

东安乡1954年从流溪分出设乡，1958年改公社，1984年恢复乡名。面积42平方公里，辖石板村、长岩村、斌山村、高岭村、广坪村、栏桥村、里坪村、妙山村、美垭村9个村，总人口1.7万余人，地处华蓥山与大巴山交会处，境内有大小斌山古战场遗址、万里坪等名胜古迹，以及煤炭、石膏、石灰石、孔雀石等丰富的矿产资源和山、林、水、草资源。

流溪场始建于明末清初，地处渠江上游，20世纪70年代初，襄渝铁路通车，在辖区内设"流溪场站"，渠江水运亨通，铁路横贯东西，县乡公路纵横。便捷的交通条件，繁荣的场镇商贸，使此地成了周边的临巴、东安、河东、土溪等乡镇商品物资集散地。每逢二、五、八赶场天，场镇商贾云集，乡民众多，车来人往，叫卖声、吆喝声、讨价还价声不绝于耳。饭店里饭菜飘香，刺激人的味蕾，勾引着肚里的馋虫；家电商场的录音机响个不停，充斥着大街小巷；农贸市场摩肩接踵，农副产品齐全，一派繁荣鼎盛景象。由此，流溪场在过去渠县"二十八乡场"中，排名靠前，享有盛名。

打从记事时起，去赶流溪场，成了儿时的一种奢望。大街小巷曾无数次踟蹰不前，坐街的居民，还有吃商品粮的人，总是让人伸舌羡慕。1分钱一杯的凉水，5分钱一个的油果子，1角钱一碗的凉粉、凉面，还有包子、稀饭、蒸菜、炒菜、麻花馓子、红糖锅盔、凉粉锅盔……是那样地让人回味。河边码头、粮站、寨岩下、鸡市街、粮食市场、关庙、禹王宫、十字口……场地不大，街名却不少。粮站的粮油，食品站的肉，供销社的副食百货，让人望而却步；街上的日杂店、饮食店、理发店林立，彰显着场镇与农村之间的差距。在凭票供应的计划经济年代，即使你兜里有钱也无处消费，张三、李四、王二麻子人人平等。当年那些在国营企事业单位工作的人，可谓是人们眼里的"一匹哥"。

改革开放后，流溪城乡发展突飞猛进，场镇街道扩增了三分之二，有了农贸市场、百货超市，水泥路遍布农家院落。白墙红瓦，庭院整洁，人民的物质文化生活发生了天翻地覆的变化。同时，流溪、东安山水相连，流溪场又同为流溪、东安两乡人民的油盐场，它像一条纽带连接着两乡人民，他们世代睦邻友好，在党的阳光普照下，携手并进，同奔小康。

流溪和东安，合了又分，分了又合，最终又走到了一起，被冠名为"东安镇"。也许《三国演义》第一回开篇的第一句话——"天下大事，分久必合，合久必分"，就是对这次乡镇区划调整合乡并镇的最好诠释。

未来的东安镇，地灵人杰，文化底蕴厚重，区域广阔，有山有水，物阜民丰，矿藏丰富，人民勤劳质朴，发展后劲十足。只有把"抱团取暖"的故事入心入脑，扭成一根绳，万众同心，精准发力，才能成为助推经济发展、社会进步的催化剂。

渠县的东方，人民生活富裕，安居乐业，幸福平安，是我们共同的心愿。

记住流溪镇，记住东安乡，记住我们曾经历过的火红岁月。无论爱也好，恨也罢；甜也好，苦也罢；笑也好，哭也罢；愁也好，乐也罢——已如烙印，深深留在我们心里，也将被载入发展史册。

别了，流溪镇；别了，东安乡。一个崭新的东安镇，如旭日，将在渠县的东方冉冉升起！

东安赋

　　东安镇，美名扬。土地肥沃，山水吐芳。人杰地灵，文脉盛昌。东望三汇，南连大竹，西眺临巴，北接土溪。巍巍华蓥山绵延，滔滔渠江水荡漾。

　　云峰塔下观云游，石柱寨上话农桑。龙峡风光秀美，磨盘溪水长流。人头石翘首向东，七燕子展翅欲飞。忆往昔：新流溪，楚霸王跨江踩断"三墩石"；大塘河，张献忠途经剑戳"斩人洞"。大斌山，金铁铮铮犹在耳；佛尔岩，佛号声声已入心。凤凰山上凤凰鸣，见证岁月沧桑；流溪场上东安人，续写商贸繁荣。店铺林立，生意兴隆通四海；商贾云集，财源茂盛达三江。大刀圆子盐菜肉，色鲜味美；麻花馓子小炸鱼，香飘宕渠。广场上莺歌燕舞锣鼓响，祥石路休闲散步健身忙。襄渝铁路双线并行，运送南来北往客；成南达万高铁开建，织起大道交通网。县乡公路纵横，村组道路交错。万里坪上万米高，众山拱卫，千秋塝上千丘田，星罗棋布。双龙桥上双龙游，高轿寺里高佛壮。

　　今之东安，万象更新。依山傍水，百业待兴。抓发展机遇，谱跨越华章。乡镇合并添活力，万民称颂；脱贫攻坚成效著，百姓受益。战疫情，走村入户重宣讲；保民安，严防死守不懈怠。创省卫，环境面貌大改观；迎国检，干群同心战犹酣。乡村振兴战鼓擂，征途漫漫；阔步小康从头越，雄心勃勃。产业富民，种、养、加全面发展；农旅兴镇，吃、住、游齐头并进。忠于党，心系民，敢担当，善作为，夙夜在公不停步；思路清，目标定，决心下，方向明，万众一心齐奋进；大招商，大产业，大投入，大发展，携手并肩向前行。一江一河通江达海，两路三山并驾齐驱。快马加鞭展宏图，劈波斩浪扬风帆。

嗟乎！东安富饶，百姓善良。勤劳进取，不息自强。乡村振兴，处处新装。城乡一体，共沐春光。物阜年丰，山水文章。光前裕后，传统弘扬。干群团结，奋发图强。脱贫致富，共享小康。未来发展，百业腾骧。

一首新赋朝天阙！美哉兮，东安！壮哉兮，东安！

（2022年11月8日《达州晚报》副刊刊发）

又到谷黄稻香时

老话说"秋后十天满田黄"。立秋过后，田里的稻谷像喷了催熟剂，一天一片黄，黄得让人睁不开眼，这满眼的金黄，扑鼻的稻香，寄托着种田人一年的希望，满满的幸福感和喜悦在他们的心中荡漾。

一台台小型打谷机、收割机轰隆隆地唱着歌开进了谷田，一束束稻穗在收割机的卷镰下消失，饱满的颗粒如一条金黄色的带子，从机舱内流出，装入丰收锦囊。颗粒归仓是种田人最大的愿望，不论丰收与否，这是辛勤劳动最后的一道流水作业。

此情此景，勾起了我对往事的回味。儿时，每逢稻谷收获季节，父亲就会把挂在墙上的几把镰刀收到一起，拿到街上的铁匠摊砥出锋利的齿路，俗称"砥镰子"；抽空将遮阳、拌桶、架子、箩筐和撮箕修补好，以免在收割时"扯拐"误事。母亲则早早地储备着米面等生活用品和草料。那时是大集体生产，收割季节得出工挣工分，要不然，看得见的金黄也分不了多少。而我则尾随在哥哥、姐姐身后帮忙洗衣、煮饭，侍弄猪、牛的草料。

后来，土地承包到户后，各自为政，力量虽然分散了，但大家劳动的劲头更足了。每到收获季节，全家老少都派上了用场，作为家中的男丁之一，十五六岁的我也挽袖上阵，抱起谷把在拌桶上使劲摔打，直到谷粒落尽为止。父亲口传心授打谷技巧——把手中的谷把分成两半握在一起，叫"扇子把"，便于谷把在手中翻动，还有什么"懒牛滚水""犀牛望月"等打谷手法，主要是不让谷子溅出桶外，减少"抛撒"。几个回合下来，传统的劳动手艺，我居然使起来得心应手。或许，我骨子里天生就蕴藏着农民的基因，所以，任何农活都学得快，用得来。大到耕田犁地，栽秧打谷，小到抛粮下种，放牛割草，我虽然不是很精通，但样样都会做。

农村有句俗话说"栽秧栽得手僵，打谷打得心慌"。打谷是一项体力活，太阳大，温度高，喻作"血盆里抓饭吃"，特别是午后明晃晃的太阳从头顶直射下来，让人大汗淋漓，心慌气短，有种休克、窒息的感觉。这时，不得不收工回家休息吃午饭。好在母亲已为我们弄好了饭菜，晾冷的稀饭，好吃的水煮花生，香喷喷的蒸肉，还有甜甜的哑酒罐，在桌子上车着轮子转，你一口，我一口地喝下肚，既解渴定心，又提神解乏。吃完饭，稍作休息，我们又得披挂上阵。天气好，成熟的谷子收回家才放得了心，一家人一年的口粮，马虎不得。

收割两日最怕天气不好，如果连下几天雨，谷子就会在田里发芽，收回来的谷子晾晒不干，就会发霉烂掉。最累人的事还算收割时节抢"偏斗雨"。"偏斗雨"一般都在午后，好好的天气，转眼间乌云滚滚，狂风大作，豆大的雨点就落了下来。如果抢收不及时，被雨淋湿了，谷子就会反脆，打出来的米碎杂，不涨饭，吃起来不香。所以，每逢抢"偏斗雨"，全家老少齐上阵，偌大的集体晒场满满的都是人，各家抢各家的，扫帚、木档刨来回飞舞，那个忙、那个累简直无法用语言描述。有时也会被老天戏弄，一地坝的谷子刚好收拢成堆，云开雾散，天放晴了，又忙不迭地把谷子铺开晾晒。所以，每每这个季节，人们最怕的就是抢"偏斗雨"了。

收割季节一到，母亲是家里最忙最累的那一个。她不仅要负责一家人的吃喝拉撒，还要照管圈里的猪、牛吃喝。收回来的谷子不仅要晾晒干，而且还要用风车将秕谷车净，然后装仓。一季稻谷收割结束，母亲至少要瘦两三斤。虽然又苦又累，可看着颗粒归仓的粮食，母亲的脸上总会堆满笑容。

收完稻谷，就开始收稻草。那时家家都养了一头牛，用于耕田犁地，而稻草就是草木枯黄季节耕牛的过冬草料，一点大意不得。收稻草一般要选火热的天气，先要将扎好的稻草翻晒干，用木背架打成捆背运回家，选一个排水好的地方挖坑，立一根粗木棒，俗称"草树桩桩"，将稻草围着树桩一层一层往上垒成一棵粗大的"草树"。一个冬季，傍晚牵牛喝水、扯稻草喂牛就成了我们几兄妹的日常杂务。

那些年，土地金贵，田边地头，旮旯角角都种上了农作物。应时应节，收了上季种下季，一年四季都看不见一块撂荒地。90%的邻里纠纷都是争水、争边界，甚至东家的猪或牛损毁了西家的禾苗，这些鸡毛蒜皮的事时有发生，那种种粮积极性确实蛮高的。

岁月更迭，物是人非，转瞬几十年过去了。随着改革开放的进一步深入，科学技术的日新月异，农业种植已实现了半机械化，小型耕田机、收割机替代了传统的耕作方式。广大农村发生了翻天覆地的变化，一幢幢白墙红瓦楼房掩映在青山绿水中，天上百鸟飞翔，地上鸡鸣狗吠。和谐的生态，新鲜的空气，美丽的愿景，勾勒出一幅秀美乡村图。

然而，每逢一年谷黄稻香时，我就会想起那些年，那些事，以及曾经的过往。

（2019年8月26日《达州晚报》副刊刊发）

又闻乡村鸟唱歌

阳春三月，万物复苏。

惊蛰节前几天，我回了趟乡下老家。清晨，窗外阵阵鸟叫声把我从熟睡中吵醒，那久违了的声音让我感到异常亲切和惊喜，我立即穿衣起床，来到老屋后的山梁上一观究竟。

这是一个少有的晴好天气。天边刚刚露出鱼肚白，和煦的春风透着一丝丝凉意，田地里的油菜吐露着花蕊，嫩绿的叶片中夹杂着星星点点的金黄，彰显着乡村三月特有的气息。

在一幢幢错落有致的农家小院旁，桃花、李花、梨花竞相开放；田地边、溪沟旁、山梁上，翠绿色的柏木树，身姿犹如少女般苗条，在微风中轻歌曼舞。一群群不知名的小鸟，在刚长出嫩芽的洋槐树枝头上，来回穿梭跳跃，或三五只，或七八只，叽叽喳喳地唱着歌。齐腰高的茅草丛中，时不时飞出一只野鸡或斑鸠来，落到山梁上，欢快地一边打鸣，一边寻觅着食物。

好一幅和谐美丽的乡村新画卷！

在儿时的记忆里，山乡的雀鸟很多，特别是麻雀。正如鲁迅先生《从百草园到三味书屋》一文中，描写闰土的父亲捕麻雀时那样，每年的冬季来临，一帮小屁孩便会在自家的牛圈旁，用牛谷草抖落在地上的竹秕壳作为诱饵，支起一只竹筛捕捉麻雀。

那时农村生活困难，粮食种子也特别金贵。为了免遭雀鸟偷食，抛粮下种时，生产队便会安排专人，在每块田地里像模像样地绑扎几个稻草人，站岗放哨般地护卫着农田，以防鸟类入侵。起初还真能镇住那些雀鸟们，但时间一长，胆大的麻雀识破了人类这一"骗术"后，便肆无忌惮地在田地里掏食种子，偶尔还会飞到稻草人头上去唱歌、拉屎，同人类展开粮食争夺战。

于是乎，麻雀与老鼠、蟑螂、跳蚤为伍，被列为"四害"之一，人皆诛之。继而全民皆兵展开了歼灭战，人们采取"轰、吆、撵"的方式，驱逐雀类。田地边、大路旁、山梁上，到处都是参战的人群，人们拿着竹竿、旗幡、铁锅盖之类物什，高声呼叫敲打，发出声响，不让雀鸟落地歇息，最终使其累死累昏而掉落地上。

几年下来，成千上万的雀鸟们成为人海战术的牺牲品。后来，人类为防鼠害，在种子里拌上农药，结果老鼠不仅没被毒倒，反而越来越多，鸟类却遭了大殃，春种或秋播下来，一块地里死鸟就是一大片。再后来，由于人类的猎捕，加之砍伐树木开荒种地，森林、植被减少，鸟类没了栖息之地，便逐渐销声匿迹，人们偶尔能见到的只有春天飞回的燕子了。

对于鸟类的消失，起初几年，人们并没有太在意，直到某一天农作物的虫害越来越猖獗，种田的农民不得不用大量的农药来保护作物生长时，才知道生态失衡带来的恶果。慢慢地，人们开始明白天地万物相生相克，有利有弊的道理。进而思念起鸟类的好处来，想听到它们叽叽喳喳的鸣叫声，更想见到它们在田地里或树枝上飞来飞去的影子。

随着国家封山育林、退耕还林工程的实施，十多年下来，光秃秃的荒山披上了绿装。加之政府下了禁捕令，收缴了民间的猎枪，鸟类才得以休养生息，各种鸟儿也逐渐增多，斑鸠、野鸡、麻雀等十多种鸟类遍布乡村，随便你走到哪里，冷不丁就会从树上或草丛中飞出一只或一群来，把你吓一大跳。

和谐的生态，优美的自然环境，空气质量的提升，不断改善着人们的生存条件。逐渐增多的鸟类，也成了农作物病虫害的天敌，农药用量的锐减，让粮食更天然、绿色。

然而，让人担忧的是，一些利欲之徒打起了鸟类和其他动物的主意，没有猎枪，就用网子，他们在群鸟出没的山梁上，横拉起一条大塑料胶网，只要鸟儿撞在网子上就会被挂住。被挂住的往往是野鸡和斑鸠，自己吃不了，就拿去卖。于是乎，农贸市场上有了收购野鸟的商贩和卖塑料网子的商家，大街上也堂而皇之开起了野味店。人们三三两两地走进去，不问任何出处，胡吃海喝地享受起野味美餐来。

又闻乡村鸟唱歌。如此下去，这自然与人类和谐相处的秀美画卷，不知又能维持多长时间？

（2018年6月《中国乡村》第二期刊发）

春来三月无闲人

"忽如一夜春风来，千树万树梨花开。"惊蛰后的一天上午，我兴致勃勃地走出家门，漫步在乡村小路上，心情无比惬意。蓝蓝的天，白白的云，柔柔的风，还有那盛开的桃花、李花、杏花、梨花，争奇斗艳，一阵风儿吹来，花香扑鼻。那纷纷扬扬飘落的花瓣，如天女散花一般，在树的周围铺上了一层彩色地毯，惊艳了路人的眼。一块块盛开的油菜花田，东一块、西一块，像黄金一样镶嵌在田地里。蜜蜂在花丛里飞来飞去采撷着花蜜，"嗡嗡嗡"的鸣叫声此起彼伏，为这人间的秀美春色友情伴奏。

俗话说"三月无闲人"。正是春耕播种之时，田间地头到处都是忙碌的身影。有耕田起垄播种谷子的，也有播种玉米肥团苗的，还有除草施肥、翻挖玉米地的。一位正在犁田的大爷歇住黄牛，坐在田坎边歇气休息，他吧嗒着刺鼻的叶子烟，见我到来，热情地与我摆起了龙门阵。

大爷说："春争日，夏争时。大春粮食播种要抢早，一点也打不得王逛，要把好育苗这道关。要不然苗子出了问题，种苗跟不上，粮食产量就会打折扣。老话说，误了一年春，十年奔不伸。"

我说："是啊！粮食是生存的根本，仓中有粮，心底才不慌嘛！"

大爷吧嗒了一口旱烟，用手指轻轻弹去烟锅上的烟灰后说："我看电视新闻上都在讲，要把粮食安全放在首位，把饭碗端在自己手上，让田地不撂荒，粮食要增收。我反正也是闲着，就多买了几斤玉米种和稻谷种，计划把往年荒弃的田地翻耕过来种上粮食，一来为自己增加收入，二来也响应中央号召，为国家粮食安全出点力。"

一说到春播，大爷很内行。他如数家珍般地说道："谷从秧上起，而育苗得有好的秧母田，要选阳光充足、水源好的田块，上年打完谷子便要蓄上水，而且犁耙翻耕偷不得懒，'三犁三耙'要到位。泡种、催芽、分行、起拱、覆盖薄膜，活路多而杂。秧苗出土面后施一次淡粪水补充营养，接下来根据秧苗的长势看苗施肥。太阳大，温度高，要把薄膜敞开，不然秧苗要烧坏；遇到寒潮，要把薄膜盖得密不透风，否则，秧子会冻死。说实话，种庄稼要勤快，一点打不得死巴锤。"他吧嗒了几口叶子烟，接着说，"现在政策硬是好啊，种田有补贴，到了60岁还能领农保，家庭困难的人还可办理低保。过去那些年种田还得交公粮和农业税，还有'三提八统'，一年忙到头肚子还吃不饱。现在不缺吃、不缺穿，日子越过越好。"末了，他感激地说，"这得感谢党中央，感谢我们的习近平总书记。"

说完，大爷站起来冲我笑了笑，磕掉烟锅里的烟蒂，把烟锅别在腰间，吐了口唾沫在手心搓了搓，挽起裤脚下到水田里，右手扶起犁头，左手拿起吆牛棍又犁起田来。随着牛蹄在泥田里有节奏的打水声，犁铧上的泥巴翻着卷儿倒向一边。娴熟的犁田技术，不紧不慢的吆牛声，在春阳照射下勾勒出一幅乡村春耕图。

我告别犁田的大爷，顺着新修的乡村水泥路往前走，在路旁的一块麦地里，一位大妈正在翻挖预留的玉米空行，我上前打了招呼，便与她闲聊起来。她说她的儿子、媳妇都在广东的一家制衣厂上班，为了孩子上学读书方便，前几年他们在县城买了一套房，让她和老伴进城去照顾孙子读书。"说实话，习惯了耕田种地，一旦闲下来，总觉周身不舒服。于是乎，我和他爸商量，还是抽空回家把闲置的几亩田地种起，除播种和收获季节回家忙几天外，平时都在城里照顾孙子上学。现在国家政策好，能干活挣点就莫偷懒，不要过早成为儿女们的负担。"末了，大妈这样说。

在相隔几百米的一个农业产业园区，但见一条条新修的产业路，通向园区每个角落。一望无际的柑橘树林里，几十个村民正在给柑橘树松土、施肥、打药。他们分工明确，忙而不乱，井然有序，再现了当年大集体生产场景。那一棵棵刚抽出嫩梢的柑橘树，那一朵朵盛开的桃花、李花，如星星点灯，错落有致地布满附近山坳沟壑，使三月的乡村充满着不同寻常的生命力。

园区主人姓李，今年50多岁，说话爽朗率真。他说自己初中毕业后外出打工，从最底层的泥瓦工干起，通过几十年的打拼，事业风生水起，有了自己的房地产公司和建筑工程公司，一年的回报相当可观。但故土情深，每当回到老家看见成片撂荒的土地，内心感觉很可惜。于是，他作出了让家人难以理解的决定，毅然放弃外面的事业，回乡发展产业，为振兴乡村出把力。2019年，他回老家承租村民土地3000多亩，注册农业产业发展公司，平整土地，修建生产道路，栽种果苗，开挖鱼塘，大刀阔斧地干了起来。通过几年的打拼，目前，园区产业已初具规模，累计投入资金4000余万元，栽植各种果树3000多亩，水产养殖400余亩。

他笑着说，自前年果树正式投产以来，园区年用工量达到了1.2万人左右，仅此一项就可为附近村民增加劳务收入200多万元，为村集体经济年增收近10万元。

在产业园区不远处的一个山梁上，几个小孩"忙趁东风放纸鸢"。春阳下，几只形态各异的风筝，随着风儿起舞，在半空中时高时低地起伏翩飞，幸福的笑容写在孩子们的脸上。难得星期天有这么一个晴好天气，他们用一颗颗充满童真的心去亲近大自然，欢笑声在山梁上荡漾。

不得不说，这些年脱贫攻坚和乡村振兴，使农村面貌发生了巨大变化。一幢幢别墅式砖瓦楼掩映在绿树丛中，家家户户水通、路通、电通、气通；太阳能、移动信号、无线网络、卫星锅盖全覆盖。不少村民和刚刚遇见的大妈一样，在乡下、城里都有房。他们农闲在城里带孙子读书，农忙便回乡下耕田种粮，种田、顾家两不误，生活很有节奏感，日子过得不比现在的城里人差。

踏着明媚的春光，行走在乡间小路上，风儿轻柔，四野花香扑鼻。路旁水田中放养的鸭、鹅扑腾着翅膀，一些不知名的小鸟，在小树上飞来窜去地鸣叫，一切都是那么自然、和谐，彰显着乡村三月旺盛的生命力。

（2023年4月21日《山西科技日报》副刊、2024年3月29日《达州晚报》副刊刊发）

醉美乡村五月

五月的乡村，依旧那么火红。硕果的金黄已装进暮春的锦囊，初夏的风为大地换上了新装。一个太阳，一泼雨，田地里的禾苗一个劲疯长，山绿了，水清了，一切都充满着燃情诗意。

放眼望去，田埂上、大路边、山坳里、溪沟旁，一丛丛盛开的茅草花，犹如一条条洁白的哈达纵横交错，更像亭亭玉立的少女，挥手作别灿烂的春天，笑迎火热的初夏。此时的天是蓝的，白云在头顶上飘动，草地里的牛羊欢快地啃食着青草，几只白鹭在牛背上扑棱着翅膀跳来跳去。布谷鸟在半空中啼叫，一声声"豌豆苞谷"，柔情绵长，在山野里回荡。天空鸟儿飞翔，竹林里、树丛中，各种鸟叫声相互交织，合奏出一首百鸟迎夏曲。用深情，在翠绿色的禾苗间点缀，为五月的乡村锦上添花。

在儿时的记忆里，山乡的五月总是那么繁忙，一边收获金黄，一边播种新绿。那时是大集体生产，大人们忙着出工挣工分，早出晚归，家里的一些杂事，诸如煮饭、喂猪、喂牛等杂活，就交由我们一帮小孩子来完成。于是乎，家中年长的大哥，便成了临时家长，煞有介事地安排弟兄姊妹——老二煮饭，老三推磨，老四上坡割草喂牛。相互分工合作，目的是要把家务事做好，免得挨骂受气，被父母埋怨。

上坡割草，自然要比在家煮饭轻松自在得多。那时，农村政策还没放开，农民把宝都押在土地上，四处开荒种粮，很少有闲置的土地供野草生长，而且，家家都养了一头牛，用以耕种土地。一到农忙时节，山坡野地到处都是背着背篼割草的小孩，四野光秃秃的一片，要想割满一背篼牛草，至少要翻几匹山梁、越几道山沟，还要费很大一番工夫，稍一疏忽打"玩逛"，背篼就会割不满。为了免遭父母责罚，有时我们会不顾危险爬到高高的黄桷树上去采割黄桷叶充数，甚至于背篼内打洞做"空心"，以此蒙混过关。如果有现在这么多撂荒的土地和遍生的茅草，当初我们也不至于违心地去做一些骗人的荒唐事了。

但逢"红五月"农忙时节，学校都要放几天农忙假，让学生回家帮助父母干农活，收假后还得向老师交一篇"农忙假见闻"之类的作文。一般来说，假期里除了背着猪牛草背篼割草外，有闲时，便提着竹笆篓去收割后的麦地里，捡拾遗漏的麦穗，拿回家后用手搓掉麦壳晾晒，一季下来也能拾掇个10斤、8斤的，不但能得到父母的夸奖，打磨成面后，还能让一家人饱餐几顿。

而每年的四五月份，雨水特别多，也特别密，山梁上的石骨子地里，便会长出一些像黑木耳一样的东西，我们把它叫作"地木耳"。用清水将其反复冲洗后，放上油盐在锅里一炒，吃起来香脆可口，别有一番风味。没办法，缺吃少穿的年代，只要是能吃的东西，我们都尽量将其当作充饥的食物，以补充粮食上的不足。

那时，为了增加集体副业收入，个别生产队饲养了成百上千只鸭子，安排3至5名精明能干的社员专职饲养，并搭建了鸭儿棚子，供放鸭人夜晚住宿。我们习惯称之为"放朴鸭儿的"，就是在田间地头打敞放的意思。由于粮食金贵，一年四季都靠野外田间觅食，除吃虫虫草草外，鸭子最爱吃的就是生长在石骨子岩壁上的旱螺蛳。一有空闲时间，我们一帮小孩便提着竹笆篓，攀岩爬坎去收集这些旱螺蛳，卖给鸭儿棚子，虽然一斤只卖几分钱，但积少成多，一年下来，居然也能筹集个一两元钱。这对于当时的我们来说，可算是一笔天文数字了。关键是这些钱不受大人管束，可以自由支配，去买自己喜欢的东西。

记忆里，每当初夏来临，如果天气暴热，便是要下雨的前兆。如果是在晚上，我们一帮小屁孩便会邀约一起去捉火把黄鳝。下午放学回家，我们便准备着捉黄鳝的物什。先是把竹子划成一米长、5厘米宽的竹板，用刀在竹板前端划出齿轮状的小口子，然后把两个竹板一合，在中间钻个眼，用铁丝连接，就成了夹鳝鱼的夹子；再用一根小竹筒灌上煤油，把草籽搓成条状做灯捻，火把就做好了。吃罢晚饭后，我们便挽起裤腿，打着火把，带着竹夹，到水田里捉起鳝鱼来。往往在下暴雨的前几个小时，因为缺氧，鳝鱼就会从洞里爬出来，躺在泥面上透气，用竹夹轻轻一夹就可以将其装进竹笆篓。一晚上下来，能捉个三五斤，拿回家开膛剖肚去骨，抓一把泡菜缸里的辣椒切成丝，放在锅里和鳝鱼肉一起爆炒——虽然缺油少盐，吃起来味道还是蛮不错的。在米饭都吃不饱的岁月里，能有一餐鳝鱼肉吃，可算得上是一次难得的打牙祭了。

说实话，在以"粮食为纲"的年代，只要"红五月"一到，遍地的大麦、小麦和油菜，金黄耀眼，十分壮观。经过伐木开荒，树木已十分稀罕，连各种鸟儿也很少见。小春收割结束后，又立马栽上秧苗，种上玉米苗、高粱苗，几个太阳天、几泼雨之后，转眼四野就变成绿油油的一片了。

后来，土地承包下户后，不但激发了人们的种粮积极性，而且，土地也得到最大限度地利用，几乎没有空闲的土地，这季的作物收获了又立马种上下一季的作物，漫山遍野都种满了各种作物，一片火红景象。

不变的是山川河流，善变的是人心。如今的五月，虽然仍旧火红，但已没了当年的繁忙景象。由于农村的青壮年都外出务工去了，家中留守的都是老人和儿童，种粮食的人少了，撂荒的土地越来越多。小春作物除栽种部分油菜外，其余田地因无人耕种而长满了荒草。养牛的人也越来越少，已很难看见背着背篼割草的小孩和牵着牛儿的放牛郎了。

欣慰的是，人退树进，漫山遍野的树木，随处可见的雀鸟，染绿了山川河流，装点着秀美乡村。和谐的生态环境，优美的人文景观，空气质量的提升，改变着人们的生存条件，使寂寞的乡村焕发了青春和活力。

可以这样说，醉美乡村五月，五月乡村最美！

（2019年8月26日《达州晚报》副刊刊发，《达州群众文化》2023年第二期转载）

六月地瓜熟

"六月六，地瓜熟，哥哥去相亲，嫂嫂要进屋……"每当时令进入农历的六月，我就会想起这首儿时唱过的歌谣，以及在太阳底下刨地瓜的事儿来。

在20世纪六七十年代，山乡农村生活十分艰苦，对于不谙世事的小孩子来说，生长在山野田间的野果子，是果腹的重要食物，其诱惑力是任何食物都无可替代的。什么地方有野果子，什么季节吃什么野果子，我们早已了然于胸。而适宜野果生长的季节在夏天，如野刺梨、牛奶果、桑葚、野地瓜、高地瓜，还有红红的野树枣。其中最好吃、最让人心动的是生长在泥土里的野地瓜。

大凡吃过野地瓜的人都知道，这种野地瓜和我们平常人工种植的地瓜（一种甜而脆的作物）全然不同，它是生长在田边地角或路旁溪沟的野生植物。其遍地生长的藤蔓，犹如一张密实的网，紧紧地贴附在泥土的表层。只要每年的农历六月一到，野地瓜就开始成熟了，浓烈扑鼻的香气弥漫在乡间田野，即便是身处几十米开外，也依然能闻到它的香味。蹲下身去用手挪开地瓜藤，晶莹剔透的地瓜果，一半埋在土里，一半露在土外，白里透红，用手轻轻刨动，地瓜果就会从泥土里蹦出来。去蒂除泥后，将其放进嘴里，即刻就会化成渣。

一般来说，野地瓜的果期不是很长，最多一个月，过了农历七月半基本上就烂在地里了。于是，乡村便有了"七月半，地瓜烂"的说法。

记得小时候，每年的农历六月，是我们最开心的时候。在稻田边、地坎上、岩边下、溪沟旁，一帮小屁孩不顾烈日高照，光着膀子，翘起屁股，闻着香味，漫山遍野地寻找着地瓜，边刨边吃，直到吃饱肚子才收手。没办法，在物资匮乏的年月里，这些野果子无疑就是我们最美味的零食了。所以，没有什么能够阻挡我们吃野地瓜的那份贪婪。大大小小的野地瓜，颜色鲜艳，果肉甜糯，那润泽心田的感觉，此时想起仍让人口水直流，回味无穷。

不过，吃这种野地瓜也有一些讲究，那就是分辨出它们是公是母。一般公的野地瓜没有水分，果肉呈黑褐色，里面还有虫壳蚂蚁爬行，是不好吃也不能吃的。母的野地瓜相对来说要小一些，用手将其分开两瓣，里面的果肉不仅颜色鲜艳，而且水分多，也没有虫壳蚂蚁，其味道甜糯黏口，让人吃了一颗想两颗。

那时，我只知道野地瓜味道鲜美，等长大了以后才知道，它还有很高的药用价值。野地瓜含有大量的微量元素和丰富的膳食纤维。不仅能补充营养，而且还能促进肠胃的蠕动，对于消化不良及便秘的人，有很好的辅助治疗效果。

现在想来，难怪我们每次吃再多的地瓜，都感觉不胀肚，不多一会儿就饿了，原来是因为野地瓜有促进消化的作用。

除此以外，野地瓜还具有祛风湿、通经络、止白带、清热利湿、活血解毒等功效。特别是其止血的功效不错。过去，大人们在外干农活，如遇锄犁伤了手脚，就会拿来一把地瓜藤，将其直接捣碎后敷在伤口上，很快就能止血收敛，有助于伤口的愈合。同时，野地瓜还可以用于毒蛇咬伤的治疗，其使用方法与上面相同，只需要每天更换一次就可以了，同样具有排毒、消肿和止痛的功效。

不仅如此，野地瓜还是制作高粱杂酒和米酒的主要曲药原料。将从土里刨回来的野地瓜洗净、揉烂，加入十几种中草药配制的药引中，捣碎成泥，然后放入相当比例的面粉，搅拌均匀后，揉捏成鹌鹑蛋大小的颗粒，放到太阳下晒干备用。把地瓜作为做曲药的引子，主要是增加曲药的发酵度，无论是红高粱、大米，还是玉米，通过曲药发酵后，蒸煮出来的酒糟甜糯可口，香味飘溢。记忆里，每年六月六一到，就是乡村曲药师做曲药的最佳时间。他们采刨地瓜，晾晒曲药，然后将其搓揉成团贮藏。接下来，曲药师便会背着一个布褡裢，走村入户地叫卖，沉寂的乡村不时会传来"卖曲药"的吆喝声。

野地瓜的生命力极强，即便是在寸草不生的砂石或石板缝隙里也依然能枝繁叶茂，绿意盎然。所以野地瓜在城市里也常常被用来当作绿化植被。谁也不会想到，乡村田野随处可见的野地瓜，居然是集食用、药用、绿化、观赏于一体的多用途植物。

如今，随着农村撂荒地逐年增多，野地瓜的生存土壤得到了扩展，漫山遍野的地瓜藤，犹如一层厚厚的绿地毯，装点着乡村景色。遗憾的是，每年的六月，却没了当年刨地瓜的少年郎，以及荡漾在田野沟壑间那稚气的欢笑声。

（2021年9月24日《达州日报》副刊刊发）

村小往事

　　春节回老家祭祖，路过村小学时，看见一个个生锈的门锁，没了玻璃的窗子，空荡荡教室里，几张缺胳膊断腿的桌椅，横七竖八的蜘蛛网，遍地都是尘埃，内心陡生一种失落感。瞬间，我的思绪回到从前，把昔日村小往事钩沉。

一

　　我们村小学开办于20世纪50年代末期，教室是用刘姓宗祠改造而成。三合大院，十几间大小房屋，柱子有两人合抱那么粗，木板壁，屋脊飞檐翘角，游龙戏凤，很是壮观。土地改革时划归为集体财产，后打通部分房间隔断，便成了教室，可供1至5年级5个班级上课，另外还有几间办公室和教师的寝室。

　　我出生在20世纪60年代中期，从启蒙读书到小学毕业的5年时光，都是在这里度过的。那时的老师大多数都是民办教师，没有薪酬，教满一学年，由大队开工分到所在生产队参加集体年终决算，凭工分称口粮。偶尔也会调来一两个公办教师，可教不了多长时间，又被调走了，很多时候都是临时聘请教师来上课，人们习惯把他们称为"代课教师"，其薪酬和民办教师一样，也是大队开工分到所在生产队参加集体年终决算。

　　记得我小学一年级的老师叫余大群——一个十分精明能干的女人。她一脸的严肃，不苟言笑，教人教学也非常严谨，给人一种不怒自威的感觉。

由于刚跨进学校门，小儿顽劣的天性使然，我们常常不听管教，惹得她把教棍放在教桌上拍得噼里啪啦响，但从没落在我们的手掌或屁股上。二年级时，余老师调走了，村上又请来一名代课老师，姓杨，是个刚从学校毕业回乡的女孩子。虽然是初上讲台，但她从没怯过场，上课时声音洪亮。她泼辣干练，遇到顽劣的学生时，有时会扯扯耳朵，罚站，但从没真正动手打过学生。

那时的教师队伍很不稳定，我小学5年时间就换了8任老师，但他们各有所长，无论是教书育人或是为人处世，都让我们学到了不少东西，并在我们幼小的心灵里扎下了根，乃至于为我们后来的成长注入了鲜活的血液，可谓是师多弟子强。而给我记忆最深刻的当属上五年级时的末任老师，她叫杨少碧，20岁出头，从一个镇中心校调到我们村小学教书。她个子不高，看上去文静秀气，脸上时常带着笑容，说话的声音也很小，让人感觉很和善。但她以不同寻常的教学方式，让历任老师头疼的几个"学痞"心悦诚服。他们不仅改掉了惹是生非、不遵守课堂纪律、经常打架斗殴的臭毛病，而且都变成了品学兼优的乖孩子。

杨老师从不体罚和打骂学生。记得她刚来学校没几天，我趁她在黑板上验算试题时，故意挪动课桌弄出很大的响声，引得全班一阵哗然。可她并没有指责我，而是把我叫到黑板前去验算那道算术题。当我拿着粉笔头在黑板前无从下笔答题，急得抓耳挠腮时，她也没有责怪我，只是和风细雨地对我说了句"下去吧，今后要认真听课哟！"那次，杨老师没有骂我，也没有打我，而是给了我台阶下，这无形中让自以为是的我，心灵受到了震撼。从此，上课时，我再也不敢违反纪律了。

还有一次，我们同队的几个同学，无故惹事，与另一个队的同学打群架。杨老师二话没说，让我们回到教室上课。下午放学后，她专程到我们几个学生家中，把我们在学校的表现反映给了家长。当父母气得拿竹棍抽打我时，她却制止了，并对我父母说："这娃其实很聪明，只要把心用在学习上，今后是很有前途的。"冲着杨老师那句话，从那以后，我改掉了顽劣的习惯，认真读起书来。尽管后来的我在学业上没有多大成就，但总算没辜负她对我的厚望。

正因为有了杨老师当年的教诲，才有了我们今天的一切。时隔40多年后的今天，当年几个最顽皮的学生，一直都在想方设法寻找杨老师，我们只想当面谢谢她。但此事一直未能如愿，成了我们心中的一大憾事。她如今已是70岁左右的老人了，想来好人有好报，她的身体一定会很健康的。

二

那时生活困难，学校的经费十分紧张，班上购买粉笔、乒乓球、篮球之类的学习和体育用品，要靠老师和学生自己解决。于是，老师号召全班学生勤工俭学。当秋冬季节来临，我们放学回家便提着竹篾篓到石骨子岩壁上去捉旱螺蛳，上交学校卖给生产队的鸭儿棚子做鸭饲料。夏季油桐收获后，我们会在油桐树上和树周边的草地里，寻找捡拾遗漏的油桐籽，同样上交到学校。待油桐籽发酵一段时间后，用镰刀剥去外面的桐壳，挑出里面的桐籽晒干卖到乡供销社，用换回的钱添补学习和体育用品。

说实话，那些年的上学条件真的很差，可从我们这所村小走出去的成百上千名学生中，后来不乏教授、专家、学者，还有国企老总、名校校长、县乡公职人员，甚至于还有人在国外留学或工作，也算是对得起我们的村小和我们的老师们了。

1977年，由祠堂改建的村小学年久失修，加之生源增加，已不适应时代发展的需要。当时的大队书记一声号令，举全大队之力筹资投劳、捐树捐物，利用暑期休课时间，拆除全部旧教舍，在学校原址后面的山梁上，靠肩挑手推、铁錾敲打，硬生生地平出一块空地来，并踩泥烧制砖瓦，夯基垒墙，建起了一所新小学——砖木结构，四合大院，十几间房，有教室、办公室、食堂。大队还划拨了一块土地作为学校的试验田，供学生和老师们种植葱、蒜和其他蔬菜。乡教办把新修的村小学当作一所中心小学分校，新增设了1至3年级初中班3个，承担着附近几个大队小升初的教学任务。同时，抽调部分骨干教师来这里任教，全校中小学班级近10个，在校学生最多时达

700余人。对一个大队小学来说，这个规模实属罕见。每天上课的钟声一敲响，琅琅读书声惊飞了屋檐下的一只只燕子，它们在校园内飞来窜去，不时发出叽叽喳喳的叫声。

由于学校扩招，部分办学设施短缺，新开设的初中一年级无课桌凳。为了能就近上初中，免除长途跋涉的辛劳，新生报名时，学校老师便动员学生自带桌凳到校读书，并告诉我们，等条件好了，乡教办会给我们配齐课桌凳的。于是，开学第一天去学校，我从家里端了一张凳面较宽的长条凳，与人合用当课桌，又带了一个小板凳做坐凳。这种组合，感觉上让人很不舒服。但是没办法，那些年每家的桌凳都没有多余的，端走一张长条凳，家里就差了一张凳子，上桌吃饭时，有人就只能站着吃了。好在上初二时，乡教办给我们送来了课桌凳，虽然陈旧了一点，有的还缺胳膊少腿，但用几颗铁钉钉一钉，再绑上木条，比用板凳当课桌强多了，总算有了上学读书的样儿。

三

那时上学读书，除了寒暑假和周末要放假外，农忙季节也要放几天假，我们把它叫作"农忙假"。一般放假时间都是在每年的五月——抢收抢播的"红五月"——不是放假让我们回家玩耍，而是帮父母做事。上坡放牛、割草，在家洗衣、煮饭当后勤，让父母上坡干活挣工分无牵挂。农忙假结束还要写一篇"农忙假见闻"，记录自己放假这些天在家做了些什么，收假时当作业交到老师那里。除此之外，诸如端午节、中秋节等其他传统节日都不会放假。有时，为了过节、读书两不误，学校实行上早课，我们天不亮就得赶到学校上两节钟的课，补齐当天上午的课程。否则，放假没商量。吃了中午饭，下午还得去学校上半天课。

不得不说，那些年农村物质文化生活相当落后，照明用的是煤油灯，也没有高音喇叭等宣传设备。由此，我们便成了义务的广播员，几个同队的学生，组成一个小组，天不亮便在生产队最高的山梁上进行"山头广播"，其实就是用一个纸壳卷成一个圆筒喇叭状，点燃一堆稻草，借着燃烧的亮光，一人将报纸上的文章内容念出来，传递给拿纸壳大喇叭的人，再由其用最大的声音吼出去。几个同学轮流着来，虽然声音不是很洪亮，但在寂静的清晨，方圆几公里外的地方都能听见。在当时，学校把"山头广播"的事放在了心上，随时都在督促我们要做好，虽不是天天都要广播，但至少隔三岔五或一周要广播宣传一次。"山头广播"不仅成了当时人们了解时事政治，知晓外面世界的重要途径，而且还为我如今的写作打下了基础。

为了让学生在德、智、体、美、劳方面得到全面发展，在完成规定课程的同时，每周还要上一节钟的劳动课，到生产队的庄稼地里施肥、除草，或去学校试验田里种植粮食、蔬菜，更多的时间是采集杂草做绿肥。我们在上学读书的路上，扯一些猪、牛、羊不吃的野草交到学校，待堆积到一定量后，抽一节课时，由老师带队，每个学生背上一背篼送到生产队，浇上粪水发沤腐烂后当农家肥用。开展这样的活动，其目的是从小培养学生爱劳动的本性，为其毕业后立足于社会打下基础。所以，那些年无论小学或初中毕业的学生，回家种田或外出务工，样样事都干得上手，独立生活的能力非常强，这不得不归功于学校老师的教育和培养。

四

20世纪80年代初，我初中毕业离开了村小。从那以后，无论我走多远，身在何方，总是对村小学魂牵梦绕，也时常会想起我的老师们，以及我在那里学习、生活的8年时光。每次回到老家，我都会去村小转一转，看一看，与老师们摆摆龙门阵，一起回味曾经的过往。此时，一种温馨幸福的感觉，瞬间就会温暖我的全身。

时间如白驹过隙，转眼就进入了新的世纪。2000年年初，因生源减少，村小学的初中班归并到乡中心校，村小学在原址基础上又拆除重建——两楼一底砖混结构预制板房，瓷砖贴面，有6间教室，开设小学1至6年级6个班。虽然各年级学生有多有少，参差不齐，但与其他村小学相比，规模也算不错的了。这时的"民办教师"一词，早已被社会发展的洪流所淹没。所有的民办教师，除按政策民转公解决一批外，其余的通过考试招录，全都吃上了"财政饭"，村小的办学条件得到了很大程度的改善和提升。

但是，由于外出务工和进城买房的人逐年增多，常住农村的人口大幅度减少，大家都一窝蜂地把孩子送进城去读书。由此，不仅农村土地大量撂荒，房屋无人居住，而且乡村小学生源也"断崖式"地缩减。一个接一个的村小学因无生源而撤并至乡中心小学，一些偏远山区乡镇的在校学生只有100多人或几十人，个别学校还呈现出师多生少，几个老师教一个学生的情况。

如今，我的村小已经停止教学，只剩几间空落落的教室；而我的那些老师们，一些已经作古，还有一些依然健在，领着退休金安度着晚年。但不论时光如何改变，曾经的过往，将幻化成绵绵不绝的乡愁，岁月越深，思念也就越浓。

（2022年3月15日《达州日报》副刊刊发）

夜听蛙鸣

　　端午节后的一个傍晚，落日的余晖把天空的白云点缀得五彩斑斓。漫步在乡间公路上，路边田地里，秧苗泛着新绿，玉米抽出了天花，一阵风儿吹来，花粉飘飞，秧苗轻舞，散发出禾苗的清新味儿。此时，天也暗了下来，远处的景物开始变得模糊不清。伴随着一声声渐起的蛙鸣，把我的思绪带回了老家初夏的夜晚。

　　夜风习习，月光如银。"豌豆苞谷"——鸟的叫声从远处传来，一声紧似一声；成群结队的萤火虫飞来飞去，忽亮忽灭的荧光，有如天女散花一般，给初夏的夜晚增添着瑰丽的音色。院坝里，三五个大人坐在小板凳上，手拿篾扇一边扇凉、驱赶蚊虫，一边议论着小春粮食的收成，摆谈着各自的家事；一群顽皮的小屁孩，一忽儿东、一忽儿西地追逐着萤火虫，在月光下藏起"夜猫子"来，时不时地传来嘻嘻哈哈的笑声，把童年的乐趣尽情演绎。

　　"呱呱——呱呱——"，不远处的秧田里传来一只青蛙的叫声，紧接着又一只青蛙叫了起来——一蛙领唱，百蛙齐鸣，一瞬间，四野都响起了蛙鸣。它们的叫声此起彼伏，时而高亢激昂，时而低沉婉转，与夜空中的鸟鸣声相搭配，合奏出一曲夏夜交响乐。这时的大人们听到蛙叫声，笑呵呵地说，听青蛙叫得这么欢，今年大春作物肯定有个好收成；小孩子们也停止了打闹，坐在地坝拦边石上，双手托着下巴，静静地聆听着这世间美妙的夜曲。

　　夜听蛙鸣，最好的时间是临睡前，此时夜将深，鸟儿的叫声也稀疏了起来，青蛙的鸣唱进入了高潮。仰躺在床上，抛却世俗杂念，闭目用心去聆听每一声蛙鸣，你将会领略到不一样的听觉盛宴。"呱呱咕——呱呱咕——"，这是雄蛙在呼唤雌蛙；"咕——咕——咕咕——"，这是雌蛙在应答。这一呼一应，柔情绵绵，意味深长。你听，这边"呱呱咕"在叫，那边"咕咕呱"在应，你一声，我一声，你方唱罢我登场，蛙与蛙开始着对唱比赛。这些蛙鸣，有的清脆，有的低沉，有的轻快，有的舒缓，快时似骏马奔腾，慢时如行云流水。无论是高叫的激昂，还是低鸣的委婉，都是那么悦耳动听，如珠落玉盘，没有一点多余的杂音，给人一种酣畅淋漓的感觉。此时，听着这自然美妙的乐章，一幅秀美的画卷就会在你的眼前徐徐展开：皎洁的月光下，远处的景物影影绰绰，若隐若现；夏风轻拂，树影婆娑，谷田边、溪沟旁、水塘里，一只只青蛙微凸着双眼，鼓动着腮帮，用情地歌唱着。沉醉在这美妙的世界里，瞬间会使你身心豁然，烦恼尽消，想着、听着就进入了甜美的梦乡。

南宋大诗人陆游，在《幽居初夏》一诗中这样描述初夏的景致："湖山胜处放翁家，槐柳荫中野径斜。水满有时观下鹭，草深无处不鸣蛙。箨龙已过头番笋，木笔犹开第一花。叹息老来交旧尽，睡来谁共午瓯茶。"读罢此诗，你的脑海里就会浮现出这样的场景：在湖光山色之地，有一处农家小舍，槐树、柳树的树荫下，小径幽幽。湖水满溢时，白鹭翩翩飞舞；湖畔草长时，蛙鸣处处。新茁的竹笋早已成熟，木笔花已开始绽放。当年相识久不相见的人，午时梦回茶前，谁人共话当年？同时，诗人借景抒情，用"草深""鸣蛙"抒发心中那份怡然自得的感情，而文中的"草深"二字是以景写"幽"，把环境的幽静、初夏景色的恬谧呈现在你眼前。诗中还以青蛙的鸣叫反衬环境的幽静，这不得不说又是一处妙笔。诗人抓住周边的景物，利用巧妙的文笔，把自然界的美展现得淋漓尽致。

老家乡下有句农谚——"青蛙叫，雨来到"。青蛙叫，象征着初夏雨季的到来。由于青蛙喜欢阴凉潮湿的多雨季节，所以，一遇雨天，青蛙就叫得特别欢畅。尤其是在快要下雨的时候，随着气压下降，湿度增加，空气中的水分多了起来，使青蛙的皮肤得到了充分的滋润。此时的它们便更加活跃了，叫声此起彼伏，一阵比一阵响亮。

雨夜听蛙鸣，又是一番情趣。在电闪雷鸣中，夏雨更加狂劲，躺在床上，点燃一支烟，悠闲地看着窗外的雨在风中扭动着腰肢。偶尔会飞来几滴雨洒落在窗玻璃上，发出"啵啵"的声响，借着闪电的光亮，但见窗玻璃上的雨滴幻化成无数条细线，像蚯蚓一样顺着玻璃往下滑。风舞树摇，屋檐滴水"嘀嗒嘀嗒"的声音，与四野"呱呱"的蛙叫声交融，犹如天籁之音，悦耳动听，这无疑是初夏雨夜最好的催眠曲。

曾记得儿时，每当夜晚蛙鸣声起，我们三五个小孩，便会循着蛙鸣的方向，蹑手蹑脚地去找寻青蛙的踪迹。然而，它们却十分警觉，稍有一点响动，便会停止鸣叫，躲在田边的草丛里一动不动。此时，如果你用一个小棍子去驱赶它，它便后腿一蹬，扑通一下跳进水中，前后腿并用，轻松地逃之夭夭了。到了白天，我们常常会在稻田边或水塘里看见这些可爱的小精灵。它们的后背都有绿色的花纹，两只凸起的大眼睛，后腿要比前腿长许多。它们蛰伏在碧绿的秧苑旁或草丛中，鼓动着腮帮，有一声无一声地叫着，似在享受这初夏的惬意。

一般来说，雄蛙的叫声洪亮、粗犷而持久，雌蛙的叫声就要低沉、委婉得多了。听声辨性，什么蛙在叫，闭着眼睛都能分辨出来。然而，自参加工作离开老家，我很多年都没听见夏夜的蛙鸣了。但每到秧苗泛青的初夏来临之时，我就会想起月光下或雨夜里，那"呱呱呱"的蛙鸣声，一种思乡的愁绪，瞬间就会在心中活泛开来。

（2022年6月15日《达州日报》副刊刊发，2022年《达州群众文化》第三期转载）

竹鞭下的婚礼

俗话说"一方水土养一方人"。

不久前，朋友的女儿远嫁开江，我有幸去了开江县城，在感受"川东小平原"秀丽的山水风光和快速发展的城市建设的同时，我也品味了那里的结婚习俗，大饱了眼福。

车到开江县城已是下午4点多，因为我们是女方的客人，男方父子非常热情地接待了我们。他们家在开江县城郊，距县城只有几分钟的车程。这是一栋新修的6层小洋楼，酒席是自备的，坝子内厨子和帮忙打杂的人很多，还请了歌舞队助兴，很是热闹。

我们一行人吃了晚饭，看了会儿歌舞表演，又饶有兴致地绕县城橄榄广场转了一圈。回宾馆准备好二天的红包和其他嫁娶物什后，我们便躺下休息，一夜无语。

或许是到了睡不着觉的年龄，第二天天刚亮，我们就起床上街游逛。开江县城环境优美，空气也很新鲜，两河治理后，沿河两岸绿树成荫，花草茂盛，原来的臭水沟变成了市民休闲散步的好去处。我们在一家早餐馆，每人吃了碗牛肉面，之后便回宾馆等候迎亲的队伍。

大约10点，伴随着一阵汽车喇叭的鸣叫，迎亲的车队来了。

和川东其他县市一样，新郎这天一般都是以红包开道。不同的是除伴郎、伴娘和管红包、喜糖、喜烟的人外，还有几个年轻小伙子，每人手中拿着一根筷子般粗细的斑竹苗，雄赳赳、气昂昂地跟随在新郎的身后。我们不解其意，便问宾馆主人，老板娘笑呵呵地说："这是抽新郎官用的，你们等会儿瞧吧，连当老汉的也要挨抽！"

果不其然，在新娘住的客房门前，屋内的伴娘向新郎索要红包才开门，拿斑竹苗的两个小伙子毫不客气地抽打着新郎——不是做做样子，而是真打，目的是逼屋内的新娘开门。伴娘见红包到手，加之新郎挨打后不断发出求饶声，便把门打开了。此时，随行的人便一拥而入，拉扯着新娘下了楼。刚走到宾馆大门口，几个小伙子又是一阵猛抽，抽得新郎绕着婚车打着圈儿地逃避闪躲。迎亲队伍中一中年男子告诉我们："这天新郎挨抽得多，结婚后就会越听话，就能夫妻恩爱到白头。反正是一种风俗，结婚都得这样，有朋友就请朋友帮忙抽，没有朋友的还要拿钱雇人当'打手'呢……"他说得很神秘的样子，让我们听起来满脑子都是雾水。

迎亲的10辆小车都是好车，价位都在50万元以上。我们娘家一行8人分别乘坐3辆小车。我们乘坐的这辆车是奥迪Q6，开车的人50多岁。在随后的摆谈中，我们得知他是建筑公司的老板，难怪车不错，连说话的口气也很拽。他说他接儿媳妇时，红包就包了2万多元，买了3件软中华，光烟钱就开销了近10万元，可谓财大气粗！"这些开销不算啥，最难挨的还是斑竹苗，不但我儿子被打得满身是伤，连我这个当老汉的手脚也被打肿了，痛得几天几夜睡不着觉。"开车的老板自言自语地说着，满脸无奈的表情。

本来我们暂住的宾馆离新郎家直线距离不足200米，但迎亲的车队却偏偏要绕开江县城缓行一大圈，每逢过桥，车子便停下来"敲"新郎的喜烟、喜糖和红包。喜烟要么两支，要么就是一包，车上的人见者有份。一路上，不大的开江县城停了6次车，开了近2个小时，可见花样不少。

每到一处，开车的老板就会给我们介绍开江城市的变化。他说，以前开江老城只有一条独街，人们开玩笑说："街这头栽筋斗，街那头捡帽子。"最近10多年，县城飞速发展，不仅高楼林立，街道亮丽，特别是两河治理后，城市的形象和品位得到了提升，变化更是日新月异。末了，他说："这得感谢党的改革开放政策好啊！"我想，他也应该有这样的感慨，不然他还能成为暴发户开上豪车吗？

迎亲的车队行至开江县城转盘处，新的节目又上演了——只见新郎的父亲穿着大红袍子，戴着特制的大红高帽，脸上涂满"摩登红"，背上背着洋娃娃，手里敲打着铁盆，打扮得甚是古怪花哨，仿佛"跳大神"的神汉一般，在那里唱着跳着，表演着迎亲的节目。后面同样有拿斑竹苗的小青年侍候，如果新郎的父亲不按编写的台词唱，照样得挨抽。这一场景把围观看稀奇的人群，逗得个前仰后合，笑得喘不过气来。

中午12点，迎亲的队伍终于到家了。临进家门前，新郎的父亲还得牵着儿媳的手进屋。花哨的打扮，默契的配合，赢得来参加婚礼的客人阵阵喜庆的喝彩声……

听说晚上闹洞房的节目更加精彩和喜庆，但我忙着回家，无暇顾及，因而略感遗憾。不过我想，晚上表演的节目至少不会比白天的差吧！

老家那棵核桃树

"家乡有棵红枣树，伴着我曾住过的老屋，有过多少童年的往事，记得我曾走过的路……"近日，翻看短视频，一曲由任妙音演唱的《家乡有棵红枣树》，声音甜美，深情满满，不由得让我想起老家屋侧那棵核桃树来。

从记事时起，老家屋侧就有一棵核桃树，高丈余，树冠雄壮，树茎有碗口般粗细。每当春天来临，树枝便长出片片嫩叶来，郁郁葱葱。到了核桃树开花的季节，那一串串嫩绿色的花骨朵，悬挂在绿叶丛中，犹如五月的狗尾巴花，点缀在山野的田边地角。小时候，我们把掉落地上的核桃花叫作"毛毛虫"，常常用树枝挑起一串串儿，围着核桃树追逐嬉闹，满是童稚的笑声在老屋荡漾开去。

当稻花飘香，遍地金黄的八月到来时，树上的核桃果成熟了。绿里透黄的果实，单个或几个挤挨在一起，如铜铃般在夏风中轻轻摇曳。我们用竹竿将核桃果敲落下来，装进小箩筐中，往上面撒一层谷糠发酵去皮。待发酵十天半个月后，将核桃果倒出来，用小木棒轻轻一敲，其外皮就脱落了，只剩下光秃秃的核桃果来，放在地坝里晒上三五天太阳，里面的果仁也就干透了。不得不说，那棵核桃树上结的果子，个大皮薄，外壳金黄，敲开外壳，去掉核桃仁上包裹的那层黄皮，白色的果仁吃起来满口溢香，别样滋味在心头。

听母亲讲，这里的老屋并不是我家祖上留下的老屋，祖上的老屋在另一个生产队，有2公里路程。戎马生涯16年的父亲，从朝鲜战场复员回家后的第四年，当时的大队书记认为他是共产党员，且秉性正直，有一定的组织能力，便派他去另一个生产队当队长。于是，父亲卖掉家中的一只老母鸡和几十个鸡蛋，买下了后来这间老屋。搬新家那一年，大哥、二哥年纪都很小，几年后才有了姐姐和我。隔年，父亲回到祖上留下的老屋地坝边上，挖来一棵核桃树幼苗，栽在后来的老屋旁边。不知父亲当时栽这棵核桃树是何用意，兴许是对祖上老屋的一种思念吧！

这棵核桃树的叶子宽大，呈柳叶形，颜色深绿，放在鼻尖上轻嗅，有一股淡淡的清香味。叶片中间一条叶梗贯穿至叶尖，两边分布着无数条细细的小叶线，看上去很像人体的毛细血管，为叶片提供着充足的养分，使其在光合作用下正常生长。

20世纪六七十年代，农村的物质生活十分贫乏，吃饭、穿衣成了人们日常生活的头等大事，田地里产出的粮食都不够吃，经常是上季不接下季。一个季节出产的粮食，便成了那个时节的主打食物。每每到了麦收季节，生产队都会把提前收回来的小麦晒干后分到各家各户，名义上是让人们"尝新"，实际上是为了接济即将断顿的口粮，因为，那个年代几乎家家都没有余粮。于是，只要队里的麦子分到户，家家户户石磨转。大人们天不亮就下地去挣工分，推磨麦面、煮饭、喂猪这些杂活，自然成了小孩们的事。可以这样说，我的童年时光除放牛、割草和上学读书外，其余时间都是在"吱吱嘎嘎"的石磨转动声中度过的。

那时，没有磨面机，磨子磨出来的麦面，还得用箩筛过细成灰面，用着煮面疙瘩稀饭或炕麦面粑吃。尽管米面金贵，但年幼时的我，却无法抗拒火烧麦面粑的诱惑，往往在母亲用灰面煮面疙瘩或炕麦面粑时，我便会去老屋旁那棵核桃树上摘几片叶子来，包裹着面泥烧麦面粑吃。

说实话，在生活困难时期，能吃上火烧麦面粑，也算是父母对我特殊照顾了。而包裹麦面粑的核桃叶，要选朝阳面生长的叶子，因为朝阳方向的阳光充足，叶片厚实，叶面要宽大一些。把核桃叶从树上摘下来后，用清水反复冲洗干净，将揉捏好的面泥均匀地铺在叶面上，然后从叶面的中间线对叠过来拍实，用火钳把柴灰刨个洞，将麦面粑放进去，面上覆盖一层柴灰，利用灰烬中的余热，慢慢地将其烤熟。待一定时间后，从柴灰中刨出麦面粑，用手拍去包裹的核桃叶屑，就剩下金黄香脆的麦面粑了。所以，用灰烬瓮烧的麦面粑，与明火烤的麦面粑相比，不仅不会烤焦，而且烤出来的颜色金黄，外皮香脆，吃起来香味十足。

那些年，家家的日子都不好过，父母时常为一家人的衣食口粮而发愁，想方设法地计划着日常生活开支。如果用一个火烧麦面粑的面泥加上半瓢水，能搅和两碗面糊糊，可解决一人一餐的饭食。可想而知，在当时那种环境下，要想吃一个麦面粑也不是那么容易的事儿。而作为家中的老么，我常常死乞白赖地缠着母亲烤麦面粑吃，享受着家中最"特殊"的待遇。我也曾因无数次不醒事而惹恼了母亲，招来一顿呵斥和鞭责。尽管如此，我吃火烧麦面粑的兴致仍有增无减。此时，想起当年火烧麦面粑的味儿，我仍觉口有余香，回味绵长。

为什么用核桃叶包裹着烧出来的麦面粑好吃？我一直寻找着答案。直到后来，我才从网络上得知，核桃叶中含有多酚复合体，可以有效地达到抗炎的功效，而且核桃叶里的黄酮类化合物，也具有一定的降血压作用。最关键的还在一个"烧"字，"烧"的功夫与烤、炕截然不同，因为火烧面粑整体被柴灰覆盖，其香味不易散发。所以，味道就要香浓一些。而核桃叶本身又自带一种叶香味，瓮在柴灰里烧出来的面粑渗透了其味儿，好吃是理所当然的事了。

然而，时隔经年，早已物是人非。20世纪90年代初，我搬出老屋移址新建了住房，二哥在老屋原基上重建，只是改变了房屋朝向。而与老屋相伴几十年的那株核桃树，也因树龄过大，老化枯萎，随老屋一起消失了。但那棵树上金黄、香脆的核桃果，以及用核桃树叶包裹的火烧麦面粑，却珍藏在了我童年的记忆深处，总是让我时时想起，给我一种幸福满满的回味。

（2022年8月24日《达州晚报》副刊刊发）

第四辑　乡村趣闻

犹记儿时龙舟赛

"五月五，过端阳；扯艾叶，挂菖蒲；吃麻花，抹雄黄；龙船下水喜洋洋。"每当端午节来临，我便想起儿时唱过的歌谣，想起那些年渠江划龙舟时的情景。

龙舟赛，川东地区又叫"划龙船"。每年端午节这天，地处渠江两岸的乡场镇，都要举办一场龙舟赛事，辖区内的村、社区都要组织一支龙舟队参加比赛。那时，县城举办的龙舟赛事都比较正规，有专门打造的龙舟，赛手们也是统一着装，看上去像模像样；而乡镇举办的赛事，大多因陋就简，就地取材，用打鱼的小船做龙舟，每支龙舟队由10至16人组成，除划桨手外，舟头一个击鼓手统一号令，舟尾一个掌艄手负责前行方向。参赛的选手都是生产队的青壮年，从小生长在渠江边，水上功夫都十分了得。他们平时因训练耽误了的工日，由所在的生产队以工分补齐。但凡参赛的选手积极性都很高，因为这不仅仅是给自己搭建了展示的平台，而且还能挣口粮工分，何乐而不为？所以，每年端午节这天的午后，无数个龙舟赛场，把渠江闹腾得沸沸扬扬，欢乐的气氛萦绕在江面上空。

儿时，当每年的端午节来临，我的心情都十分愉悦。这一天，我不但能吃上麻花、馓子和猪肉，解一解嘴馋；而且还能观看丰富多彩的龙舟比赛，解一解眼馋。虽然日子过得清苦，但过端午节这天，父亲无论如何也要去乡场上置办一些过节的物品。

吃罢午饭，我们一帮小孩便迫不及待地赶往划龙舟的渠江边上，选择一个视野开阔无遮挡的地方站定。环顾左右，岸边的树荫下和卵石上，早已聚集了不少观赛的人群，他们或坐着，或蹲着，都目视着江边整装待发的一只一只参赛的龙舟。但见这些用渔船装扮的龙舟，船头都拴着一朵大红花，击鼓的人拿着双槌站在大鼓旁，划桨的人手握船桨注视着江面，掌舵的人手扶船舵目视前方，大家的神情都十分专注，只待一声号令。这些平时耕田种地的庄稼汉们，头上、腰上都系着一根红绸带，光着黑黝黝的上身，手臂青筋凸起，看上去精力充沛，有使不完的劲儿。这时，一声大锣响起，比赛正式开始了。赛手们踩着激昂的鼓点，"嗨佐、嗨佐"地喊着号子，手里的船桨同时抬起，又同时落下，连抬起的高度也大致相同，江面泛起朵朵浪花。龙舟在船桨的划动下，如离弦的箭一般，驰骋在宽阔的江面上。这时，岸上的人齐刷刷地站了起来，他们都不由自主地拍着手掌，为参赛的龙舟呐喊助威。

而划龙舟最精彩的重头戏就是"抢鸭子"。当龙舟比赛结束后，抢鸭子的活动就开始了。此时，江心大船上的人把灌了花椒和白酒的几十只鸭子放进江中，被麻醉得晕头转向的鸭子们，一会儿钻入水中，一会儿在水面上扑棱着翅膀，它们东窜西逃，整个江面白晃晃的一片。这时，龙舟上的赛手们，迅速放下手中的船桨，一个个都"扑通""扑通"地跳进水里去抢鸭子。但见江水浪里飞花，沿江观赛的乡民欢声雷动，鼓掌声、呼叫声渲染着节日的喜庆。

那些年的龙舟比赛，除以最先到达终点作为评判的标准外，还要以抢到的鸭子多少论输赢。哪只龙舟上的人抢得鸭子多，就会成为此次龙舟赛的冠军，奖金就是抢到的鸭子。谁抢的就归谁，这在当时物质生活匮乏的条件下，也算得上是丰厚的奖励了。所以，参赛前，挑选参赛的选手很重要，不仅要选体力好的年轻人，而且水性要好，划桨技巧要高。

时光荏苒，转瞬几十年就过去了。"记得当年年少时，兰汤浴罢试新衣。三三五五垂杨底，守定龙舟看不归。"读罢宋代诗人黎廷瑞的《端午东湖观竞渡》，不由得让人想起端午节渠江龙舟赛的情景。那飞驰而去的龙舟，那"嗨佐、嗨佐"的号子声，那舟头飞舞的大红花，那震耳欲聋的鼓点，那江水中扑腾的鸭子，以及沿河两岸欢乐的人群。虽然时光远去，但早已定格成我今生永恒的记忆。

（2023年6月21日《达州日报》副刊刊发）

梅黄绵雨忆当年

也许是顺应节气。每到夏至节前后，雨水特别多，也特别密。夏雨绵绵不绝，隔三岔五地一阵紧似一阵，一下就是十天半个月。

而这个季节，也是梅子成熟的时候。梅子，川东一带叫作"杏""杏子"，在水果家族中成熟期要比桃子、李子早一些，其品种有"酸梅"和"甜梅"之分。20世纪70年代前，乡村的水果树很少，除传统的李树、桃树、柑橘树和梅子树外，其他的果树基本没有。而在这几种果树中，梅子树相对更少，不知是因为开荒种粮没了梅子树生存的土壤，抑或气候环境因素不适宜梅子树生长，一个生产队很难看见一株结果的梅子树。于是，到了梅子成熟的季节，"思梅止渴"的愿望总在心中萌发，常常是咂吧着嘴就能舌下生津。

但在离我家5公里外的另一个生产大队，一位姓杨的老乡家中却有一棵梅子树，树高10余米，根系发达，树冠茂盛，果大果多。当田里的秧苗栽插结束，树上的杏子也就成熟了。那时，生活困难，经济拮据，大人们都是把称盐打油的钱算计了又算计，手里根本没有闲钱，更何况我们小孩。为了吃上杏子，我们便背着父母，将家里的小麦装上个10斤、8斤，借故上坡割猪牛草，背着小麦偷偷地去换杏子吃——以物换物，1斤小麦换3斤杏子，互不吃亏。在梅子树主人的允许下，我们冒着摔下来的危险，两手抱住湿滑的树干，双脚用力向上蹬，爬到梅子树半中腰，在茂密的枝丫间选摘熟透了的大杏子。拿回家后还不能让父母知道，得找一个隐秘的地方将杏子藏起来，想吃的时候再去拿，要不然会招来父母一顿埋怨。说实话，在生活困难时期，几斤麦子就是一家人一天的口粮。所以，父母把粮食看得很金贵。

俗话说"桃慌李饱梅悖时"。意思是桃子吃多了烧胃，吐酸水；李子吃多了，肚子胀得难受；杏子吃多了，不消化，还会拉肚子。有一次，我因为吃多了杏子伤了肠胃，不知详情的母亲忙不迭地背着我去看赤脚医生，又花钱又费神。这都是我儿时的无知所致，正应了那句"任何东西都有个度，少得多不得"的古训。

由于连续不断地下雨，院子里地坝、坡上的石板上都长满了青苔，行走时要特别小心，稍不留神，脚下一滑，就会跌个四仰八叉，轻则皮包眼肿，重则摔断腿脚而伤筋动骨。也因这绵绵梅雨，山坡野地的石骨子地上，便会生出一种黑绿色的植物来，一片一片的，形似人们餐桌上的黑木耳，人们习惯把它叫作"地木耳"。

地木耳的生长季节一般在五六月份。当地里的小麦和豌豆、胡豆收获后，田里插上了秧，红苕苗和高粱苗也被栽下了地，几天绵雨一下，石骨子荒地里的地木耳便蓬勃生长了起来，黑绿绿的一片。捡拾地木耳还得有技巧，手要轻，要从面上一片一片地来，如果一把抓，不但黏附的泥沙多，还会损伤耳皮。将其拿回家倒入瓦钵中，放上清水，加上一点食盐，让其浸泡几个小时出沙泥，然后用清水反复淘洗几次，直至将沙泥全部淘洗干净为止。待地木耳水分沥干，在锅中放少许菜油，加上生姜、食盐，撒上一把新鲜蒜苗，用铁铲翻腾十几下，炒干锅内的水分，清炒的地木耳就出锅了。不得不说地木耳吃起来细腻、脆嫩，别有一番风味，在当时那种生活条件下，无疑是一道难得的美味佳肴了。

那些年，树上长的木耳十分稀缺，不但没口福吃，而且连看见的机会都很少，能有清炒的野生地木耳下饭，有油有盐有滋味，也算是打牙祭的菜品了。所以，每逢这个季节，我们一帮小孩放学回到家，顾不上父母吩咐的上坡放牛、割草，便悄悄地提着竹篮去捡拾地木耳。有时，为了争抢地木耳，还会与别的小孩吵架、斗殴，甚至于打得鼻青脸肿，双方父母出面才平息了干戈。此时想起当年的所作所为，真有点哭笑不得的感觉。

地木耳生长特别旺盛，今天捡拾了，隔天又长了出来，几乎是天天捡，天天吃，吃不了的，可以用清水、食盐去沙去泥后，利用星期天背到乡场上去卖。虽然一斤只能卖几分钱，但我们也满心欢喜，因为卖得的钱可以自由支配，不仅可以买自己喜欢的零食吃，还可以买学习用具，缓解家中经济上的拮据。那时的人吃地木耳，是为了饱肚，弥补粮食上的空缺，而现在的人吃这些野生植物，纯属猎奇换口味，说是能预防什么病毒。

只要梅雨季节一到，池塘边、小河沟、秧田里的青蛙便闹腾得欢。青蛙是夏天的精灵，因喜欢阴凉潮湿的多雨季节，所以，在梅雨天气里，它们在秧田里跳来跳去，一边吮吸着顺秧叶滴落的雨水，一边"呱呱"地叫个不停。尤其是在雷暴雨天气里，随着气压下降，湿度增加，空气中的水分多了起来，青蛙的皮肤得到充分滋润，便更加活跃了，叫声此起彼伏，一阵比一阵响亮。

每当听到雨中蛙鸣，我们三五个小孩，光着脚丫踩着泥泞的道路来到池塘或谷田边，蹑手蹑脚地去找寻青蛙的踪迹。然而，它们却十分警觉，稍有一点响动，便会停止鸣唱，躲在草丛里一动不动。如果你用一个小棍子去驱赶它，它便后腿一蹬，扑通一下跳进水中，前后腿脚并用，轻松地逃之夭夭了。这些可爱的小精灵，它们的后背都有绿色的花纹，两只凸起的大眼睛，后腿要比前腿长许多。它们蛰伏在碧绿的秧苗旁或草丛中，鼓动着腮帮，有一声无一声地叫着，似在享受夏雨中的惬意。

"黄梅时节家家雨，青草池塘处处蛙。"岁月无痕，曾经的过往随着时间的流逝无法再重演。还是这个季节，还是这样的梅雨，却是不一样的场景。我总是怀念儿时夏至前后的绵绵梅雨，那高大的梅子树，那黑绿绿的地木耳，还有那鼓噪的蛙鸣声……

四月槐花香

　　四月，落英缤纷。桃花、李花、杏花和金黄色的油菜花退出了花的舞台。油菜长出了嫩芽，如蚂蚁一般爬满了枝丫；一颗颗嫩绿色的小果子悬挂在树枝上，四野变得恬淡素雅了起来。这时，蓄势待发的槐花粉墨登场，迎着乍暖还寒的季节次第开放。

　　抬眼望去，远处那一棵棵随风摇曳的洋槐树，白色的花儿夹杂在绿叶丛中，看上去无比炫目。槐花一束紧挨一束，束束重叠，连接成一条长串，像一盏盏白色的灯笼悬挂在树枝间。如果你静下心来去听，似乎还有一种"呜呜呜"的鸣叫声传来。

　　一花独放，百蜂争鸣。春阳下，蜜蜂纷至沓来，在绿叶花丛间飞来飞去。它们一会儿从这棵树飞向另一棵树，一会儿在槐花边盘旋，或依附在花蕊上吮吸着蜜汁。不得不说，这十多年来，随着农村生态环境的改善，退耕还林、退草还林工程的实施，加之槐树适应性强，山梁、沟壑、溪边都是它生长繁殖的好地方。由于它根系十分发达，生长速度快，地下的须根生长到什么地方，那里就会长出槐树苗来，一根连着一根，要不了几年，遍地都长满槐树。每到槐树盛花期，沁人心脾的槐花香味扑鼻而来，渲染着乡村四月。

　　槐树学名叫刺槐，是川东北一带常见的落叶乔木。因最早产于北美，漂洋过海来到我们国家生长，所以老家的人都叫它"洋槐树"。每年春天来临，洋槐吐出了新芽，紧接着槐花绽放，在绿叶丛中泛出星星点点的白来。与其他高大乔木不同的是，槐树在春夏相交之时带给人们的惊喜，不仅仅是醉人的绿色，还有美丽、香甜的槐花。凡是见过槐花的人，不无为它的"花容姿色"而倾倒。

槐树花不仅仅是吸人眼球，它的花蕊也是酿蜜的好原料，其蜜糖的品质比菜花蜜好，市场价格也比菜花蜜高。同时，槐花还可以烹制好几道可口的农家菜。曾记儿时，正逢生活困难年代，为了弥补粮食短缺的问题，人们四处寻找可以食用的野菜以及其他饱腹的野花野果，而槐花无疑成了青黄不接之时的首选食物。当每年的四月中下旬槐花盛开时，我们一帮小孩，便相互邀约在一起，从竹林里砍来一根长竹竿，在竹竿顶端绑上一个用粗铁丝弯成的钩子，提着竹篾织的篓子，嗅着槐花的香味儿，去小河边生产队那几棵大槐树上去摘槐花。

俗话说"槐花好吃，花难摘"。因为槐树周身长满了刺，不能攀爬到树上去，只能站在地上用竹竿套钩去摘。所以摘槐花看似是件简单的事，但却是一项技术活。必须精准把握好开花时机，不要等到花朵全部开放了再采——半开不开之时的花骨朵才饱满，吃起来味道才鲜嫩。采摘时，要选择茂密的槐树枝丫，用铁钩子钩住槐花往左右一扭，然后使劲地向下一拧，槐花枝便会掉落下来。如果采摘时钩子扭不紧，拧下来的槐花就会不成串，落地后，花瓣就会四处散开。

当槐花从树上飘落下来时，我们会忙不迭地将其捡起来放在鼻子上嗅一嗅，然后掰开花瓣，把花蕊中间那一点点甜丝丝的槐花蜜摘下来吃掉。说实话，那些年日子艰苦，往往是吃了上顿盼下顿，肚子常常闹饥荒，所以饥不择食，只要是能吃的东西，人人见了都嘴馋，谁也不会轻易放过这个机会。

不得不说，母亲不愧为一个烹饪高手。尽管那时物质条件差，经常断粮断米、缺盐少油，更无其他拌菜的佐料，但母亲煮出来的饭菜就是好吃，她能把我们采摘回家的槐花，炒制成无数个菜品。就拿槐花炒蛋来说吧，母亲把槐花去除杂质，放到清水里浸泡十几分钟，洗净沥干，打上两个鸡蛋，像用椿芽炒蛋一样，加入食盐、葱、姜调味，放入锅内用铁铲翻炒几分钟即可起锅。这道菜吃起来香糯可口，味道不比椿芽炒蛋差。母亲还会将槐花与麦面搅拌调和成面糊糊，加入食盐和葱叶后，用喝汤的小瓢羹舀进铁锅内烘炕。用文火慢慢炕出来的槐花粑，两面表皮金黄，吃起来又香又脆，味道很是特别。

而粉蒸槐花菜当属母亲最拿手的菜品了。母亲把我们摘回去的新鲜洋槐花，剔去花中的叶梗，用清水把上面的尘土冲洗干净后倒入盆中，加入少量的米粉子，再混入面粉，直接用手翻拌均匀，使槐花全都沾上面粉。面粉干湿要恰到好处，如果面粉湿了，可以加少量的干面粉继续搅拌，其目的是不让它们相互粘连成坨。一直搅拌成那种颗粒分明的状态，并往里面加入适量的食盐调味，再翻拌均匀就可以了。做完这一切，母亲在铁锅里加上水，生火烧开，把搅和均匀的洋槐花倒在竹蒸笼里，盖上笼盖慢蒸十几分钟。当蒸笼里的热气散发着槐花香味时，就证明槐花菜蒸熟了。

接下来，母亲就将事前准备好的姜片、蒜粒、辣椒、食盐，放进滚沸的油锅中翻炒几分钟，用筷子把槐花蒸菜分开，将调料均匀地淋在上面，再撒上一把葱花，就可以上桌了。这会儿，满屋子都会飘溢着槐花和葱花独特的香味。这道菜吃起来味道清香鲜美，在当时那种生活条件下，也算得上是一道难得的美味佳肴了。

槐花年年映春景，独忆树下摘槐人。14年前，在一个槐花凋零的季节里，母亲不慎摔伤，永远离开了我们。从此，我眼中的槐花，少了些清香的味道，多了些记忆的回放。每每槐花盛开，我都会抽时间回到老家乡下，去河边那几棵大槐树下看一看、坐一坐。我还会摘下一串槐花放在鼻尖闻一闻，取下花瓣里的那一点点蜜糖，放在嘴里嚼一嚼。

此时，尘封的记忆打开，我想起槐花树下度过的童年时光，想起了母亲在厨房里烹制槐花菜的身影，以及那飘溢的槐花香味儿来。

（2023年4月28日《达州晚报》副刊刊发）

放弃的美丽

人言，放弃是一种美丽的超越，是内心的最大获取。然而，很多人始终不解其意。当你听完下面这个真实的故事后，或许会迷惑顿解，大彻大悟许多……

暮春双休日的一个早晨，在县城西门隧道口一家专卖油炸食品早餐的小吃店，同桌四个人，两位老者，一位中年人，还有一个7岁左右的小孩，每人同样都是两个油果子、一碗稀饭和泡咸菜。

乡下老者见油果子端上桌，遂从自带的背篼中拿出盛满白酒的胶壶，向店家要了一只酒杯，倒上2两左右白酒，悠然自得地品了一口，一旁的老者（像是位退休老人）和中年人不解地问道："老人家，您都这把年纪了，早上还要喝两口？"

老人笑着答道："喝呀，三顿都要喝，每天保持在6两白酒以上。"

"您今年多大岁数了，每天还喝这么多白酒？"中年人笑着问道。

"你们猜猜看！"稍顿，老人端起酒杯说，"我今年88岁了。"

同桌的老者和中年人带着怀疑的眼神——从精神面貌上看，他根本不像88岁的人，至少报大了10岁。

"你们还不信，我1949年参加解放军，1950年抗美援朝首批入朝参战，1956年才从朝鲜复员回家，在部队干了7年。"老人很自信地说着。

"那你现在每月享受民政优抚金应该有1000多块钱了吧？"旁边的老者问道。

见问这，老人的神情立刻黯淡了下来，他说："只可惜我的证件搞丢了，复员证明被我屋头二娃子小时候撕来做娃儿牌打板用了，当时认为没有多大用处，也就没把它当回事，哪晓得后来民政办定补非要这个才行呢？"一脸无可奈何的样子。

"你为啥不到县民政局去查档案呢？"

"去查过，我托人去查了好几次，还花了好几百块钱都没查到，最后我就放弃了！"老人将杯中最后一口酒咽下肚后，摇着头说道。

"查不到档案，你可以找同期入伍的战友给你证实哟！"

"附近知道我情况的几个战友早就去世了，谁来帮我证明呢？不过我也不想去追究这件事了，前几年我心头是有点想不通，解放战争我从浙江打到福建，又从国内入朝参战，大小仗打了几十次，没得功劳也有苦劳嘛！没想到就因为复员证没了，一切都没了。"

老人用筷子夹起桌上剩下的一个油果子放在小孙子的饭碗中，接着刚才的话茬道："不过我现在想通了，得不到我应该得的我也不去想了，回想起在战场上死去的那些战友，我什么都想通了。退后一步讲，我去争来了，又还能享受多少年呢？"他弯腰将酒壶盖旋紧，放进一旁地上的背篼中。

"再说，我儿孙满堂，对我也孝顺，只要每天有活儿干，有酒喝就行了。"老人站起来边结账边说道。

临离开饭店，老人还笑着说："现在国家政策好，对农民又是办农保，又是办低保，生病还有新农合报账，家庭条件差的国家还要帮扶你脱贫。你们说说，我这么大岁数了，还要那么多钱干啥？死了还能带进棺材里吗？趁现在活着，能吃能喝就知足了！"说完，他背上背篼，左手牵着自己的小孙子，转瞬便融入满大街的人流中……

听完老人的一番话，另一老者和中年人相视而笑，不约而同地用敬佩的目光注视着他离去的背影。

记忆中的"忆苦思甜饭"

当每年的清明节气一过，乍暖还寒的天气便逐渐趋于稳定，温度也一日一日地攀升。一泼春雨，一个太阳，田地里的禾苗就"噌噌"往上长。油菜花谢了，长出了一串串荚角，像蚂蚁一样，层层叠叠地堆积在枝丫上；豌豆角胀鼓鼓地泛着白，好比星星点灯，缀满了每一根藤蔓；嫩绿的胡豆角一串紧挨一串，犹如大街上卖的冰糖葫芦一般，吸引着眼球，诱惑着人们的身心和食欲。

好一个人间四月天！每当此时，我的思绪便会回到从前，想起儿时的点点滴滴，以及在这个季节里曾经品味过的"忆苦思甜饭"来。那苦中带涩的味儿，至今留存在心中，让人久久难忘。

在20世纪70年代前，每个生产队都有贫下中农协会，由新中国成立前苦大仇深的老贫农担任贫协主席。当田地里的菜花谢尽，胡豆长出荚角时，贫协主席就会向生产队队长请示，经同意后便确定时间，筹备召开忆苦思甜会。

那时是大集体生产，为了不耽误地里的农活，忆苦思甜会一般都是选择在晴朗有月色的夜晚进行，不论男女，每家必须来一个大人参加。否则，生产队队长会扣你家的工分，年终决算时少称几斤口粮不说，还会给你上纲上线，让你"吃不了，兜着走"。所以，忆苦思甜会无论如何也不能缺席。

太阳刚下山，大人们收工回家，放下手中的吃饭的家伙什，将鸡鸭招呼进圈后，便自带碗筷早早地聚集到了生产队的晒场上，围着晒坝的栏边石席地而坐，三三两两地抽烟、闲谈，估算着田地里的粮食收成，雨水来得早迟，以及大春收水栽秧的事儿。间或，几个平辈的男男女女们嘻嘻哈哈，来几句不荤不素的玩笑话，打发着无聊时光，等待忆苦思甜会的召开。

见每家每户都有人到场，生产队队长便吩咐大家安静下来，先来几句开场白，忆苦思甜会就正式开始了。然后由贫协主席上前主持，一般都是安排几个岁数大，经历过旧社会苦难的老贫农来诉苦——控诉万恶的旧社会，穷人吃不饱、穿不暖，受地主欺压和剥削；歌颂共产党，毛主席领导人民翻身得解放，穷人当家做主，有饭吃，有衣穿，生活越过越香甜。启发大家不忘过去苦，珍惜今天的幸福生活。字字句句，声泪俱下，每当这个时候，会场上就会传来"唏嘘"的哭泣声。此时，贫协主席便会领头振臂高呼："不忘阶级苦，牢记血泪仇！吃水不忘挖井人，幸福不忘共产党！"口号声此起彼伏，在夜晚晒场的上空回荡，让人精神为之一振。末了，人们便拿起碗筷，围着大铁锅吃起"忆苦思甜饭"来。

此时，晒场内的气氛十分安静，淡淡的月光下，除了人们喝粥时发出的声响外，偶尔传来几声夜虫鸣叫，给初夏的夜晚平添了几分庄重肃穆的感觉。

吃"忆苦思甜饭"的目的，是为了重温新中国成立前穷人经历过的苦日子，让人们记住过去，感恩今天的幸福生活。所以，吃的食物越差劲，方能体现出它的意义来。而所谓的"忆苦思甜饭"，就是从油菜和胡豆梗上剔下来的新鲜叶子，用水冲洗干净后，把生产队养猪场煮猪食的大锅，加上满满一锅水，将油菜叶胡豆叶放在锅里，再加上十几斤豆麦面混合搅拌，熬煮成不干不清的稀面粥，放上一点盐巴，吃起来苦中带涩，让人难以下咽。

虽然"忆苦思甜饭"很难吃，但逢每年生产队召开忆苦思甜会，我们一帮小孩就会悄悄尾随在大人们身后，躲藏在晒场附近，但听锅碗瓢勺声响，便会蜂拥而出，从锅中舀出稀粥，盛上满满的一大碗，坐在晒场的栏边石上香喷喷地吃起来。待大人们放下碗筷抽着叶子烟，围坐一圈听生产队队长安排明天的农活时，我们便借着月色，在晒场里相互间追逐嬉戏，藏起"夜猫子"来。直到大人们把叶子烟杆吸得烫手，才吆五喝六地牵着我们的耳根子，踏着午夜的露珠往回家的路上走。

也许，吃"忆苦思甜饭"是当时的政治必修课，反正每年的四五月份都会有那么一次。说实话，像我们一帮小孩去吃"忆苦思甜饭"，纯属好奇贪玩，并不理解其中含义。待后来启蒙读书后，才从小学语文课本《收租院》和《半夜鸡叫》等课文中，多少品出了一些"忆苦思甜饭"的味儿来……

斗转星移，转眼几十年过去了，但当年吃"忆苦思甜饭"的情景，在我心中留下了深深的烙印。当如今的城里人吃惯了大鱼大肉，向往着乡村的粗茶淡饭、野菜萝卜之类素食时，我犹忆当年初夏夜，那月光、那口号，以及那苦而涩的"忆苦思甜饭"的味儿。

秋天的怀想

秋色金黄，阳光绚烂，落叶知秋。那些脱离生命母体的树叶，一片接着一片，打着旋儿地飘落，零落成泥前，也要跳一支欢快的圆舞曲。

小草说，秋天来了，我要消除夏天带来的倦怠，褪去满身的枯黄，在冬的炼狱里，脱胎换骨，待下一个春天到来时，用翠绿去拥抱第一缕阳光。

蚯蚓说，秋天来了，忙碌了一个春夏，疏松了泥土，却累弯了腰，我要在秋的怀抱里，静静地睡去，用一场大觉，去积蓄来年耕耘的力量。

风儿说，秋天来了，我要变换夏的炽热，扫落叶，吹尘埃，把一切没有扫除的东西，用冬的凛冽去冰冻成水的精灵。

农民说，秋天是收获的季节，遍地的金黄被装入丰收的锦囊。农具入库，牛放南山，揉一揉酸痛的腰，摸一摸掌上的茧，拍一拍身上的土，然后坐下来，面对满眼秋色，惬意地抽上一袋叶子烟。

小溪缓缓地流淌着，没有夏的狂躁和奔放，无声无息，自由自在地享受着静谧中的恬淡，一路蜿蜒向东，汇入江河，回归自然。

南飞的大雁，八字阵，毫无凌乱，淡定从容，飞过山，飞过沟，飞过河，一路向前。那一声声鸣叫，向人们告知着短暂的离开。

枫叶如丹，似团团燃烧的火焰，凝聚着激情，升腾着自信。期待着，从这份浪漫中追寻美好；憧憬着，在惊叹的目光中闪烁最后的辉煌。

银杏叶黄得耀眼，在秋阳下熠熠生辉。由绿到黄的华丽转身，是为了那瞬间的绽放，即使成为铺地的黄毯，人踩车碾也无怨无悔，仍然含笑向天。

只有那密密麻麻的桂花，一簇连着一簇，远远望去，仿佛绿叶丛中点缀的碎金，在阳光下，闪烁着金黄色的光，散发着诱人的馨香。

行走在秋天的路上，反复怀想，那曾经的过往。俗事和烦恼，如流水，似落叶，像天空飘荡的云朵，像地上生长的万物，终归幻化成宇宙的一粒尘埃，在空旷中遁于无形。

垂柳下，小河边，山冈上，手牵手，眼对眼；对山，对水，对天起盟，誓与梁祝同比肩，同心共患难。似乎是冬日的一场风，没有一丝温暖，连仅存的一点记忆，也变得虚妄和茫然。

儿时的玩友，读书的学友，青年时的朋友，生意上的伙伴，酒桌上的酒友……把用稀泥揉出的童话，铅笔写出的真话，手托腮说出的胡话，合伙时的客套话，醉酒时的酒话，都淡忘得一干二净。回归现实，顿悟，当年的过往，纯属一堆鬼话。

世间的尔虞我诈，争强斗狠，都是一场空。你赢了，我输了，往往是"输了进医院，赢了进监狱"。有时，为争一口气，鸡毛蒜皮，互不相让，小矛盾酿成大是非，常常是"赢了官司输了钱"，得不偿失。

贫与富又何妨？富的人钱多、车多、房多，朋友多。其实，这些都是浮云。山珍海味，不过也是一日三餐；万千大厦，也只是睡床一张；吃客三千，酒肉相连。钱多买不了运，也买不了命，世间因果，道法自然，眼睛一闭，墙橹灰飞烟灭。

在秋天里怀想，秋的恋歌留下的并非只有悲伤情调。初秋的喃语，金秋的醇香，似淅沥春雨，如温柔阳光，滋养着心湖的水草，丰盈了游弋不离的愁绪。秋夜清幽漫长，思念的人儿在远方。然而，即使远隔千里，彼此心灵相通，同样能享受一轮明月的普照。在一片落叶中，依然能窥见秋天的全部内涵和抛舍不了的情愫。

面对秋的旷达，何不扯下一页素笺，在秋风里，在秋阳下，在这层林尽染的秋色里，画一个同心圆。圆心外是整个世界，我坐在圆心内，淡化俗念，修身、修心、养性，熄灭心中欲望之火，世间一切瞬间会变得清澈透明。

"菩提本无树，明镜亦非台。本来无一物，何处惹尘埃……"如果，忘掉该忘记的，放下该放下的，悲也是喜。

如此，甚好。

（2020年《巴山文艺》秋季版刊发，2022年9月24日《达州晚报》副刊转载）

听　雨

　　秋天的雨别有一番情趣。没有春雨的细腻，夏雨的豪放，冬雨的阴柔。

　　白天看秋雨洒落，氤氲雾气中银白色的雨丝如线，似春蚕吐出的丝线一般，从天空飘落下来，密密麻麻地斜织着，像一块用丝线编织的帘布，细而不密，排列匀称，看起来十分上眼，好像在天地间挂上了一道漂亮的雨帘。

　　夜晚听秋雨更是韵味十足，独坐窗前，摆几粒花生米，放几片腊豆干，酌一杯小酒，品一口清茶，看杯中茶叶在水中涨开漂浮，侧耳细听雨的脚步，细碎而又轻盈，如妙龄少女莲步轻移，缓缓地向你走来。远处的景物，只剩下一个模糊不清的概念，在潜意识中重重叠叠，一会儿是连绵起伏的高山，一会儿是波涛澎湃的大海，一会儿是跌宕翻滚的云雾。当悄然漾起的夜风轻柔地把雨雾送到你跟前，洒落在面颊上，仿佛初恋情人，在你耳旁轻轻絮语一般，让你顿觉神清气爽，世间烦恼尽消。

　　躺在床上听秋雨，感觉更不相同，雨的脚步轻缓飘逸，空灵而又纯净，犹如瞎子阿炳的《二泉映月》二胡独奏曲，"高山流水声细细，月色朗朗照古泉"的意境，在优雅美妙的雨声中，弥散着整个夜空，游走于心灵深处。这种触及灵魂的感受，是无法用语言来形容的，生怕亵渎了其美妙、纯净的自然之美。此时此刻，夜安静了下来，除了飘落的雨声，尘世中的噪声尽失，如丝雨雾，缥缥缈缈，婉转低回，聚集在屋瓦上的雨水落在地上的"滴答"声，好像乐队伴奏的鼓点敲击；偶尔传来几声夜虫的啾叫，恰到好处地点缀着这秋日雨夜。

　　白天看秋雨，心要细，眼要实，要心思缜密，心无杂念地淡化眼前万物，方能窥知其内涵。你看，那一片片枯黄的树叶在秋雨的作用下，打着旋儿飘落下来，零落成泥前，也要跳一支欢快的圆舞曲；秋雨洒落在橘树上，红红的橘子娇艳欲滴，鲜艳夺目。那银杏叶在秋雨的抚摸下，颜色粉嫩金黄，黄得使人睁不开眼；乳白色的桂花在秋雨的滋润下，香气浓郁，让人迷醉；火红的枫叶，经秋雨的洗浴，更加惹人怜爱。秋雨洒落在池塘中，好像微风吹皱的一匹绸缎，荡起一圈又一圈的涟漪，又一波接一波地向四野散开。

夜晚听秋雨，轻柔的雨丝飘落在窗玻璃上，发出细微的"唰唰"声，那一条条顺窗玻下滑的雨珠，被窗内的灯光折射，泛着淡黄色的光，形成模糊而柔和的光晕，然后，又与空中飘落的雨丝混合重叠在一起，烘托着雨中绚丽的夜景，让人瞬间迷离了双眼。

然而，夜晚听秋雨不是用耳，而是要用心，只有用心去听，方能品出它的美妙和神奇来。唐代诗人冯延巳所作的《应天长》曰："当时心事偷相许，宴罢兰堂肠断处。挑银灯，扃珠户，绣被微寒值秋雨。枕前各泪语，惊觉玉笼鹦鹉。一夜万般情绪，朦胧天欲曙。"把秋雨融入情殇中，一种断肠人在天涯的感怀油然而生，不由得让人悲从中来，潸然泪下。

秋雨淅淅沥沥，飘飘洒洒，漫不经心地下着，犹如一位钢琴大师的倾情演奏，在起伏跳跃的十指间变幻着节奏。时而高亢激昂，变化万千；时而婉转悠扬，如泣如诉。那一曲曲动听的乐章，奏黄了银杏，奏红了枫叶，奏出了遍地金黄，奏出了象征成熟和丰收的醉人秋色。

秋雨是秋天的精灵，它滋润了风，把干燥的气候变化如春；秋雨是大地的使者，它用生命之水，把干涸的土地变化如油。我喜欢秋天，喜欢如丝一般的秋雨，更喜欢在暮色傍晚时，听秋雨洒落的声音……

（2020年10月27日《达州日报》副刊刊发）

卖粮记

　　交公粮，是以粮抵税的一种方式，就是从事农业种植的农民，按照种植面积多少缴纳的农业税。在2006年全面取消农业税前，乡村种田农民缴纳农业税，一般都是大春、小春收获之后，把小麦和稻谷上交到区粮站或乡粮管所，然后到乡镇财政所结账，用所交粮食折算的现金，结转为农业税。

　　乡民们交售的公粮分定购和议购，定购粮是按国家统一价格进行收购，然后按粮站开出的收购单据，交到乡镇财政所结账，以所结资金抵扣农业税收；议购粮则是除定点定价收购的粮食之外，按当时的市场价另外收购的粮食，有时高于定购收购价，有时却比定购收购价低。议购粮收购价格的高低，取决于市场粮食价格的高低。

　　那些年，农民种田不但要缴纳农业税，而且还要交"三提八统"和集体提留。所谓"三提"，是指农户上交给村级行政单位的三种提留费用，包括公积金、公益金和行政管理费；"八统"是指农民上交给乡镇一级政府的八项统筹。包括教育费附加费、计划生育费、民兵训练费、广播费、乡村道路建设费和优抚费等。收取这么多费用是因为当时国家下达了《农民承担费用和劳务管理条例》，依照条例规定农民需支付相应的管理费用，符合当时的法律政策规定。

　　而村级提留的公积金用于农田水利、基础设施建设、植树造林、购置生产性固定资产和兴办集体经济企业；公益金用于"五保"户供养、特别困难户补助、合作医疗保健以及其他集体福利事业；管理费用于村干部的报酬与管理费开支。所以，在改革开放初期，外出务工的农民不多，他们大多固守家中土里刨食，收入低，负担重，交完公粮抵扣农业税后，还得补交提留统筹费。

由于当时乡村不通公路，每逢粮食收获之后，乡民们将收回家的粮食选最好的晒干车净，然后肩挑背扛，步行十多公里小路送到粮站去交售。当气喘吁吁地把公粮挑到粮站后，还得依轮次序地排队，等候粮站的工作人员一个一个地验质过秤。

那时所交的公粮，一般小春是小麦、油菜籽，大春是稻谷，所有粮食都分一级、二级、三级和等外级，一级为最好的等级。验质的工作人员来到你跟前，抓一把粮食在手上，先看粮食的颜色优劣，再放入口中用牙咬，检验粮食的干湿度，并以此评定等级，一个等级每斤粮食大概有几分钱的差价。

如果你的粮食未车干净，有秕壳或泥沙，得拿到风车里去重新车干扬净方可；如果粮食水分重，未晒干，你得在粮站的空坝内铺开晾晒，直到晒干为止。一旦做完这一切，你排的位置早就被后面的人挤占了，得重新排队等候，一折腾就是一整天。有时为交一挑公粮，天不亮就得从家里出发，饿着肚皮挨到天黑才交完粮，然后才打起麻梗火把往回走。

每当收粮季节一到，粮站工作人员都分工明确，职责到位，谁验质、谁过秤，谁就负责仓库的管理，一包到底。一座粮仓要装十多万斤粮食，如果不严把质量关，粮食发生了霉变，或缺斤少两，交不出去的话，验质收秤的人就得负全责。所以，在收粮过程中，一旦质量过不了关，无论你怎么说好话，不行就是不行，粮站工作人员绝对不会拿自己的饭碗去行善送人情。

只要一到交粮高峰期，粮站十几个工作人员都忙不过来。验质过秤要人，维护排队秩序要人，调解排队纠纷要人，烧茶水、发解暑药，还得为交粮群众提供风车、竹箕之类的晒粮、车粮工具。总之，一季公粮收结束，粮站的工作人员肉都要掉好几斤。

假如有人家中的粮食，在收获季节遇雨淋霉变或发芽生秧，为了完成公粮任务，只好拿自己家中的粮食去和别人家的粮食交换——以多换少，哪怕是120斤换100斤，也要想方设法完成国家公粮任务。

那些年，一到交粮季节，乡、村、组干部都会到村到组入户，去催促村民晾晒粮食，让他们抓住晴好天气交售公粮，目的是尽快结账，让农业税入库，剩余时间用作催收"三提八统"。说实话，20世纪90年代前，乡村干部的工作重心，基本上是围绕催粮催款、计划生育、灭鼠打犬等杂务，其余时间大多用在春播秋收、兴办集体水利纠纷调解方面。

不得不说，当时农村日子虽然不好过，但人们的爱国热情却很高，从不拖欠农业税收。为完成一季公粮任务，人们常常是挨饿受冻，起早贪黑地两头忙。哪怕自己不吃不喝，也绝不打国家公粮的折扣，想方设法也要提早完成。

从2006年1月1日起，国家废止了《中华人民共和国农业税条例》，紧接着"三提八统"也不收了。这意味着，在中国沿袭了2000多年的这项传统税收的终结。作为政府解决"三农"问题的重要举措，停止征收农业税和"三提八统"，不仅减少了农民的负担，增加了农民的权益，还充分体现了现代税收中的"公平"原则，同时还符合"工业反哺农业"的趋势。全面废除延续2000多年的农业税，以及"三提八统"，标志着中国的改革开放，进入了转型的新时期。

如今，交公粮已成为历史。种粮农民不仅不用交一粒公粮，而且国家还要发放地力补贴。昔日交粮季，山乡小路上那些光着膀子、挥汗如雨的乡民，以及肩上的扁担与箩夹发出的"吱吱"声，已随着岁月的流逝而载入了史册，给经历过那个年代的人们留下了难以忘怀的回忆。

（2020年8月2日《达州晚报》副刊刊发）

看 青

在20世纪80年代前，山乡农村是大集体生产，每个生产队都要安排1至2人看管地里的庄稼，人们称此职业为"看青"，而从事这项劳动的人就叫"看青人"。

看青人看管的范围很广，包括田地里所有的庄稼、果树，无论成熟了的或没有成熟的，田里的或地里的，水里的或岸坡上的，都属看青人的看管范围。他们相当于现在建筑工地上的看守员，全权负责生产队庄稼禾苗的看护，直接对生产队队长负责。其工分按半劳动力计算，即妇女出工的工酬，每个工日8分，算全勤，年终决算凭分称口粮。

看青人一般都是生产队体弱多病或残疾的人，但重要的是要公道正派，坚持正义，敢于说真话，不怕得罪人。一旦有人损毁集体庄稼，被他们看到了，无论是谁，哪怕是生产队干部和队长家中的人，他们也从不袒护，照样上报，扣其工分和口粮。所以，队里的男女老少，对看青人都很怨恨，但又不敢得罪他们，见面也得打哈哈，常常是能避就避，能躲就躲，尽量绕道走。

儿时，我因放牛、割草损坏了集体庄稼，或下麦田里去扯猪牛草，被看青人逮到过无数次，也好几次被队上扣了工分，年终分口粮时，少分了好几十斤粮食，受到了父母的责骂。由此，我对看青人耿耿于怀，背地里还诅咒过他们无数回。

看青主要是白天，晚上不属于看青人的职责范围。队里修了专门的"看青棚"，一般都是建在栽苕母种（红苕种）地、花生地旁边。"看青棚"是用土筑的墙，麦草盖的房，一到晚上，全生产队每家每户都得轮流去那里看守田地，就像看守生产队保管室一样，依轮次序，哪户也不能落下。如果晚上出去偷集体地里的东西，那性质就严重了，一旦被逮到，不但加倍赔偿损失，扣分扣粮——轻则在队里社员大会上作检讨，让所有人来批评你；重则让你背起所偷的东西，后面有人跟着，敲起鼎罐锅儿盖盖游山梁，还要边走边吼，你是偷了队里什么东西被逮到的，让邻近几个生产队的人都知道，叫你颜面扫地。

看青人都很精明，他们选择的看青位置一般是山梁上、大树下、庄稼地里，都是很隐蔽的地方，让你防不胜防。一旦你偷割地里的禾苗，或扯地里的花生、红苕，或牵牛放时，牛儿吃了田地里的禾苗，看青人冷不丁就会出现在你的面前，把你逮个正着——人赃俱获，他们会立马把你拉到生产队队长跟前——扣分扣粮没商量，还得挨一顿狠批。

儿时，我们一帮小孩都很顽皮，为了"报复"看青人，也常常使出些"阴招"来——先是找准看青人时常藏身的地方，把他放在地上坐的石头搬走扔掉，把他用桐子树叶搭建的遮阳、遮雨棚给拆了，要不就在他时常藏身的地方弄些狗粪、牛粪来，让他无立锥之地。总之，想方设法都要去"收拾"看青人。

当每年的三四月到来之时，麦田里的杂草都很茂盛，为了能下田去扯猪牛草，完成父母给我们下达的每天一背篼的割草任务，我们一帮小孩商议，用"声东击西"的办法对付看青人——两个小孩大摇大摆，又是唱又是跳地去另一条沟里的田地边晃来晃去，既不下田，也不离开。这时，看青人就会跟过来，目不转睛地把他们看守住，生怕他们下田去扯草。趁这个机会，另一条沟里的我们，便立即下到麦田里扯起草来。由于太过慌张，我们通常会胡乱抓扯，着实损坏了不少禾苗。当时这种行为，此时想来，真有点逆天、逆地、逆人，实属不应该，好在是年少无知，这种行为也算无伤大雅。

说实话，个别看青人鬼主意也不少，他们常常采取以"贼"捉"贼"的办法，减少自己的工作量，让别人替他们看管集体的庄稼。如果谁偷割了地里的禾苗，或扯了地里的花生、红苕，被看青人逮着了，有时他不会急于向队长汇报，而是叫这个人替他看青，直到逮到下一个偷割集体禾苗的人，这个人才能脱手。这样，自然形成了震慑力，他看起青来也就轻松多了。

看青人对全队的地形地物非常熟悉，对哪条沟、哪道梁种的什么庄稼都了如指掌；哪个院子、哪户人屋头养了多少头猪或是牛，也清清楚楚；哪个屋头有多少细娃儿，听不听话，是否常常偷割集体禾苗，心里也明明白白。所以，看青人会根据这些情况来判断，按轻重缓急安排看青线路，以免顾此失彼，丢失或损坏了庄稼，被队长责怪。

其实，看青这个活，看似轻松，责任却相当大。如果田地里的禾苗经常被人偷割，或被牛羊损坏，队长这一关也过不了，同样会扣减工分和口粮。为此，在看青过程中，一点大意不得，干的都是红脸得罪人的事，逗硬是必须的，就是三亲六戚、弟兄叔侄家的人犯了规，也同样得上报扣工分，要不然受过挨罚的是自己。

看青这个活也很辛苦，夏天太阳晒，冬天霜雾打。看青人天一亮就得出门，将全生产队的田地都巡视一遍，看昨晚田地里的庄稼有没有被偷和损坏。如果有，则立马给队长报告；如果没有，就回家吃完早饭又出门去巡视。他们天晴戴草帽，下雨披蓑戴笠，除回家吃午饭耽搁一个钟头外，得到天黑全队的人都收了工，他们才能回家吃晚饭。

20世纪80年代初，农村土地承包责任制落实到户后，"看青"这一特定时期产生的代名词，同大集体生产吃"大锅饭"一样，成了农村改革的又一次破茧成蝶，从而被载入了中国历史发展史册，给经历过那段岁月的人们，留下了深深的难以忘怀的回忆。

（2021年2月25日《达州晚报》副刊刊发）

邻居老黄

我和老黄是邻居。

其实，我们也算不上真正意义上的邻居——一个住上院子，一个住下院子，相隔200多米。但我居住的院子是通往生产队保管室的必经之路。所以，老黄每天来去至少也要路过三五趟。

那时的老黄40多岁，个子不高，身材矮小，不修边幅，形象邋遢但不猥琐。他笑口常开，一张能说会道的嘴，像一罐招蜜蜂的糖，常常引得我们一帮小孩围着他屁股后面转。他走东，我们绝不会向西。他仿佛是一块磁铁，让我们自然而然地尾随其后，不离不弃。

老黄识字不多，只进过几天大队举办的识字班，但他嘴里总有讲不完的故事，摆不完的龙门阵。而且，他讲的故事有头有尾，精彩不断，总是让人听后意犹未尽。

那时，属大集体生产，作为生产队主劳力的老黄，使牛抬耙，耕田种地，样样在行。他凭自己一身蛮力，去挣一家几口人年终决算时分口粮的工分。

每当夏天，金黄色的月光洒满大地之时，老黄便闲了下来。在垭口那棵百年老黄桷树下，他手摇一把篾扇，仰躺在竹凉椅上，边乘凉边向席地围坐一圈的十几个小孩，煞有介事地讲述着他永远也讲不完的故事。

他指着天上的月亮，讲着嫦娥奔月的传说，把嫦娥偷吃仙药抱玉兔升天后，在广寒宫里的凄凉和心中的无奈，讲得生动而自然。我们不由得仰望天上的明月，满脑子都是神秘的猜想。

每每讲到精彩处，老黄还会故弄玄虚，一句"且听下回分解"，便就此打住。不管我们怎么央求，他都不会再说了，总是叫我们自己去想象。即使给他裹烟点火献殷勤，他也坚决不说，直到下次给我们讲故事时，他首先会问我们上次故事中的结局如何。于是，我们便胡乱说一通，他会打住我们的话头，把上次没讲完的故事讲完。

老黄似乎懂得很多，把个《西游记》里的故事，从头至尾讲得个透透彻彻。从石猴孙悟空出世，到上山学得72般变化，后占水帘洞为王，闯地狱强销生死簿，搅龙宫强取金箍棒；以及被玉皇大帝官封为弼马温，偷仙桃、仙丹，在太上老君的八卦炼丹炉，练就了辨妖识怪的火眼金睛；到后来大闹天宫，震惊仙界，被如来佛略施小计压于五指山下，乃至于最后受观世音菩萨点化，拜唐僧为师去西天取经，一路斩妖除魔，后修得正果成仙。老黄讲起来总是有条有理，从不漏过任何一个细节，好像翻着书在给我们讲一般，给人无限的遐想空间。

老黄的故事总也讲不完，一部《西游记》的故事，断断续续地讲了两年多。但每年农历的七月初七晚上，他都会在繁星灿烂的夜色里，重复地给我们说一番"七仙女下凡"的故事。董永因诚实勤劳，终得仙家垂怜，槐树公公指点迷津，董永与七仙女成就美满婚姻。后来，王母娘娘震怒拔玉簪，划出一条天河，硬生生地隔断了一对有情人。讲到动情处，老黄便手指茫茫星空，说那是天河，那是织女星。虽然，那时的我们不懂得什么是男欢女爱，但内心却隐约有一种对牛郎织女的同情和对王母娘娘的怨恨。

不知老黄哪儿来那么多故事，一个夏天，我们几乎都围着他转。为了让他讲故事，一帮小孩轮流给他打扇、挠痒痒、裹烟点火，甚至于把父亲平时抽的最好的叶子烟，偷偷地拿出几匹来孝敬他，目的是"套"他口中的故事。

偶尔，除讲神话故事外，老黄也把《三国演义》《水浒传》《七侠五义》里的精彩章节讲给我们听。每讲到动情处，他还会手舞足蹈，把武松、关羽、张飞和北侠欧阳春、南侠展昭等一些侠义之士的英雄形象，描述得栩栩如生。我们懵懂的心里，又多了几分对英雄的崇敬和对坏人的仇恨。

可以这样说，我是听老黄的故事长大的。以至于后来，我在读老黄所讲故事的这些章回小说时，总有一种亲切熟悉的感觉，对书中故事情节的理解驾轻就熟，一看就明白。或许，老黄讲的那些故事，潜移默化地在我心中扎下了根，给了我潜意识的先导。

不得不说，在20世纪70年代前，农村物质文化生活贫乏，不通电，也没电视看，一年很难看上几场电影。上学读书的课本内容，完完全全是"又红文专"正统教育，不少课外书籍成了禁读之物，所以，我们对外面的事情知之甚少。由此，老黄成了我们一帮小孩心中的"故事大王"和偶像，也成了我们获取知识的渠道。

我也不知道老黄哪儿来那么多的故事，当时还以为他肚内"喝"了不少的墨水，是个读了很多书的人，至少家里有不少小说类书籍吧！但我们几个小孩借故去他家玩，东瞅西瞅，找遍所有能放书的地方，除了灶台上有半张包面条的废报纸外，没有一点其他纸屑。我们在失望中感到惊奇，不由得对老黄又多了几分敬慕。

后来，年岁稍长，我才断断续续从大人们的口中，得知了老黄的故事。

原来，老黄不姓黄，他究竟姓什么，谁也不知道，也许连他自己也不清楚。听说在20世纪40年代中期，十二三岁的他，从外地一路乞讨来到我们这里，一对黄姓夫妇收留了他，给他取了黄姓。至于他来自何方，亲生父母是谁，他没说，也没有人去过多追问，怕伤了他的自尊心。从此，他便以"老黄"的身份，"闻名"于我们一帮小孩心中，成了我们儿童时代心中永远抹不去的回忆。

20世纪80年代初，60多岁的老黄死了，听说死于胃癌。好在有儿女在床前尽孝，他无憾地带着一生的故事仙游到另一个世界去了。

至于老黄哪儿来那么多的故事，我一直也没弄明白。

去年回老家，我在老黄坟前，静静地伫立了十几分钟，看着坟上的萋萋荒草，斯人已去，往事成殇。我只好心怀虔诚地点上一支烟，插在他的坟前，然后，带着满脑子的疑惑失望而去。

（2021年4月7日《达州晚报》副刊刊发）

捉黄鳝

儿时，在乡村，人们时常都会看见一些捉黄鳝的年轻人，他们头戴一顶破草帽，腰上拴着一根稻草绳，草绳上扎着一双布胶鞋，手提一只竹笆篓，行走在溪口田间，用勤劳和执着捕捉春夏秋冬。

黄鳝又名鳝鱼，属水中生长生物，以稀泥掘洞而居。乡村有个传说，一条修炼成精的鳝鱼精，因不甘寂寞，变化成翩翩黄衣美少年游历人间。一日，偶见一村妇十分貌美，便紧随其后，百般挑逗戏弄。没想到这村妇乃是观世音菩萨变身下凡，访查人间疾苦。见黄衣少年如此这般无礼，她便法眼洞开，方知是一条鳝鱼精变化胡作非为。这还了得，如不惩戒，人间何来太平？于是，她玉臂轻抬，柳枝一点，口中念念有词："黄鳝，黄鳝，剖肚剔骨，两头不要，只要中间。"瞬间，黄衣少年在地上连续几个翻滚之后现出了原形，并匆忙爬到路旁的冬水田里。从此，黄鳝因菩萨惩戒，终日与稀泥为伍。

传说终归是传说，但人们在吃鳝鱼时，得先用一颗铁钉，将其头钉在一块木板上，剖开肚皮，用刀剔去其背脊上的骨头，宰其头，去其尾，扔给一旁伸舌舔血的小猫小狗，然后把鳝鱼肉切成块，拿进厨房，加入佐料，或泡海椒爆炒，或粉蒸，或烫火锅，或做麻辣酸汤……无论做什么口味的菜都好吃。

少时，山乡农村生活困难，一年四季稀饭面糊都喝不饱，十天半个月也难得见一次荤腥。于是乎，黄鳝成了人们既不花钱，又能补充营养、改善日常生活的首选之物。每逢星期天或节假日，我们一帮小孩便三三两两地邀约在一起，提着竹笆篓，下到冬水田里去捉黄鳝。

捉黄鳝，看似是一件简单的事，其实也大有学问。一般鳝鱼都是在稀泥中打洞藏身，很少出现在泥土表面。而鳝鱼洞有进洞和出洞之分，进洞大，出洞小。在捕捉黄鳝时，用右手中指从进洞往里钻，当触摸到鳝鱼尾巴时，鳝鱼就会拼命地从出洞口往外跑，只要鳝鱼一出洞，就可用食指弯曲夹住其颈部放入竹篓中。有的鳝鱼在洞内胡乱钻，不见了踪影，这时的捉鳝人，会用脚在鳝鱼洞周围踩踏，使其现身，再将其逮获——只有专业捕鳝人才有这些技能。

虽然那时我们年纪小，没有捉鳝鱼的经验，但偶尔也能捉个三五条。将其开膛破肚，撒上一点食盐，然后，在山坡野地用三块小石头垒一个灶，从别人房屋上取下一匹瓦片来，放在水中洗一洗，权当作炒菜的锅。捡拾几把干柴，点火烧起来，一会儿工夫，瓦片上便会"嗞嗞"地冒出一股股热气。待自认为烤熟后，三五个小伙伴，你一块肉，我一块肉，吃得津津有味，也算解了一回嘴馋。

还有一种简单的吃法，就是将鳝鱼洗净切片后，拌上少许食盐，从竹林里砍一根嫩竹，取下一节，把一头去除竹节，将鳝鱼肉装入竹筒内，再用稀泥把竹筒口堵上，放入柴火里焖烧。待竹筒的水汽烤干变白，里面的鳝鱼肉也就熟了。不得不说，这种吃法的确别有一番风味，至今让人难忘。

而捉鳝鱼最不要技术的，则是夜晚夹火把黄鳝，但事前得准备好夹鳝鱼的工具。首先是做鳝鱼夹，将两片一米长、5厘米宽的厚竹板，中间钻眼，用铁丝做轴心，形成一个剪刀样式，在其上部用刀削出齿印，掰动竹夹可自由张合；接下来是制作照明的火把，取一个直径5厘米、长约80厘米的竹筒，去掉顶部的竹节，将煤油灌进竹筒内，用草纸或破布巾捆成灯捻，待灯捻浸满煤油后，点火即燃。

夹火把黄鳝一般都是在端午节前后的初夏天，那个季节的天气变化大，如果天气暴热，便是下雨前的征兆。每每此时，水中会严重缺氧，洞中的鳝鱼憋闷难受，就会钻出洞，横躺在泥土表面透气，竹筒火把下看得一清二楚，只要用夹子对准鳝鱼腰，便一夹一个准。如果运气好，两三把鳝鱼夹，几个小时就能夹个8斤、10斤。在那个年代，有了这些鳝鱼肉，不论蒸、煮、炒、炖，都能让许久不沾荤腥的人，打打牙祭解解馋了。

那些年，只要看见冬水田里有大人犁田，我们就会站在田埂上，犁田的人就会把犁出来的鳝鱼往犁桩上一磕，然后扔到田坎上。我们则捡起地上晕死的鳝鱼，拿出一把小刀划开鳝鱼肚，挖肠去骨，捡来一堆桐子叶和干柴棍，用树枝挑起鳝鱼肉烤着吃。虽然无盐无油，但吃起来也香喷喷的。

还有一种捉鳝鱼的工具——"竹须笼"。将一节小竹筒划破成10余小片，竹节处连为一体，用竹丝编织成上大下小的笼状，笼子中部织上倒须，埋于秧田的放水缺处，只要鳝鱼顺流水进了笼子，便是有进无出，因为有竹条倒须网着。

捉黄鳝，一般都是在春季、冬季和初夏。大集体生产年代，大春稻谷收割后，每个生产队都要留一部分水源活便的正沟田作为冬水田，以备来年用作撒播谷种的秧母田，并提前翻耕蓄水。这也为黄鳝家族提供了生息繁衍的土壤。

儿时捉鳝鱼，一半是嘴馋，一半是贪玩。我曾无数次在上学路上捉鳝鱼，误了上课的点，被老师罚站在教室门外，以至于在班上作了检讨才了事；我也曾无数次因捉鳝鱼，踩漏了田缺，放干了田水，被生产队队长大骂了几通；还有好几次，我因为捉鳝鱼，弄脏了衣服、裤子，被母亲一次又一次责备。尽管如此，我对捉鳝鱼的兴趣却有增无减，直到年岁稍长才停歇。

如今，乡村种粮食的人少了，到处都是荒芜的农田，即使偶尔看见几块冬水田，也因种植农作物时，长期施用化肥农药，导致田里的鳝鱼没了生存环境而消亡。如今，当我在农贸市场的水货摊上，看见人工养殖的鳝鱼时，便会想起儿时捉鳝鱼的那些事儿来，一种快乐幸福的感觉瞬间温暖了我的全身。

（2021年7月23日《达州日报》副刊刊发）

背柴记

当晨雾弥漫，朔风吹拂，树上落叶飘飞，地里的麦苗和油菜泛着新绿时，我便会想起儿时上山背柴的往事来。

老家离华蓥山大约有10多公里山路。那些年，粮食产量低，扩大种植面积是增收的唯一途径。于是乎，乡村四处毁林开荒，遍地都种满绿油油的庄稼，除一些油桐树外，很难见到其他果树杂木。大春稻谷收获后的稻草，只能够家中喂养的耕牛过冬吃；小春收获后的麦草，一般都是卖给了造纸厂生产纸浆，换点现钱贴补家用。为此，家中烧火煮饭的燃料，只有玉米和红粮收获后的秸秆。偶尔才会到山上煤厂去担一挑煤回来应急。虽然100斤煤炭只要3块钱左右，但在经济拮据的年代，也算是一笔不小的开支了。所以，那时家中的燃料，如同油、盐、米、醋一样，成了人们生活中不可或缺的紧俏物品。

于是乎，为了节省家中支出，备齐过冬的燃料，当时令进入十冬腊月，人们便纷纷向山里进军，捡拾柴火。我们一帮无事可做的小孩，便利用星期天和节假日，跟随在大人们身后，进山去背柴。

那时，大人们上山背柴火的工具，都是背谷草、麦草的背架（一种用木头制作，竹篾穿制的架子，有1米多高，上窄下宽，下面有两根木脚，在前面中间贯上两根背带，后面有"加挡弯"），这是川东地区常见的工具，几乎家家必备。我们小孩子则用竹子编织的背篼去背柴火。天蒙蒙亮，吃了母亲煮的红薯干饭，顺便带几个生红薯放在身上，我们便同大人们一道，沿着蜿蜒陡峭的山路向山里走去。

一路上，大家全然不顾浓雾霜冻带来的寒冷，有说有笑地摆着龙门阵。某次，有个小伙伴头天晚上去某个大队看了一场坝坝电影，说是区公所电影队下来放的，是两部抗日战争片，内容十分精彩，他把其中的故事情节摆了几段出来，还把日本军官举手投降的样子比画了一番，逗得一路背柴的人大笑不止。

离山越近，道路越陡峭，有的地方需要手脚并用才能攀爬上去。进得山来，已临近中午时分，大家选好捡柴的林子，稍事休息后，便开始捡起柴火来。山上的柴火很多，我们大多是捡拾松树上的枯枝，因为重量轻，少费力。我们像猴子上树一样攀爬上树，随着阵阵"噼啪、噼啪"的断枝声，树下周围便堆满了厚厚一层枯枝。有时，这棵树上的枯枝折完了，我们就抓住旁边靠得近的一棵树的枝丫，上到那棵树上去继续折柴。

直到自认为树下的枯枝差不多了，我们便爬下树，把枯枝一根一根地理顺，整齐地放在自备的竹篾条上，用脚踩紧实，从枯枝的中部将其捆扎好。然后，放好背篼，把柴捆放上去，用事前准备好的绳索绑扎紧，一背柴火就算捡好了。

除我们小孩捡拾松树枯枝外，大人们都是割湿柴。这些柴火都是一些诸如青冈、板栗、三角枫、杜鹃树之类的小杂木，一般为成人大拇指粗细，用镰刀割或用弯刀砍。经常割湿柴的人，大多数都会将树蔸从土里刨出来，说树蔸燃烧时间长，比叶子柴耐烧。但其重量大，一捆柴就有二十几斤，只有大人才砍得来、背得动。

待大家把柴火捆扎好，早已过了午饭时间，便各自拿出自带的生红薯，用镰刀去皮后，狼吞虎咽地吃起来，一来解渴，二来饱肚。吃完生红薯，大家便背上柴火往山下走。

俗话说"上山容易，下山难""上山脚杆软，下山脚杆短"，每下一步梯，双脚都要颤抖。下行时，眼睛要紧盯着下山的路，手要抓住路旁的树枝，才能稳住前坠的身体。还得时常提防背上的柴火挂到路边的树枝。如果稍不注意，背上的柴火被路旁的树枝挂住，脚下一滑，轻则顺路滚出一两米远，跌得个鼻青脸肿；重则会摔倒在路旁的荆棘丛或悬崖沟坎下，摔伤腿脚。上山背柴，可谓险象环生。

一般来说，我们几个小孩背柴下山时，身前身后都得有大人跟随，遇到不好走的陡坡路，他们便会指点我们这一步该如何走，先跨左脚或是先跨右脚。要不然，我们走到半道上，进也不是，退也不是。如果确实过不去了，大人们会放下肩上的背架，接过我们身上的背篼，帮我们背过这段路，待地势稍微平坦之后，才放下背篼，让我们自己背着走。

大人们用背架背柴一般都是背5捆，"加挡弯"下绑扎4捆柴火，"加挡弯"上用1捆柴"收肩"。收肩的目的是避免重量下坠，让背架上的柴火上下重量均衡，背在身上轻松自在好行走。路上要随时选择可放下背架和背篼休息的地方，一般都选在离地几十厘米的路边岩坎上，便于起身时少费劲。

说实话，背上一背柴在路上行走十分费力。十几公里的山路，坡坡坎坎、弯弯曲曲较多，腿脚越走越沉重，最关键的是饥肠辘辘，口干得难受。这时，只要看见路边冬水田里有水，也不管是否干净卫生，便立即放下肩上的背篼，把头埋在田里喝起水来，然后，揩掉口角的余水，一屁股坐到地上，嘴里喘着粗气，眼瞅着回家的路，期盼着接柴送饭的大人们早点出现。

此时，我们才真正感觉到山路弯弯，回家的路是多么漫长，每走一步都是那么艰难……

日月如梭，时光如电，转瞬就是几十年过去了。当年上山背柴的路早已无人行走，杂草丛生。那些我们曾经攀爬上去折过柴的松树、杉树已长成参天大树；而悉心指点我们下山的大人们，好几个都已作古；经常一起上山背柴的几个小伙伴，或读书，或参军，后来各奔西东，如今，已变成年近花甲的老人。

但儿时上山背柴时的情景，那一路欢歌、一路苦累，早已珍藏在记忆深处，偶尔想起曾经的过往，仍是那么回味绵长，让人感慨难忘。

（2023年11月22日《达州日报》副刊刊发）

担煤记

煤炭是人们日常生活中不可或缺的重要物资。而进山去挑煤，则是一个农村成年男人的必修课。那些年，由于交通条件落后，挑一担煤要往返步行几十公里的山路，花一整天时间。

早起，点起煤油灯吃饭。然后，挑起煤炭篓子，沿着蜿蜒曲折的山路向煤厂进发，紧赶慢赶走到煤厂，已是午饭时分。这时，煤厂的坝子里早已聚满了挑煤的人，大家按照煤厂外管师发的号牌，十分耐心地等待着煤炭出窑。趁这个空隙，带了大米、红苕的人，将其淘洗干净后，借煤厂伙房的铁鼎罐慢条斯理地煮着饭，目的是吃了饭好挑着煤下山，免得耽误时间。

对于一个挑煤人来说，必须具备"四得"：冷得、热得、饿得，还要受得气。一旦煤炭出窑，得按号牌依次排队取煤，不能插队哄抢。一般一个拖篮装三五百斤煤，一人担100多斤煤，所以一拖煤够2至3人挑。先按一拖煤价把钱付给外管师，随后将煤炭倒在炭坝内分配，如果3个人分，就均匀地把煤炭刨成3堆。直到这3个人认为可以了，其中一人便随手从炭坝外掐下一根茅草茎来，按长、中、短做成3个号签，讲好抽到长签是左边那堆煤，短签是右边那堆煤，不长不短的签是中间这堆煤。随后，做签人用手蒙住签尾，让其他两人先抽，抽定离手认数，按所抽的签长短分配煤堆，决不反悔。反正刨出来的煤堆大致差不多，有时碰巧比用秤称还准确。

往炭篓里装煤也很有讲究。因为竹篾织的煤炭篓眼子稀，如果煤炭没装好，挑运过程中碎煤会从里面漏出来。经常挑煤的人会把粗一点的碎煤装在旁边，细一点的碎煤装在中间，块煤放在篓面上插边，中间放碎煤，既好看，又起肩，挑在路上又上眼。煤炭挑得好，别人还认为你舅子姑爷在煤厂上班，感觉很有面子。说实话，那些年如果有亲戚在煤厂上班，感觉是件很荣幸的事儿。

去煤厂挑煤，无论煤炭质量好坏，只要不挑空篓回家，就算是万幸了。大集体生产年代，上山挑煤还得向生产队队长请假，征得同意了你才能去，否则要被扣工分。如果去挑煤那天，恰遇煤窑内打大路无煤出，或煤厂因事放假，你还会挑着空篓子回家，耽误一天工分不说，回去还要被婆娘娃儿埋怨——路也走了，气也得受，两头不讨好。

所以，要去挑煤的头一天，你得提前向其他知情人打听，哪个煤厂最近几天出的煤好，挑煤的人多不多。俗话说"人有三灾八难，煤有过夹过干"。土里头埋的东西，随时都有可能发生变化，即使在去挑煤的路上，也得向挑煤回来的人打听某煤厂在上班没。要不然你一天跑几个煤厂，都有可能挑着空篓子回家。

煤炭分内山煤和外山煤。内山煤指华蓥山腹部煤厂出的煤，这些煤硬度大，燃烧时间长；外山煤指的是外山出的煤，泡度大，发火快，但燃烧时间要短些。煤炭还有上山煤、半山煤和下山煤之分，这分别指的是从山脚到山顶，煤窑建的位置。山脚的煤窑出的煤叫下山煤，半山腰煤窑出的煤叫半山煤，山顶出的煤叫上山煤。

凡是去煤厂担煤的人，必须得"忌嘴"，千万不能信口雌黄。工人进煤窑去挖煤，称为"下班"，他们穿的衣服裤子叫"窑衣窑裤"；不能直呼挖煤匠，要叫"挖窑师"；煤厂搞管理的叫"窑管师"，窑内带班的人叫"内管师"，看管煤坝的叫"外管师"；煮饭的锅儿鼎罐要叫"窑锅窑罐"；窑里的老鼠不能叫老鼠，要叫"窑猪儿"。煤厂放假叫"放厂"。放厂时，煤厂老板都会请挖煤工人们吃一顿大餐，行内话叫"圆牙"。总之，凡是与"垮""倒""死"等有关的不吉利的话都不能说，否则犯了忌，当天挖煤工人就不能进煤窑挖煤，但耽误了的工钱会找说错话的人负责。

记得我第一次进山挑煤，是13岁那年的一个星期天。那天，我同一个生产队的两个儿时玩伴约定到煤厂去挑煤。我们事前从家中带上米，从地里掏了几个红薯，便高高兴兴地向煤厂走去。没想到那天正逢传统的七月半"鬼节"，煤厂工人都放假回家过节去了，坝子里根本没有剩余的煤。我们一连跑了3个煤厂都如此。最后，我们在一家煤厂的伙房煮饭吃后，又去了一家国营煤厂。在煤厂的弃渣场里，我们每人拣了十几斤夹杂着土石的煤炭，然后一路走一路玩，直到日影西斜，鸡鸭归圈时，才回到家。

我有一个亲戚住在山上，而且还是一个煤厂的内管师。他每天下午下班回家，都要背几十斤块子煤回来。18岁那年，我去他家挑煤，照例是好饭好菜一顿饱餐之后，在他的床底下抱出一块块煤炭，装了满满两大篓。末了，我将其挑在肩上试了试，有点偏重，但又舍不得从篓子里卸下几块煤来。我心想，重是重了点，大不了路上多歇几次，总能把它们挑回去的。

刚开始挑在肩上还尚可，但没走出几公里路，我就感觉不行了，肩上的担子越挑越重，不听使唤起来，走不了几百米我便气喘吁吁，肩痛脚软，不得不放下煤篓歇气。但总不能不走吧，歇了一会儿，我又咬着牙挑起煤篓，一步一步往前挪，走不上100米，又坐下歇一会儿——正应了人们常说的"歇狗屎肩"，硬是挑得"拄田角角"。好在后来半道上，家人来接煤炭了，把篓子的煤分担了几十斤，我才磨磨蹭蹭地将剩下的煤挑回了家。之后，用木棒秤一称，连皮带煤居然有178斤，天哪，这重量，简直超出了我的想象。

直到37年后的今天，回想起那次去亲戚家中挑煤的往事，我仍然心有余悸，感觉手脚都像要抽筋一样。但我也从中悟出了一个道理，人这一辈子无论干任何事都要量力而行，切忌过分贪心。否则，就会得不偿失，自讨苦吃。

（2021年8月13日《达州日报》副刊刊发）

麻老罗

麻老罗本姓罗，和我同一个生产队，同辈不同姓，我常喊他"麻老表"。其实他脸上并没有麻子，也不知道是谁给他取了这个"诨名"，一叫成名，称呼他大名的人反而很少。

我记事时，麻老罗就是生产队的壮劳力，两三百斤重的毛谷子挑在肩上感觉没事一般。而且，他还是耕田犁地、使牛抬耙的好把式。在20世纪70年代初期，大集体生产靠工分称粮，他重体力活和技术活都能干，整个生产队工分挣得最多的人就是他。由于他上有老、下有小，家庭人口多，负担重，无论他怎么拼死拼活地挣工分，他家年年都是生产队的补钱户，家里的粮食是上季不接下季，缺面断粮是常有的事。

迫于生活压力，为了一家人吃饱肚子，麻老罗的手脚就开始不干净起来，生产队苕母子地里的红苕种他掏来吃过，刚扬花灌浆的大麦穗他也偷偷割回了家，更别说集体田地里的豌豆、胡豆和私人菜园里的豇豆、茄子、南瓜等蔬菜了。当然，他干这些事都是在晚上或白天无人的时候，但也常常被生产队"看青"的人逮到。在社员大会上作检讨成了家常便饭，还被扣罚过几回口粮；偷菜被左邻右舍发现过无数次，免不了发生一些肢体冲突和口角纠纷。他的所作所为，如同他的诨名一样，在周边几个大队"声名远播"。

那些年生产队的部分农活也实行计件计酬，耕田犁地、栽秧打谷是按亩分折算，贴边泥是以丈数计酬，其余农活都是做点工，按年初生产队评定的底分，男劳动力是10分，女劳动力是8分，评定年龄范围在18周岁以上，60岁周岁以下的男女社员，年龄未到或超过了年龄，男女的底分都有分寸，有

9分、8分、7分不等，以此来界定一个人的劳动价值。

又是一个抢收抢种的"红五月"到来。麻老罗干的依然是他最拿手的收水犁边技术活。这些活儿都是以亩数多少来计分，他当然十分乐意。一天中午，当干其他活儿的社员都收工回家吃午饭时，他仍然不停地挥舞着手里的吆牛棍，一犁一犁地从田的这头犁向那头，直到把这块田犁完，才捎起犁头赶着牛向另一块田走去。在路过一块胡豆田时，见鼓胀饱满的胡豆角像蚂蚁上树挂满了枝头，肚里便打起了"小九九"。他见四下无人，便放下肩上的犁头，将牛拴到一棵桐子树上，走进胡豆田假装松裤腰带，蹲在田里剥起"屙屎胡豆"来。当他提着满满一袖管胡豆走出来时，却被躲在桐子树后"看青"的人发现，当场连人带胡豆被拉到生产队队长家里。那一次，他不但在社员大会上作了检讨，扣罚了50斤小麦，还提着偷剥的胡豆，由大队民兵连连长跟着，游遍了全大队所有的山梁，边走边用手里的铁皮喇叭筒，说出自己偷剥胡豆的糗事。这个处罚也算是严苛的了。

自从偷剥胡豆的事被处罚后，麻老罗的臭德行也收敛了，全生产队的失窃现象少了许多。也许麻老罗考虑到儿女们都大了，怕自己的名声影响了他们的婚姻——娶不到媳妇，找不着女婿。虽然家中日子艰难，时常肚皮挨饿，也只能勒紧裤腰带咬着牙硬挺了。

家庭联产承包责任制到户后，麻老罗家分了几亩承包田地。儿女们在他的调教下，个个都成了耕田种地的好帮手。这让从没任过生产队一官半职的他，似乎找到了当干部的感觉。他指挥着自己的儿女们，春种秋收，起早贪黑地在承包田地里刨腾，一番辛苦耕耘，总算得到了回报。他种的庄稼都要比其他人的好，产的粮食远远超过了大集体生产时分的口粮，不但一家人吃饭有了保障，而且做任何事还不受别人管束。日子总算有了盼头，这是他以前想都不敢想的事。

或许麻老罗天生就是种田的命，看上去总有使不完的力气，从来也没闲过。当春种秋收结束，农活闲下来的时候，他就带着铁锤、钢钎、锄头，来到自己承包地侧边的一块荒石骨子山坡上，提锤下钎开垦荒地。"叮当、叮当"的铁锤声从清晨一直响到天黑，有时中午饭都是家里的人送到地里去吃。仅一个冬天，他的手背开裂流血，脚上、脸上长满了冻疮。他硬是凭着一股韧劲，一锤一锤地开垦出1亩多荒地来。他见缝插针，几年时间下来，家里的田地就增加了3亩多。

但麻老罗始终改不了占人便宜的毛病，往往在田地里铲边除草时，总喜欢锄头打拐挖"弯弯锄头"，把别人田地里的泥土往自己这边铲。他与邻里争田、争地、争边界的纠纷时有发生，很让村社干部头疼。

在老家那个村，麻老罗还是出了名的"老抠"。同生产队的人从不走动，甚至连亲戚也很少往来。无论别人家里嫁女娶媳妇，或是生长满日、老人过世，他从来不会帮忙、出人情。最让人不解的是，他不但对别人抠，而且对自己也抠。他上街赶场从不进馆子，经常是饿着肚皮回家，渴了便在路边冬水田里喝几口冷水。一次，他肠胃出了问题，上吐下泻，儿女要去村合作医疗站去请医生，他怕看病花钱死活不准，喝了几碗腌萝卜水不见效，最终拉脱了水，被抬到乡卫院打了几天吊针才恢复过来。或许，麻老罗的抠，是那些年过穷日子时养成的。

可就是这么抠的一个人，却有许许多多让人意想不到的地方。生活困难时期，常有外省来的逃荒讨生活的人，遇到饭点时，麻老罗自己不吃也要给这些人吃，如遇天黑，还要将其留宿家中，拿出家中最好的饭菜招待他们。有一年，邻村一个老人家中失火，把房屋、粮食烧了个精光。当那位老人拄着拐杖来到门前求助时，他二话不说，从米缸中舀了十几斤大米，还把刚卖肥猪的钱拿出300元，塞到了老人手里。麻老罗的这些举动，真有点出乎大家的意料。

不承想好日子才刚开头，70多岁的麻老罗却病了，而且还病得不轻，县人民医院检查结果是胃癌晚期。回老家时见他骨瘦如柴，让人于心不忍。听说他临死前告诉儿女们，不做道场，不办酒席，装进棺材找几个人抬上山，挖个坑埋了就行。

临了，麻老罗居然还这么抠。

（2021年9月1日《达州日报》副刊刊发）

第五辑　陈年旧事

我的"坝坝电影"情结

去年春节，在成都，吃罢晚饭没事，儿子提议去看一场电影，说是3D的，立体感很强。我以前听人说过，但一直没目睹，好奇心促使我想去一观究竟，便应允了。

住处离电影院不远，在一家大型商场的五楼，走路只需要十来分钟时间。我们取了票就往影厅走去，门口有两个工作人员配发眼镜，我不解其意，儿子说，要戴上专业眼镜才能感受到那种逼真的动感效果。影厅不大，能容纳一两百人，阶梯式座位，装饰很豪华，墙上的银幕也很大，约有80平方米，我们对号入座，喝着饮料等待放映。

不一会，电影开始播放了，我戴上眼镜紧盯银幕。我们看的是一部外国大片《神奇动物在哪里》。

电影刚播放，我就感到有些不适应——立体感太强，动物跑动就像在我跟前，声音像在耳边一样。看到房倒屋塌的惊险处，我感觉有点受不了，只好闭眼不看，或摘下眼镜直视。我自认为除有点恐高外，心脏应该没有问题，一场电影下来，看得我大汗淋漓，心想，往后再好看的大片我也不敢看了，要不然，真要把我心脏整出什么毛病来。

隔天，儿子又叫我去看电影，说张艺谋导演的《长城》，票房不错，肯定好看。我犹豫不决，儿子劝我，说第一次看3D片都这样，多看几次感觉就好了。的确，张艺谋不愧为名导，他导演的片子气势磅礴，场面恢宏。人兽大战，刀剑挥舞，箭矢纷飞，好像扑面而来，吓得我心跳加速，脚酥手软。那次，我大部分时间是闭着眼睛"混"到影片结束的。

　　对于看电影，打小我就情有独钟。我出生在20世纪60年代中期，那时物质生活贫乏，文化生活也很落后，除年末岁尾大队的文艺宣传队排练的节目外，唯一高档的文化生活就是看"坝坝电影"。当时电影很稀缺，只有区公所有电影队，全区6个公社几十个大队只有一部电影机器巡回放映，一个大队轮一回要两个月。只要区公所的电影队一下来放映影片，邻近几个大队我都要跑去看，哪怕是同样的片子重复看几次，也乐此不疲。那时，看电影的人很多，只要影片一结束，放映场周围的大路小路上全是麻梗火组成的长龙，呼儿唤女声、喊爹叫娘声、拥挤吵闹声交织，一直要很晚才消停。

　　那时放电影好像是老套路，两部正片加一部新闻纪录片，如毛泽东主席会见西哈努克亲王的纪录片，首都市民拿着鲜花，口呼"热烈欢迎西哈努克亲王"的场景，至今仍记忆犹新。最早观看的故事片是朝鲜影片《卖花姑娘》。其主题歌的歌词我还依稀记得几句："卖花姑娘，清早起床，卖花卖花为救娘……"有次为了看反特电影故事片《黑三角》，不满10岁的我跟在哥哥屁股后面，不惜来回往返40多公里路程，也非要去看了才了事。好在20世纪70年代初期，襄渝铁路全线开工修建，离家几公里处驻扎了一个工程兵连队，隔三岔五要放一场电影，才让我们过足了电影瘾，像抗日战争片《地道战》《地雷战》《小兵张嘎》，解放战争片《渡江侦察记》《侦察兵》《三进山城》《战上海》，以及抗美援朝故事片《上甘岭》《英雄儿女》等，我10岁前究竟看了多少部电影，连我自己也数不清。

　　那时，我们一帮小孩几乎天天都在打探放电影的消息，一旦确认消息，放学后连家都不回，背着书包就往那里跑，目的是占据一个最佳观看位置。有时为了占位，不惜吵架、打架，甚至于打得头破血流。也有好多时候，因为晚上看电影耽误了睡眠，第二天上课打瞌睡，常常被老师罚站。同样，因为看电影耽误放牛、割草的事，不知被父母打骂过多少次，但仍打消不了我们看电影的热情。假如某次消息有误，或者因为机器故障没有放映，回来后别人问你看的什么影片，通常的一句话就是"英雄白跑路"，听起来还蛮幽默的。

　　后来农村家庭联产承包责任制落实后，人们的生产生活条件得到了极大的改善和提高，人民公社也改为乡人民政府了。每个乡都成立了电影队，甚至于个别大队也有了电影放映机，看电影已成为家常便饭。私人请人来放映电影的也多了，老人生长满日，儿女当兵升学，嫁女娶媳妇，亲朋好友花几十块钱为主家请场"坝坝电影"放，既光鲜体面，又经济实惠，一时很受民众欢迎。

随着电影放映的普及，想看什么内容的电影都有选择余地了，自认为好看的才会去看。到20世纪80年代末期，农村大部分地方都用上了电，黑白电视机也开始走进了寻常百姓家，虽然一个生产队只有一两台电视机，但总算解了一方文化的饥渴，不用在坝子里风餐露宿，不受天气、环境的制约，看什么都无所谓。"坝坝电影"逐渐淡出了人们的视线，乡村电影队也垮了，风靡一时的乡村"坝坝电影"逐渐被社会发展趋势所淘汰。

近年来，国家开展"送文化下乡"活动，县文体广新局每年都要免费到各村放十来场电影，虽然是高清数字电影，效果不错又不收费，但仍然不受人们青睐，偶尔上映一场，也是没有多少人去观看。

如今，电影拍摄和制作技术也达到炉火纯青的境界，县级以上城市都有了风格不同的电影城，进影院看3D电影成为少数年轻人的一种时尚。但无论如何，从人气、氛围和吸引力方面，再也寻找不到儿时看"坝坝电影"的那种感觉。当初看"坝坝电影"是大多数人对文化的一种渴求，现在进影城看电影纯属少数人的一种享受。这或许是社会发展的必然，也是文化观念发生转变的一种正常现象，让人感觉到了一丝失落和忧虑。

而我对儿时的"坝坝电影"仍然情有独钟，每每想起那时的情景，总是让我回味无穷。

（2021年3月12日《达州日报》副刊刊发）

乡村童谣

童年，是一首纯真无瑕的散文诗，是一个五彩缤纷的万花筒；童谣是一曲动听的摇篮曲，是一首启航的出征歌。无论何时都会勾起我无尽的思念；无论顺境逆境、喜怒哀乐，都将伴随着我走过春夏秋冬。

我出生在20世纪60年代中期，在那物资匮乏，生活困难的年代里，我的童年除了吃饭、睡觉，大部分时间都是在嬉戏打闹的时光中度过的。那时，父母白天黑夜忙于干活挣工分，一年四季都在土里刨食求生存；我们则到山坡野地去放牛打猪草，捡拾狗粪，干一些自己力所能及的事。其余时间便是我们自由活动的天地。于是，爬桐子树藏树猫，到小河沟凫水拉水猫，打烟牌、娃儿牌，还有抓石子、滚铁环等，成了我们活动的主要内容。那时没有动画片可看，没有"变形金刚"可玩，连小人儿书也很罕见，唯一高档一点的娱乐方式，就是用传唱童谣来满足我们精神上的最大需求。虽然和现在儿童的生活优越性不能相提并论，但至少我的儿童时代没有留下空白和遗憾，此时忆起，仍然回味无穷。

那时的童谣类别很多，有前人传唱下来的，也有后人即兴编唱的。反正对人、对景、对物，唱起来朗朗上口，既滑稽取笑，又不伤大雅，押韵而又好记。我童年时传唱过的童谣，因岁月流逝大多已经淡忘，现从我的记忆中搜寻采撷10首与诸君共享。

　　大月亮，小月亮，哥哥起来学篾匠

　　嫂嫂起来舂糯米，一个娃儿闻到糯米香

打起锣儿接姑娘，姑娘接下河，栽高粱

高粱不结籽，栽茄子，茄子不开花，栽冬瓜

冬瓜不长毛，栽红苕，红苕不牵藤，气坏姑娘一家人

还有与月亮有关的童谣，写人写物以反转手法，想象力丰富，让人耳目一新，传唱起来十分耐人寻味。

三十晚上大月亮，贼娃儿进屋偷水缸

聋子听见脚步响，瞎子看见影子晃

癫子起床摸电棒，哑巴一路吼出房

跛子赶忙追出去，断爪赶紧来帮忙

强盗吓得跑得慌，阴沟掉到鞋子头

出得门来人咬狗，捡坨狗来砸石头

还有一首以月亮为引子的童谣，一般是在夏季来临时，有月光的晚上乘凉戏耍时唱的。那个时候没用上电，点的是煤油灯，更没有空调、电扇。吃了夜饭，我们一帮小孩便从家中带上篾席子或簸箕，到生产队的晒场上去乘凉，因白天太阳直晒，地面温度高，上半夜地坝是热的，根本不能睡。我们便在晒场上打跳藏夜猫子，累了就坐在栏边石上，拍着手板唱：

月亮走，我也走，我给月亮打烧酒

烧酒辣，卖黄腊，黄腊苦，卖豆腐

豆腐薄，卖菱角，菱角尖，撑上天

天也高，好卖刀，刀也快，好切菜

菜又青，好点灯，灯又亮，好算账

一算算到大天亮，床下有个小和尚

除了以月亮为主题的童谣外，还有许多以人和物为主要背景的童谣，既形象又流畅，比如传唱姐姐的童谣：

张打铁，李打铁，打把剪子送姐姐
姐姐留我歇一晚，我不歇，我在大桥脚下歇
桥脚有个乌梢蛇，把我耳朵咬半截
张补锅，李补锅，快来补我烂耳朵
杀个猪儿补不起，杀个牛儿补半截

　　还有写人的童谣，在那个时代，但凡是60岁以上的女性，一般都是在旧社会缠了脚的，俗称"三寸金莲"。这些老婆婆们走起路来一瘸一拐的，又慢又不稳当，我们一见到她们就会不约而同地唱起下面这首童谣。老婆婆们听到我们唱这首童谣时，就知道我们在取笑她们，便会笑着臭骂我们一通，并随手从路边捡根小木棍追打我们。我们边跑边唱，直到她们追不到才停下来。虽说是童言无忌，但此时想来真是大大的不敬。

老婆婆，拐拐脚，汽车来了跑不脱
扑通一声跳下河，河头有个鬼脑壳
一把扯到跑不脱，气得婆婆蹬几脚

　　那时的医疗条件比较差，不像现在这些小孩生下来就开始打各种预防针。所以生天花、出水痘的特别多，如果治疗不及时就会头上生疮，脸上长脓疱，久治不愈而成为癞子、麻子。有这样一首唱麻子的童谣，听起来很有趣，一般这种骂人的童谣很少唱，至少不会当着脸上长麻子的人唱，别人忌讳这些话，听了会发毛的，搞不好把状告到父母那儿，我们不但屁股要开花，连手板也会被打肿。如果想唱，只有在山坡野地放牛、割草时，在无人的地方唱，要不然会犯忌的。

麻子麻得很，当兵打日本
日本投了降，麻子得表扬
表扬得越多，脸上起窝窝
窝窝起得圆，麻子坐轮船

177

> 轮船一倒拐，麻子滚下海
>
> 海里螃蟹多，夹得惊叫唤

那个年代物质条件落后，没用上电，更莫说打米磨面机了。每个生产队有个石碾子，用牛拉着石磙打转转，把谷子放在石磨下碾碎，再去掉糠壳食用；而磨面则家家有个石磨子，它分上、下两个磨磴石，下磨磴石固定在石槽内，上磨磴石可转动，由下磨磴石上的磨心固定，磨心必须是青冈木的，因为其木质硬，耐磨；然后用树做的磨挞钩，钩住磨手一推一拉，上磨磴石便会沿着顺时针方向来回转动，把麦子磨成细面。如今这些东西都成了老古董，全都闲置不用了，成了社会进化的弃物。

> 推磨，摇磨，推豆腐，赶晌午
>
> 娃娃不吃冷豆腐
>
> 推磨，摇磨，推豆腐，赶乡场
>
> 娃娃不吃冷糖糖
>
> 推磨，摇磨，推个磨儿气不过
>
> 炕个粑粑甜不过
>
> 猫儿拖到地坝边
>
> 耗儿拖到灶面前

当每年的暮春来临，繁忙的农事季节一开始，多情的阳雀就会在空中啼叫，日夜不停，声音凄美柔长，叫人心生愁肠。只要我听到阳雀的啼叫，我就会想起这首童谣，以及童谣背后的神话故事。

> 阳雀叫唤李慧娘，背起书包上学堂
>
> 书包放在桌子上，抱到书包哭一场
>
> 先生问他哭啥子，他说要吃米花糖
>
> 米花糖甜又香，打起锣儿接姑娘

姑娘脚板小又小，一脚踩到癞疙包
癞疙包呱呱叫，把那姑娘吓一跳

　　每年的七八月份，是气温高的时候，这时蜻蜓便会在四处飞来飞去。待它歇落后，我们便会轻手轻脚去用手逮住它的尾巴，然后撕扯成几块，放在有黄蚂蚁出没的地方，让它们拖进洞去蚕食。只要一只蚂蚁发现了目标，就会进洞去通风报信。不一会儿，大批蚂蚁就会排成整齐的队列，前来搬运蜻蜓肉。一旁的我们便会唱着下面这首童谣，替蚂蚁助阵，实在是好玩至极。

蛰蚂蚁，黄蚂蚁，请你爹，请你娘
来抬床，抬不起，我帮忙

　　儿时，常遇夏季天干伏旱，那时我们什么也不懂，只是觉得天太热，下了雨就会凉爽。于是乎，只要久晴无雨，我们一帮小孩便会抬着自己家里养的狗，唱着童谣，在地坝里转圈。听大人说，逗狗、戏狗是对老天爷的不敬，他一生气就会大发雷霆下大雨。反正是闹着玩儿，我们也没把此事当真，偶尔戏狗后碰巧会下一泼雨，我们便会沾沾自喜，认为是自己的功劳，便会高兴得又唱又跳。

天老爷，快下雨，保佑我们吃白米
天老爷，快吹风，过年杀个红鸡公
太阳快过去，阴凉快过来
又出太阳又下雨，皇帝娘娘嫁幺女

　　世事如常，转瞬就是几十年过去了。已过知天命之年的我，每当看见身边的一个又一个小孩，以及他们那无忧无虑、天真无邪的笑脸，我便思绪洞开，想起我的童年，想起我曾经唱过的童谣。一种浓浓的乡愁在我脑海中萦绕，总是挥之不去。

（2020年12月16日《达州晚报》副刊刊发）

连枷声声

每到乡村粮食收获季节，记忆的深处就会响起那熟悉的连枷声。那"啪啪啪"有节奏的声响，似古老而激昂的鼓点，敲击在心坎儿上，唤醒了我心中沉睡的情愫。

川东地区一带把连枷叫作"连盖"。其枷条是用山中柔性好、硬性大、大拇指粗细的杂木条（长度约100厘米，每个连枷有木条5—6根），用火烧烤后弯制而成，枷长60至70厘米，固定枷条用一根直径10厘米左右的杂木，削制成一宽一窄两个凹形槽，宽的一边固定枷条，窄的一边连接连枷把，人们通常称其为连枷轴。

小时候，当地里的油菜和麦子快要成熟的时候，父亲就会早早地到乡场上的篾禾市场买回连枷，用篾条沿着弯曲交错的连枷棍绑织好，再去竹林坝砍一根小竹子，将一头30厘米处削去一半竹片，在火上把剩余半边竹片烤出水汽后，把其扳弯卡到固定连枷把的凹槽处，用篾条把弯曲的竹片绑扎在竹把上。忙完这一切，父亲会举起连枷在空中挥动几下，看连枷翻转时是否连贯顺畅，接着再到草地上去试打一下，如果用起来凹槽处有卡顿，会放在地上重新修整一番，直到用起来得心应手方可。

那时的我，对一切都充满了好奇，任何农用器具在我眼中都像是一个个神奇的玩具，有着独特的吸引力。当父母到集体保管室的晒坝里去翻打粮食时，我总是尾随其后，目不转睛地看着大人们熟练地舞动着连枷，一下又一下，那有节奏的连枷翻打声清脆而响亮，仿佛是大地在和人们进行一场欢快的对话。

在大集体生产时，打连枷这个活儿都是群体性劳动，参加的人通常是几人到几十人不等。人们先将地里收回来的麦子整齐地铺在晒坝里，一排紧挨一排，直到铺满整个晒坝。随后，人们拿起连枷站成一排开始翻打，边打边往前移动着位置，连枷翻飞，整齐划一，"啪啪啪"的声音在晒坝上空响起，犹如催征的战鼓。随连枷扬起的麦禾漫空飞舞，打着旋儿地飘来飘去。待晒坝里的麦子打结束，人们便放下连枷，将打过的麦秸秆翻过来铺平，又拿起连枷翻打第二遍，直到将麦秸秆上的麦子全部抖落为止。

在一旁看大人们打连枷的一帮小孩，趁大人们休息的间隙，迫不及待地想要尝试打连枷的乐趣。他们用小手紧紧地握住连枷的竹把，学着大人们的样子举到半空，又用力地砸向晒场上铺着的麦穗。然而，总是不得要领，不是连枷轴与竹把连接处不转动，就是连枷着地后无力，总是不听人使唤。但我并没有因此而灰心丧气，一遍又一遍地尝试着，在一次次的失败中慢慢摸索着技巧。打连枷时要双脚呈"一"字形前后站立，握连枷把时右手在前，左手在后；举连枷时，右手向上用力，左手下压枷把，待连枷在空中翻转后，左手上抬枷把，右手用力下压，尽量使连枷平行着地，整体接触地上的麦秸秆。渐渐地，我也能像模像样地挥动连枷了，虽然力量不够，动作还不娴熟，但我心中充满了成就感。

打连枷一般都在傍晚或中午进行。因为"红五月"到来，不但要抢收地里的豌豆、麦子，还要栽种田里的秧苗和地里红高粱苗，农活一茬接一茬，紧张而繁忙。俗话说"春争日，夏争时"。在季节轮换的关键时刻，上午栽下的秧苗有收成，下午栽的会颗粒无收。所以，农事季节一到，生产队把农活安排得很紧凑，晴天收割田地里成熟的粮食，下雨天则下田栽插秧苗，像打连枷这些活儿只有放在中午和下午收工来做了。人们把干这种活儿叫"加工"，队里要评加工工分的。如遇没有月色的夜晚，队长便安排人在晒坝内点一盏煤气灯照明。每逢晚上打连枷的时候，晒坝里人声鼎沸，说话声与连枷声相互交织，在沉寂的夜晚合奏出一曲初夏乐章。

责任制落实到户后，我真真切切地与农活打了几年交道。在春播秋收的日子里，我学会了许多农活本领，除打连枷外，使牛抬耙、耕田犁地、栽秧打谷、挑抬之类"十八般武艺"样样都会。在劳动中，我真正懂得了乡亲们对土地、庄稼、农事的执着和眷恋，以及对丰收的热切期盼。犹如打连枷一样，他们每一次挥动手中的连枷，都饱含着对生活的热爱。那扬起的粉尘、麦渣，宛如灰色的精灵在空中翩翩起舞，演绎着乡村生活的质朴与真实。

在乡村，连枷的用途很广泛，它不仅能翻打麦子、稻谷、豌豆、胡豆、油菜籽，还能翻打青麻皮等其他作物。不得不说，在农业机械相对贫乏的年代，连枷是乡村农事不可或缺的重要物件。同其他乡村农具一样，在日复一日、年复一年的季节变换中，它凸显了极其重要的作用。那清脆的拍打声，不仅回荡在乡村的上空，更深深地印在了我的心里。即使时代在不断变迁，现代化的农业机械在乡村逐渐普及，但连枷依然在这片土地上有着它不可替代的地位。它见证了乡村的历史变迁，也守望着那一份永恒的乡愁。

如今，当我再次回到熟悉的乡村，再次听到那熟悉的连枷声时，那些曾经的岁月如潮水般涌上心头。我仿佛看到了小时候无忧无虑的自己，在稻田里捕鱼抓虾，在晒场上奔跑嬉戏的情景；我仿佛看到乡亲们在晒场上挥舞连枷辛勤劳作的身影，他们脸上洋溢着朴实的笑容；我仿佛看到了乡村生活的点点滴滴，那是一幅多么温馨而美好的画面啊！

连枷声声。那声音穿越时光的隧道，带着泥土的气息和乡亲们的欢笑，永远地留在了我的心间。它让我懂得了珍惜，懂得了感恩，让我在喧嚣的尘世中依然能够保持一颗宁静而质朴的心。我知道，无论我走到哪里，无论我经历多少风雨，乡村永远是我心灵的归宿，那"啪啪啪"的连枷声永远是我心中最动听的旋律。

（2024年8月6日《达州晚报》副刊刊发）

听　蝉

盛夏的乡村，骄阳似火，热浪滚滚，世界仿佛置身于一个巨大的蒸笼之中，热得让人心烦意乱。然而，在这酷热难耐的季节里，蝉鸣声却时刻伴随着我们，这是大自然在这个季节里谱写的一曲宏大的交响乐。只要你静下心来去聆听，蝉的鸣唱在不同的天气和时段，有着不同的旋律和韵味，不由得让人惊叹大自然的神奇和美妙。

白天听蝉鸣，恰似一场昂扬的冲锋号。那声音此起彼伏，清脆而嘹亮，仿佛是无数个小精灵在齐声呐喊、欢呼，每一个音符都充满了力量和激情。它们似乎要将整个夏天的热情都倾注在这歌声之中，用尽全力去拥抱这灿烂的阳光。又像是一把把锐利的长剑，刺破闷热的空气，让人顿觉身心愉悦。蝉儿们毫不畏惧这酷热的天气，它们的歌声充满了对生命的热爱和对光明的向往。每一次鸣叫，都是对自然界的一次宣告，宣告着自己的存在，宣告着生命的顽强。

在那茂密的枝叶间，蝉儿们尽情地歌唱。它们的歌声犹如奔腾的江河，汹涌澎湃，一泻千里。那清脆的声音像是在告诉人们，生命就应当如此热烈，充满活力。这是生命的欢歌，是对炎炎烈日的无畏挑战，是对艰难环境的不屈抗争。蝉鸣成了夏日里最具代表性的声音，它让整个世界都充满了生机与希望。

夜晚听蝉鸣，别有一番韵味。当夜幕悄然降临，繁星点缀在浩瀚的苍穹之上，蝉鸣声变成了一首首优美动听的午夜曲。白日的喧嚣渐渐消散，此时的鸣唱宛如徐徐清风，轻柔地抚摸着寂静的夜空。那声音不再像白天那般激烈和高亢，而是舒缓、平和，那温柔的旋律如同儿时母亲低声吟唱着《摇篮曲》，轻轻拍打着我的后背，伴我进入甜美的梦乡一样。

在这宁静的夜晚，蝉鸣与月光相互交融。月光如水，洒在广袤的大地上，为万物蒙上了一层银纱。而蝉鸣则在这银纱中穿梭，恰似夜空中闪烁的星星，忽明忽暗，若隐若现，游走在夜空中，轻盈而自在，带着人们的思绪飘向远方。听着这夜晚的蝉鸣，人们的心灵也得到了洗礼，变得纯净而安宁，听着听着就酣然入梦了。

天晴听蝉鸣，像是一首旋律欢快的曲子。湛蓝的天空下，没有一丝云彩，阳光毫无遮掩地照射着大地。蝉儿们欢快的歌唱声，渗透着一股明朗和愉悦，犹如金色阳光洒落在音符上跳跃闪烁。那明亮的歌声在空气中回荡，像是在庆祝这美好的晴天，赞美大自然的恩赐。

蝉儿们在枝头跳跃，它们的翅膀在阳光下闪耀着五彩的光芒。蝉鸣同夏风遥相呼应，与拂过树叶发出的沙沙声交织在一起，构织出一曲美妙的和鸣。这优美的旋律，让人们感受到了生命的美好和大自然的和谐美丽。

雨天听蝉鸣，则多了几分深沉。雨纷纷扬扬地洒落，敲打着树叶、地面、池塘和世间万物，发出噼里啪啦的声响。而蝉鸣，在这雨声的衬托下，显得更加深沉而富有内涵。蝉鸣声时断时续，带着些许沉思，与雨水窃窃私语，诉说着自然界的因果轮回。

有时，雨中的蝉鸣听起来有些模糊，好像被蒙上了一层薄纱，却依然顽强地穿透雨幕，传递到人们的耳畔。那声音像是在回忆过去的艰辛，又像是在展望未来的愿景。雨水滋润着大地，也滋润着蝉儿们的心灵。它们的歌声在雨中交织成一幅充满诗意的画卷，让人不禁感叹生命的坚韧与不屈。

早起听蝉鸣，则是另一番境界。当第一缕阳光还未完全穿透云层，世界仍处于一片朦胧之中时，蝉鸣带着一丝清新和期待从远处传来。犹如一首钢琴独奏曲，轻轻唤醒沉睡的大地，拉开了新一天的序幕。蝉儿们的歌声充满了对生活的憧憬和向往，它们似乎在呼唤着世间生灵，一起迎接这美好的一天。

早起的蝉鸣又好比一杯清凉的泉水，让人在困倦中瞬间清醒。那声音清脆而悠扬，如同山间的小溪，潺潺流淌，给人带来一种宁静而平和的感觉。在这婉转低回的歌声中，鸟儿也开始欢唱，紧接着，鸡鸣狗吠声四起，农房上炊烟袅袅，乡村从沉睡中醒来，焕发出一片生机盎然的景象。

而中午听蝉鸣，则是高潮迭起。那近乎狂热的声声鸣唱，像是在与酷热的天气抗衡，声音宛如汹涌的波涛，一浪高过一浪。火辣辣的太阳高悬天空，释放出无尽的热量，大地一片滚烫。可蝉儿们却毫不退缩，它们用最响亮的歌声来回应这酷热的炙烤。

蝉鸣声震耳欲聋，像是一场激烈的号角吹响。每一只蝉都在拼尽全力地歌唱，它们的声音汇聚在一起，形成了一股强大的力量。这力量让人感受到生命的顽强与不屈。在这酷热的时刻，蝉鸣成了生命的最强音，它让人们明白，无论环境多恶劣，生命都应该坚韧不拔、顽强向上。

蝉鸣是夏日里独特的语言。听不同时段的蝉鸣，不仅感受到了生命的节奏，更让我们体会到大自然的神奇与美妙。蝉的生命很短暂，它们在黑暗的泥土里蛰伏，历经三五年漫长的等待和蜕变，而生命却只有三个多月。它们日夜不停地尽情歌唱，用生命的消亡去表达本性的率真。

"新蝉忽发最高枝，不觉立听无限时。"夏日听蝉鸣，让我们在喧嚣与宁静之间，领略到岁月的流转和生命的律动。更让我们明白，生命既有热烈奔放的时刻，也有宁静深沉的瞬间。无论是在白天的喧嚣中，还是在夜晚的寂静里，无论是在晴天的欢快中，还是在雨天的沉思里，蝉鸣始终伴随着我们。让我们静下心来，去感受大自然赋予我们的美好，珍惜每一个瞬间，让生命在这美妙的旋律中绽放出最绚烂的光彩。

夏日听蝉，真的韵味无穷。

一座城的蝶变之旅

渠县，古宕渠之郡，地处四川东部、达州市西南，千年记忆沉淀于此。曾几何时，谈及渠县，人们都会摇头轻叹，说飞机从渠县上空经过时，能听见下面喝稀饭的声音。由此，"稀饭县"这一诨名成了渠县的代名词。这寓意深刻的"美誉"，在悠悠时空中游荡，让人回味绵长。

记得第一次去县城是在20世纪80年代初，我初中毕业回乡务农。一天，大队书记叫我去县财政局交一份报告。那时交通不便，到县城只有一条坑坑洼洼的泥巴路，但没有通乡客车，唯一的交通工具只有火车。第二天吃了早饭，我步行10多公里小路来到流溪场火车站，花5角钱坐火车到渠县火车站，再花5角钱坐长安面包车进城。县城在渠江对岸，没有过江的桥梁，人们过江靠渡船，车辆只有过轮渡，过江后在老车坝下车。或许说来没人相信，我那天到渠城交了资料，因当天没有返程的交通工具，只好在城里住一晚，坐第二天从重庆开往达县途经渠县的火车回家。我住的那家旅馆，住宿费1元钱，老式砖混结构房屋，房间很简陋，一张挂着蚊帐的单人床，一把棕叶蒲扇，一盘蚊香，就是室内全部用品。我出差两天，食宿和交通等所有开支才5元钱。

渠城给我的最初印象，恰似一幅古老的素描画，典朴中略显沧桑感。城市人口3万余人，城区面积只有几平方公里，仅有几条老街，街道狭窄，房屋低矮，交通拥堵，通信不畅，商业凋敝。县城地处渠江边上，每年夏季来临，江水就会暴涨，洪水如猛兽般汹涌而至，淹没了沿江两岸的城镇、乡村、农田和农房。城内地势低洼处排水系统不畅，内涝十分严重，给市民生活带来了无尽的忧愁与烦恼。

时光荏苒。当改革开放的春风，吹拂到了这片古老的土地上时，渠城开始了它的蝶变之旅。渠江建起了第一座跨江大桥，方便了车辆、行人通行；城市开发也拉开了序幕，万兴房地产公司进驻，老城向南扩展，一幢幢高楼拔地而起，新建的万兴广场可供万人休闲娱乐。紧接着，渠江二桥建成通车，东城继善房地产业也步入发展快车道，县城房地产业欣欣向荣。2010年7月18日和2011年9月18日，渠县两度遭受百年不遇的特大洪涝灾害。灾后重建中，环绕县城新建的几条救灾生命通道，不但提升了城市抗御洪涝灾害的能力，而且还拉开了东、南、北城市建设构架，为城市的未来发展奠定了基础。

依水而生，傍水而兴。"三山两水""两江四岸"的大手笔让山水相融的自然优势发挥得淋漓尽致。三国古战场八濛山公园、自然生态马鞍山公园、"以文为峰"的文峰山公园点缀其间，还有初心公园、东城湿地公园、西城和东城滨江走廊，把公园与城市融为一体，不但形成了一道道亮丽的风景，提升了城市品位，而且还为市民休闲娱乐提供了去处，惠及万千百姓。每到傍晚或清晨，当河风吹皱一湾江水，两岸滨河路休闲散步的市民川流不息。树荫下或花丛旁，跳舞、唱歌、打太极、吹笛子、拉二胡的人比比皆是，欢声笑语不断。他们用自己特有的休闲娱乐方式，为城市的文化繁荣增光添彩。

如今的渠县，"稀饭县"的称谓已成过往，城乡建设面貌一新，人民安居乐业，生活蒸蒸日上，幸福指数不断攀升，先后成功创建"中国黄花之乡""中国汉阙之乡""中国竹编艺术之乡""中国民间文化艺术之乡""中国文学之乡""中国诗歌之乡""中国诗词之乡"。一项项成就，一顶顶桂冠，无时无刻不彰显着渠县厚重的历史文化。特别是近年来，渠县加速构建"两高铁三高速、一航空一航运"立体交通格局，在原有襄渝铁路、成达铁路和达营高速公路、南大梁高速公路过境的基础上，正在新建的成达万高铁、西达渝高铁、镇广高速过境并设站，延伸形成东向、北上出川大通道和南向出海大通道；全力推进渠江风洞子航电工程和通用机场建设工程。渠县火车站、土溪火车站完成升级改造投入使用，高速公路从无到有，实现了三条交叉通行。与此同时，"三年交通大会战"为打造城乡畅达工程，助力城市发展起到了提速增效作用。城市建设不断发展，城区建成面积近30平方公里。高楼大厦林立，店铺鳞次栉比，街道宽敞整洁，车水马龙，熙来攘往，一派繁华景象。到2030年，将实现建成城区面积50平方公里、人口50万人的中等城市目标，川渝最美生态滨江文化名城呼之欲出。

伴随着三桥、四桥和状元桥相继建成通车，横跨在渠江和流江河之上的5座大桥，犹如一道又一道亮丽的彩虹，镶嵌在江面上。大道通衢，连接起城市的东、南、西、北，也在市民心中架起了一座座幸福温馨之桥。它们不仅成了老城与新城的便捷通道，方便市民出行，而且还成了城市发展的新坐标。风雨彩虹，世事沧变，见证着这座有厚重底蕴的城市的发展变化。每当夜幕降临，桥上华灯初上，渠江光彩绚烂，水中倒影绰绰，交相辉映，妙趣横生，宛如一幅流动的壮美画卷。

渠县的蝶变——由"稀饭县"的华丽转身，是一个艰难而又美丽的过程。不仅仅是外在的变化，更是内在的升华。人们的精神面貌焕然一新，文化生活也日益丰富多彩。汉阙博物馆的建成开馆，城坝遗址考古发掘新发现，再一次佐证了渠县的古老文明和悠久的历史文化。渠县文庙和宕渠文学院，成了渠县文化薪火相传的殿堂，激励着一代又一代渠县人为文学事业献身的初心使命。

站在高高的文峰塔上，放眼渠城，那一幢幢高楼大厦，那一座座气势如虹的跨江大桥，那一条条宽敞整洁的绿荫大道，无不让人心生感慨。渠县的蝶变，是时代发展的必然，也是奋斗拼搏的结果。"渠汇百川、崇文尚义、睿智坚韧、奋勇争先"的渠县精神，在这里得到了充分体现。这座承载了千年记忆的城市，正以其坚韧不拔的精神，在乡村振兴进程中，书写着新的发展篇章，以崭新的姿态，迎接新的挑战。

话说读书识字

在日常生活中，读书一直是我人生的一大爱好，虽不完全相信"书中自有黄金屋，书中自有颜如玉"的说法，读了几十年的书，也没看见"黄金屋"和"颜如玉"，但内心总觉得多读书比少读书好。

苏联伟大的无产阶级作家，社会活动家马克西姆·高尔基说："书是人类进步的阶梯。"但随着电子网络技术的普及，近年来，自己倒十分钟情于网络电视了，特别是抗日剧，虽然"雷剧"较多，但也不厌其烦地看了这部看那部。或许缘于我这个年龄段的人，听抗日战争的故事太多，潜移默化中，思想上的反日情绪与日俱增，以至于到了痴迷的程度。只要不是很忙很累，我每晚必看三五集抗日剧，于是就疏于读书识字了。

对于读书识字，主要是兴趣所致。记得我上小学时，"祖国山河一片红"。但山乡农村不但物质生活困难，文化生活也极度贫乏，除了从课本上了解一些知识外，对课外读物的渴求真的太迫切了。年岁稍长一点，每逢星期天，我便哭哭啼啼地尾随父母"赶路"，到乡场上的私人书摊去看小人儿书，我们叫它"画本"；宁愿肚皮唱"饿龙岗"，也要把钱省下来多看几本小人儿书。有时还把为家中称盐打油找补的钱，一分一角地积攒起来，偷偷到新华书店去买本新画本，并在其他同学面前炫耀一番，那种荣耀感简直是要多来劲就有多来劲。

后来上初中了，课外读物多了起来，我便想方设法去借一些章回小说回家看。我最早接触的课外书是《西游记》，那时只能在晚上看这类书，没有电灯，就把煤油灯放在床沿上，在微弱的灯光下看书，每晚要看100多页，有时还要起床用纸笔把写景写物的精彩语句抄录下来，直到在父母的反复催促下，才灭灯睡觉，以至于眼睛近视，打破了我后来的当兵梦。

可以这样说，当年那种读书劲儿，不亚于现在有些小孩痴迷于网吧游戏那种程度。再后来，《红楼梦》《水浒传》《三国演义》和《李自成》《烈火金钢》等大部头小说我都看了个遍，读了多少本小说，自己也记不清了。虽然收获不大，也导致我偏科而数理化成绩急剧下降，以至于连高中都没考上，失去了人生更好的学习机会；但经年以后，我对自己那时的所为从没后悔过，认为自己从书中吸取的知识，对自己的一生，或多或少有一些帮助，成就了现在的我。

俗话说"书到用时方恨少"。看的书多了，积累的知识也就多了起来，不知不觉就激发了我的写作冲动。由此，我拿起稚嫩的笔，写起新闻、通讯、诗歌、小说、散文等体裁的稿件来。虽然方方面面都有涉猎，写得也不是很好，也没出过多少彩，但30多年来，我在市级、省级及以上报刊发表的新闻和文学稿件有1000余篇，这无疑是读书识字所带来的"福利"。

几十年来，自己读了多少书也记不清了。如今，家中的书越来越多，放了满满的几个书架，可我看书的劲头却减弱了许多，除了每天上班在办公室重复烦冗的文字、数字外，余下的时间多半是与手机打交道。由于长时间坐在电脑前，受到电脑辐射，我不但视力下降得特别厉害，腰椎和颈椎也出现了状况，而且知识也开始贫乏，已快跟不上社会发展的需要了。

不知是哪本健康书上说过，上了年纪的人一要多读书识字，二要多参加户外运动，三要多进行唱歌、跳舞、打牌等娱乐活动，这些都有益于身心健康，将来才不会得老年痴呆症。此话无论是真是假，想来也有一些道理，如果让我选择其中一样，我会毫不犹豫地选择读书识字。

看来自己以后还是应该少用电脑、少玩手机，多读书识字。

从儿子打给父亲的一个电话说起

不久前的一天清晨，我从县城乘坐快客到镇上上班，路过县人民医院门诊部，车停了下来。一位70多岁的大妈从医院大门处气喘吁吁地跑过来，上车刚坐下便自言自语，说她要回家处理庄稼。我不解地问："是修高铁占了你家的田地吗？"她说："回去给秧苗施肥，今年家里还有几亩稻田要种呢！"

我又问："你这么大岁数还种庄稼？"她回道："农村人不种庄稼干啥？再大的岁数都得种，只要还有一口气，就要吃要穿，不种粮食行吗？有可能今年种了，明年就种不成了。"她面色有些悲戚地接着说，"我家老头子病了，有可能是肺癌，医生从肺上钩了一坨出来拿去活检，还花了1000多块钱。这倒没啥子，人病了，该花的钱还得花，可昨晚我大儿子一个电话把老头子气得够呛，现在还在怄气呢！我说为啥？他说儿子在外省一家医院承揽了病人陪护业务，得知他爸生病住院后，便打电话回来说，如果检查出来是恶性肿瘤就不要治了。十多年前他在外面出车祸撞了人，要赔好几十万块钱，我和他爸想方设法四处抓借，还把家里种田的牛和过年的猪都卖了给他筹钱交赔偿金。如今他爸病了，他却说出这样的话，你们说，这养儿养女有啥意思？"说到这里大妈已是泪流满面。

听到这儿，我心中陡然泛起一种无言的酸楚。孝敬父母是中华民族传统美德，父母养我们小，我们就得养他们老，为父母养老送终是做儿女的本分。不知大妈的儿子是咋想的，自己父亲病了，本应侍奉床前，尽子女的一份孝道，他不但不尽当儿子的责任，反而在电话里说出那番话来，怎不叫当父母的伤心流泪？人们常说，10个癌症病人有9个都是被吓死的。但逢病人去医院检查，一旦查出个难治之症，医生在告知病情时也十分谨慎，生怕病人知道了加重心理负担，其亲属也是强忍伤心瞒着病人。可大妈的儿子不但不好言安慰生病的父亲，反而直言不讳地说"是恶性肿瘤就不要治了"，可想而知接电话的父亲听了心里有多难过。

这或许应了那句"父母把儿女当宝，儿女却把父母当草"的古话。想想我们小时候，父母生怕儿女们磕着碰着，自己不吃不穿也要让儿女吃好穿好，如遇其伤风感冒，半夜三更也要将其送到医院去治疗，那种宁愿自己受苦受累受折磨，也不让儿女饿着冻着受委屈的做法，把"可怜天下父母心"这句话展现得淋漓尽致。如今父母老了、病了，当儿女的应该尽全力去医治，哪怕是花了钱治不好病，也算尽了儿女的一份孝道，内心才没有愧疚之感。

而在这纷繁而又喧嚣的世界里，在现实生活中，往往有那么一些做儿女的，常常因为生活的压力而忘却了最基本的家庭情感。他们不好好想想，自己也在养儿育女了，自己现在对父母的言谈举止，将来儿女们都会上行下效，一报还一报，不是有"屋檐水滴现窝窝"这种说法吗？

在儿女们的成长过程中，父母所付出的艰辛是常人难以想象的。他们不仅给予了我们生命，还付出了无私的大爱，他们用自己的辛勤和汗水，换来了儿女们的成长。然而，当我们成家立业后，是否真正理解父母的这份恩情，是否尽到了应有的孝道呢？

让我们回到儿子给父亲打电话的场景。在电话中，他没有安慰父亲，让其配合医生好好治疗，而是劝说父亲，如果是恶性肿瘤就放弃医治，理由是"花了钱治不好病，落得个人财两空"。这样的建议，不禁让生病的父亲伤心，更让我们产生怀疑：作为儿子，请问你良心何在？孝心何在？你是否真正理解父亲此时对儿女的期盼？

父母之爱，如同阳光般温暖，雨露般滋润。他们在我们需要的时候，总是毫不犹豫地伸出援手，为我们排忧解难。而现在，当父亲面临生死的紧要关头，儿子却以金钱为重，忽视了父亲的生命价值。这样的行为，不仅是对父亲感情的冷漠，更是对养育之恩的背弃。

　　作为儿女，真正的孝顺，并不仅仅是物质上的供养，更重要的是语言上的慰藉和精神上的关爱与陪伴。趁父母还健在，我们应该时刻关心他们的身心健康，尊重他们的意愿和选择，用我们的关爱和陪伴来回报他们。

　　让我们从那个儿子打给父亲的这个电话中自省，时刻提醒自己，无论生活如何忙碌，我们都不能忘记对父母的关爱与回报。让我们用真诚的心去体会父母的付出，用实际行动去践行孝道，让父母在晚年感受到我们的爱与陪伴。

　　因为，养育之恩，要永难忘怀；孝顺之心，更要始终如一。否则，到了"树欲静而风不止，子欲养而亲不待"之时，就悔之晚矣。

阅读中的人生真谛

一张报纸，承载了曾经的过往；一生陪伴，蕴藏了多少难忘的故事。

1984年，我在村上担任团支部书记。一天，村党支部书记拿出一张报纸，让我在上面选一篇文章，说下午开会时组织学习。我一看是《通川日报》，便一篇接一篇地认真阅读起来。报上刊发的文章不仅短小精悍，而且读来朗朗上口，耐人寻味，让人爱不释手。我在上面选了一篇"完善家庭联产承包责任制"的相关文章和大家一起学习。

从那一天起，我便与《通川日报》结下了不解之缘。

那时，农村大多数地方不通电，照明用煤油灯，也无电视看，物质文化生活十分贫乏。除偶尔区公所的电影队下乡来放一场电影外，要想知晓外面世界，报纸便成了不可或缺的重要工具。由此，每当乡邮递员把《通川日报》送到村办公室时，我便会放下手中的其他事，迫不及待地认真拜读上面刊登的文章。"啥时我的文字也能变成《通川日报》上的铅字，该有多好啊！"一年多后，我拿起手中稚嫩的笔，鼓足勇气开始给《通川日报》投稿，从此开始了我的业余通讯员写作之路。虽然大多数稿子都是泥牛入海，但我抱定"撞了南墙也不回头"的信念，坚持读报、采写和向《通川日报》投稿。

1986年10月，我撰写的一篇800多字的消息《美事何以变成丑事》，被《通川日报》第二版采用。报道的是本村一名男青年，苦于无力筹齐女方父母索要的800元结婚彩礼，伙同他人偷盗邻村农户两头耕牛而锒铛入狱的事。该文见报后，在社会上引起了很大反响，也得到了村党支部书记的赞许。

梦想成真！我的写作热情顿时高涨不已。我利用业余时间学习、采访、写作，得到了意想不到的收获。2003年8月22日，我撰写的一篇人物通讯《为民情怀》，报道了一名村党支部书记一心为民办实事、谋福利，深得群众拥戴的事迹，发表在当日《达州日报》头版头条；2003年10月10日，《达州日报》第二版头条，刊登了我与他人合写的一篇消息《渠县悄然兴起农民"经济人"队伍》，获得当年四川省好新闻三等奖和达州市好新闻二等奖。虽然我采写报道的文章，大多数都是"豆腐块"和"千字文"，在社会上没掀起大的波澜，但同样弘扬了正义，鞭挞了丑恶。

从1986年到2008年的22年时间里，在《达州日报》开启了我的新闻和文学创作之路后，备受鼓舞的我先后在多家媒体发表新闻、通讯、时评、杂说、散文、小小说等稿件400多篇，稿件剪贴本都贴了厚厚三大本。

1990年8月，乡政府招聘广播站广播员时，我因为有新闻写作的优势，在众多的应聘者中脱颖而出，成了一名乡镇"八大员"，几年后通过招考成为事业单位干部。所有这些，自然离不开《达州日报》对我的帮助，它使我在写作过程中大获裨益，给我的学习和工作增添了动力，为我的成长搭建了阶梯。

2009年10月，我被乡党委下派到一个村兼职村党支部书记。由于工作量的增加，工作压力也随之增大，我的业余创作自然少了许多。然而，我对《达州日报》这位良师益友的热情丝毫未减，总是让它陪伴在我身边，指导我的学习和工作。

2019年6月，时隔10年之后，年过五旬的我又重操旧笔，撰写起文学作品来，并不失时机地向《达州日报》副刊投稿。在编辑老师的悉心指导下，不到两年时间里，我撰写的文学作品，被《达州日报》副刊采用了多篇。

70年栉风沐雨，70年一路凯歌。70年来，《达州日报》立足达州实际，紧跟时代步伐，高扬时代主旋律，勇担舆论大旗，版面更宏大，内容更鲜活。其刊发的稿件立意新，政策性强，贴近市民生活，形成了鲜明的办报风格，在地市级日报中独树一帜，深受读者欢迎。特别是在大网络时代，纸质媒体受到市场冲击的前提下，《达州日报》仍然劈波斩浪，砥砺前行，不得不说这是一代又一代达报人锐意进取，不懈努力，以质取胜的成果。

这些年，我在镇政府办公室工作，除负责一年一度全镇报刊征订和分发工作外，每天都要面对烦冗的公文事务。但我仍挤出时间坚持读报写稿，下乡采访。这不仅拓宽了我的视野，提高了写作水平，而且还丰富了我的业余生活。为此，我有责任把从报纸上学到的知识，领悟到的人生真谛，得到的巨大收获，都分享给身边的亲人和朋友，让他们从中获得教益，共同助推乡村振兴和达州经济社会向前发展。

时光如沙漏，总在不经意间从指缝中悄悄流过。这几十年来，我与《达州日报》亦师亦友，同趋共进，从中学到的知识将受益终身。在往后的日子里，我将继续与《达州日报》相伴相随，不离不弃。

（2021年7月9日《达州日报》副刊刊发）

童年旧事

前几天，孙子满周岁，儿子、儿媳带着他去拍了周岁艺术照。看了儿子发回来的照片，孙子憨态可掬，让人忍俊不禁。没想到的是，刚满周岁的孩子，拍照时居然这么配合，摆出各种不同的姿势，那傻傻的模样，实在是逗人喜爱。

因离成都有几百公里路程，加之俗务缠身，我没去现场分享喜悦，想来有些失落，好在微信视频可窥见一斑，也了却了心中的念想。

说实话，现在的小孩一生下来，就成了一家人心中的"宝"。从满月后开始，每周要进一次游泳馆洗澡戏水；穿戴的衣物不说，仅每月的纸尿裤、奶粉、玩具所花的钱，就是一笔不小的开支。待年岁稍长，还要上幼儿园、学前班、小学、初中、高中、大学，一直到参加工作，恋爱结婚，购房买车，这些支出是无法估算的。如此，作为父母及长辈，生怕平时爱得不深，表现得不够，倾其一生所有，也要让自己的孩子吃好、穿好，在优越的环境中茁壮成长，才觉得心安。真是可怜天下父母心。

看见这些变化，对我们这些出生在20世纪60年代中期的人来说，总会抚今追昔，勾起对往事的回忆。

那些年，农村大部分家庭弟兄姊妹多，生活十分困难，不但吃不饱，穿不暖，而且父母忙于参加集体生产劳动，挣一年的口粮工分，小孩则时常无人照管。没学会走路的小孩，冬天只能坐草窝窝，用一个竹箩筐，下面铺着稻草，上面用旧棉裤垫着，在小孩腿胯夹上用旧布做的尿片后，将其放进箩筐中，然后用烂衣服把箩筐一周塞紧。小孩坐在里面半天不挪窝，大小便全都屙在窝窝里，待大人收工回家后才打扫卫生，可以说是满窝的屎尿，臭气熏天。长此以往，大部分小孩不仅腿胯发红生疮，个别小孩小腿还会变形，长大后变成"罗圈腿"。夏天，小孩通常就坐木椅子，因四面通风透光，被蚊虫叮咬是常有的事，一天下来，周身都是蚊虫叮咬后的红包。好在小孩不会喊疼，除了哭还是哭。可以说，那个时候的乡村农家院落，除了鸡鸣狗犬外，到处都有小孩的哭闹声。

由于当时条件差所致，小孩身上穿的衣裤，常常是老大穿了老二穿，一个接一个地穿下去，直到最后衣裤都是疤上连疤。那时也没有鞋子穿，除过年能穿上一双布鞋外，平时基本上都是打赤脚。即使上学读书，也是打赤脚的时候多。夏天，地面温度高，走在石板路上，被烫得双脚乱跳；冬天，穿着薄薄的布鞋，双脚冻得像红萝卜。因无钱买胶鞋，一遇雨天，便赤脚走在泥土路上，冻得双脚失去知觉，一旦回家把脚浸入温水里，犹如针刺一般疼。

那时没有幼儿园，也没有学前班，7岁上学读书前，纯粹是一个野孩子。大人上坡干农活，一帮小孩三三两两地在一起玩耍，在山坡野地打跳逗乐，上树掏鸟窝，下河下泥田摸鱼、捉虾、逮黄鳝、泥鳅，除睡觉、吃饭外，天不黑不归家。只要没生病，一般大人都没有时间和精力来过问。

对于上学读书的小孩，乡村有句俗话叫"跨牛圈门，穿牛鼻眼"，意思是从今往后要受管束了。虽然如此，这些小孩仍然野性十足，时常招惹出这样那样的是非来，有时让老师也感到头痛。当时，每个大队都有村小学，有公办和民办之分，教室一般都是由家族祠堂改建而成，条件差不说，大部分老师都是民办教师，亦书亦农，教一年书计算多少工分，大队开工分回生产队参加年终核算，然后凭分称口粮。一个老师负责一个班的教学任务，拳打脚踢地包揽了所有功课。学生除上课和完成家庭作业外，没有课外辅导老师，每天放学回家还得放牛、割草，协助父母做一些杂务。每周有两节劳动课，参加集体生产劳动和勤工俭学，捡油桐籽剥壳晒干后交给供销社，拾旱螺蛳卖给鸭儿棚子，所得收入用于添置篮球、羽毛球和乒乓球等体育用品，收割季节还要放一周的农忙假回家支农。

那个年代上学的学费也很少，小学一学期3元左右，初中4至5元，没有其他任何杂费。期末算账，老师会将每一笔费用收支，在黑板上写得清清楚楚。针对家庭条件相对差一些的学生，学校还要减免学费。可就在那样艰苦的学习环境下，从村小学走出去的同班同学中，后来居然还有几个考上了全国重点大学。

就拿照相来说，那个年代也很稀罕，在我的印象中，能照一次相，算是心中最大的愿望了。当时的照相馆也很少，只有相邻的三汇镇上有一个，而且都是黑白照片，用胶卷底片那种老式相机，底片要在暗室里用药水浸泡冲洗晾干后才能成像。一般照相后，要隔四五天才能取到相片。

记忆里，我第一次照相是在10岁那年，是和我的"毛根"（一个生产队从小在一起玩耍，并且关系很铁的朋友）一起去照的。那时家中经济拮据，称盐打油的钱都很紧张，父母根本不会给钱让我们照相。于是，我俩便悄悄商议，提前几天偷偷地将自己家中米缸里的大米，倒出几斤来，用布袋装好藏在草堆里，逢星期天便提着米袋去赶三汇场（那时是7天一场，所有场镇都是星期天当场），不但要走10多公里小路，而且还要蹚水过河才行，往返一次要3个多小时。

记得那次照相是夏天，我们都戴着麦草做的草帽。当我们在粮食市场卖完米后，便急匆匆地赶往劳动街的照相馆，开票，交钱，取下头顶的草帽走进拍照厅照相。当灯光打开，拍照厅一片通明，我俩按照照相师的要求，并排坐在一条板凳上，神情专注地平视前方，随着照相师"1、2、3"的口令之后，只见照相机闪出一束耀眼的光，把那时我俩的美好瞬间定格成了永恒。

那次照相，不知是天热，还是第一次看见这么亮的灯光（农村还是用煤油灯照明），心情有些紧张所致，反正当时我俩都是满身大汗，以至于后来从照片上，都能看见我们脸上的汗渍和头发上的草帽圈印。

改革开放后，周边几个乡场上也陆续有了照相馆。闲时，照相师们便背着相机下乡来照相。后来，数码相机得到了普及，立照立取，全是清新自然的彩色照片，人们照相的频率也高了起来，而且相片还可以过塑，适用于长时间收藏和保存。再后来，随着社会的飞速发展，智能手机进入了寻常百姓家，人人都是照相师，拍照、录像成了人们的家常便饭，只要心情好，随时都可以拿出手机拍上几张。

江河长流，岁日更迭。我们在对祖国日新月异的变化感到欣慰的同时，常常会有"社会变好了，我们却变老了"的感叹。

想来，这是社会发展的必然，也是生命循环的自然法则，是谁也不可阻挡和逾越之事。

（2024年2月3日《达州日报》副刊刊发）

"村官"往事

"村官"，在"官"的族谱里，名不见经传，可以说比芝麻粒还要小。然而，就在不经意间，我却跨入了这个行列。

1984年的一天，村党支部书记把我叫到办公室说："村团支部书记这个职务你来当，你人年轻，好好工作，很有发展前途。"说实话，之前我对当干部理解并不深刻，当书记这么一说，我感觉有些忐忑不安，认为当干部没什么好处，常常为一些琐事与群众发生争执，干的都是得罪人的事儿。因为父亲当了几十年的生产队队长，劳心劳力不说，往往是费力不讨好，我从小耳濡目染，由此，对"村官"这个职业并不感兴趣。

书记见我有些犹豫，开门见山地说："年轻人要有上进心，不要瞻前顾后，要不你先试试吧，不行可以另换他人。"冲着这句话，我想，不管苦和累，别人都能胜任，我为啥就不行呢？于是我便应承了下来。

于是，我走马上任开始工作。记得召开第一个团支部大会时，面对台下十几名团员，我感觉很紧张，说话都有点语无伦次，虽然事前有所准备，但是上台后不久便忘了词，只能草草收场。事后，我把开会的事向书记作了汇报，他鼓励我说："第一次都这样，多上几回台你就习惯了。"此后，但逢开会，我都会把要安排布置的工作写在本子上，打有准备之仗。时间一长，开会的次数一多，我也就习以为常了。

在改革开放初期，乡村物质文化生活还很落后。但我们村却很不错，样样工作走在前列。新修了村办公室、村小学，全村通了照明电，村上有米面加工坊、鱼塘、电影放映队等企业，还办起了伙食团、招待所，年收入过万元。为争创地级文明单位，村党支部书记安排我组建一个文艺宣传队，自编自导自演节目，丰富村民的文化娱乐生活。

一支以团员为主要骨干的文艺宣传队风风火火地组建了起来。我任队长，负责演出队员的安排和节目的编排，聘请村小老师作指导。那段时间里，我几乎放弃了家中农活，除参加村上其他工作外，其余时间就组织文艺节目排练，并参演了其中3个主要节目，可算是拼上一股劲了。还好，功夫不负有心人，通过一个多月的努力，我们赶在春节前完成了20多个节目的排练，并在村礼堂做了汇报演出，赢得了领导和村民的称赞。春节期间，我们流动演出了12场，可以说是场场爆满。

也就在当年年初，我们村通过地、县、区、乡层层考评，被当时的达县地委、行署命名为"农村文明单位"，成为全地区第一个获此殊荣的行政村。能从几千个村级组织（当时巴中还没分设出去）中脱颖而出，这不算是件小事。渠县广播电台记者郭光泉，以长篇报告文学"洒向山野的星"为题，对此进行了宣传报道。此事先后被《人民日报》《党的建设》《四川日报》《四川广播电台》《通川日报》等十多家媒体报道，一时间，我们村成了周边村学习的榜样。

第二年，我被推选为村委会副主任。那时土地承包已全部到户，农村工作重心转向了"催粮催款、刮宫引产、灭鼠打犬"。农事季节一到，便进社入户，深入田间地头指导旱田翻挖、小麦播种、秧苗栽插、玉米肥团育苗等农事。间或调解一些为田边地角发生的民事纠纷，那时的人们惜土如金，对自己承包田地的边界寸土不让。好在我们村民风淳朴，干群关系和谐，与其他村相比，麻烦事少了许多。那时，我的工作激情也很高，经常到乡上开会，下队入户，把大部分精力都用在了工作上。我想，能得到领导的认同和群众的认可，自己苦点、累点也算不得什么。

可以这样说，当时各方面条件虽然比现在差，但群众的素质似乎比现在的人要高，没有低保、农保和种粮补贴、医保补贴，种田还得缴纳农业税、"三提八统"，把收获后的粮食上交到粮站抵扣农税提留，不够数的还得卖猪卖牛缴清。所以，那时的"村官"真的不好当——任务完不成，要挨上面批，工作逗硬，要挨群众骂，扮演的是"尿桶板子两边淋"的角色！而最得罪人的工作莫过于"刮宫引产"杜绝超生和催收农税提留了。对超生怀孕的劝说去打胎引产；到下欠税费村民家中去撮谷子、牵猪牵牛抵交，以此才能按时完成上级下达的税费任务。虽然当时许多村民对干部心存怨气，甚至于"怀恨在心"，干群关系一度较为紧张；但这是当时的社会发展趋势，多年以后提及此事，大多数群众也能理解。

从1984年到1990年，我在村上任职了6年多。从起初的团支书、副主任，到后来的村支书，随着职务的变化，我身上的担子越来越重，事务也越来越多。说实话，全村8个队400多户村民，我几乎家家都去过，谁是谁家的小孩一看就知道。我先后经历了1988年大干旱，1989年暴风冰雹灾害。那时，我动员组织全村干部群众开展抗灾自救，修山坪塘、电灌站、水渠，大兴农田水利基础设施建设，挑土抬石，事事亲力亲为，与群众同甘共苦同劳动，结下了深厚的感情。2009年，我们村被省委、省政府授予"全省先进村级组织"称号。至今想起那段时光，我仍然十分留恋和难忘。

1990年8月，我卸任村上职务到乡广播站，从事广播电视工作，虽然工作单位发生了变化，但工作性质仍然是和群众打交道。从起初发展有线广播，到后来有线电视进农家，近20年时间里，我风餐露宿，爬杆架线，上门维修，跑遍了全乡的村组院落和家家户户，为全乡广播电视事业尽心尽责。在做好业务工作的同时，我积极配合乡上的中心工作，并利用业余时间采写新闻报道，有300多篇稿件发表在省、市级报刊和电台，弘扬了正气，鞭挞了丑恶，为推动乡域经济社会发展起到了鼓劲扬帆的作用。

2010年10月，时隔20年后，乡党委又把我下派到另一个村任党支部书记。临去前，书记对我说："这个村干部老化，班子不团结，'窝里斗'，个别群众上访不断，民心涣散。你去后，一要纠风，理顺干群关系；二要挖掘人才，培养几个有能力的年轻人；三要强化基础设施建设，凝聚民心。"走马上任第一天的见面会上，来参加会议的党员干部有几十人，他们都满怀企盼的眼神看着我。我的就职发言很简单，没有多余的客套话，我说："说千遍不如干一件，是骡子是马，拉出来遛遛。"

　　首先，我与村"两委"班子成员进行了交心谈心，下社入户走访，摸清村情社情，然后对症下药。我因人施策地调换了村"两委"班子成员职务，加强了班子成员之间的认识沟通，把干部职能由管理型向服务型转变；并公开村级财务，推行便民服务代办，不让群众办事跑冤枉路。渐渐地，干部之间的隔阂消除了，工作信心足了；群众的心气也顺了，遇到什么难事和弄不明白的地方，会主动找干部反映，对政策的知晓度得到提升，主动配合村组工作的积极性也高了。

　　接下来，我从实事着手，大力发展基础设施和农业产业。为解决资金上的困难，除向上争取项目资金外，我还积极争取本村籍在外成功人士对家乡的支持。几年时间里，共争取各种资金500多万元，新修通村通组和入户水泥路14公里，维修山坪塘5口，电力排灌站1处，重建了村办公室；栽植果树2万余棵，同时引进农旅观光产业1个，流转土地500余亩。

　　班子强了，民心顺了，各项事业得到突飞猛进的发展，村容村貌发生了巨大变化，我所有的艰辛付出得到了群众的认可。2016年9月，我向乡党委递交了辞职申请，辞去了党支部书记职务。离职那天，不少干部群众真心挽留，让我发自内心地感动。

　　回想我的"村官"旧事，有过艰辛，有过委屈，但更多是收获后的喜悦。同时，在任职村官的10多年时间里，我明白了许多道理。"百姓是水，干部是船，水能载舟亦能覆舟。"只要我们用真情真心对待群众，群众就会把我们当亲人和朋友。以心换心，才能凝聚民心，赢得民心，推动各项事业蓬勃发展。

（2023年2月9日《达州晚报》副刊刊发）

感　动

时间过得真快，一转眼2023年就要过去了。

此时，我感慨良多！这是因为过了2023年，离我退休的日子就越来越近了，具体一点说，只剩下最后15个月。即将与熟悉的工作岗位告别，我内心十分珍惜这难得的光阴，有一种"不用扬鞭自奋蹄"的冲动。

2023年对于我来说，平静中却波涛涌动，给了我太多的惊喜，有许许多多的人和事让我感动和感激！

2023年1月，我撰写的乡村匠人系列文章由四川民族出版社结集出版，这是我的处女作；8月，我加入了中国散文家协会；10月，在由四川省作家协会、南充市人民政府举办的首届嘉陵江文学奖评选中，我的纪实散文集《乡村匠人》获优秀散文奖，我还到南充市参加了颁奖典礼；11月，我加入了四川省作家协会，并赴巴金文学院学习。虽然自认为有些名不副实，内心感到很忐忑，但作为一个写作者来说，这无疑是我一直追求的梦想。当然，这些对于有些人来说算不得什么，而于我却意义非凡。

我对于写作的爱好，缘于儿时的经历。记得上小学时，有一年放农忙假，老师布置了一篇作文叫《农忙假见闻》。那时的我对写作文不是很感兴趣，在写作的过程中，读初中的大哥给我指点了一二，没想到，老师对那篇作文很欣赏，上语文课时在班上将其当作了范文，从此，激发了我的写作兴趣和爱好。直到后来，我初中毕业回到农村，给乡广播站、县广播电台写过广播稿，也给县、市、省级报刊投过稿，偶有"豆腐块"见诸报端，乃至于后来当了"村官"，到乡镇部门工作，虽然成就不大，但写作的爱好一直在膨胀发酵。

　　而真正从事文学写作，并与之结缘，不得不说一个人，他可以说是我的文学引路人。那是2019年初夏，《达州晚报》副刊主编郝良受邀到渠县民俗文化协会授课，教导我们如何写报纸副刊作品，如何投稿等方面的知识。作为渠县民俗文化协会会员的我，聆听了他的讲课后，受益匪浅。当年6月，我将一篇描写地名故事的散文《渠江两渡口码头的来历》投给了《达州晚报》，没几天就见报了，我很兴奋，这种兴奋比过去新闻稿见报的意义更深刻。

　　我出生在20世纪60年代中期，一直生活、工作在农村，从没离开过故土半步。我耕过田，种过地；当过"村官"，爬过电杆；坐过办公室，磨过钢笔尖。人过中年之后，我的思绪发生了逆转，突然变得怀旧起来，不少逝去的人和事，像"幽灵"一样附着在我身上，萦绕在我的思绪里，闪现在我眼前。特别是生活在乡村的一代又一代能工巧匠，他们在不同时期，用不同的手工技艺，服务千家万户，渲染着乡村岁月。那一个个熟悉的身影、一件件工艺精湛的作品、一句句风趣的方言俚语，还有那些飘荡在乡村田间山坳、农家院落的叫卖声，器物敲击声，与鸡鸣犬吠声相互交融，一切是那么自然美妙，让人难以忘怀。

　　说实话，我天生愚笨，并不具备一个作家的禀赋，写作对于我来说跟吃茶喝酒一样，只是日常生活的一种爱好。由此，我常常是想到什么就写什么，写出来的东西也毫无章法，笔头也相当稚嫩，也从未有过著书立传的非分之想。然而，长期生活在农村的我，亲身经历了乡村传统匠人的兴旺时期和逐渐衰落的过程，也充分感受到乡村匠人与乡亲们建立起来的那种深厚感情，对他们总有挥之不去的情愫。一种责任感驱使着我拿起手中的笔，把他们曾经的生活经历和濒临失传的技艺，用文字真实地记录下来，作为一种文化和精神载体去传承和弘扬。

　　从2019年9月16日《达州晚报》副刊"风土志"刊发第一篇文章《乡村剃头匠》开始，两年多时间里，我在记忆的长河中去搜寻记录着乡村匠人。在书中描述的72种乡村匠人中，像石匠、木匠、弹花匠、铁匠、补锅匠、磨刀匠、补鞋匠等许多常见的乡村手艺人，大多耳熟能详，写起来也得心应手；但对部分独门绝技或已经失传的手工技艺，却要四处寻访这些匠人，或去了解这门手艺的知情人。因此，我花费了工作之余的大半休息时间，去走访记录、查阅资料，一度感到身心疲惫。

就在我写作中遇到瓶颈，思想上打退堂鼓的时候，郝主编给了我不少鞭策。他帮我筹划写作路子，并鼓励我继续写下去。在2020年四川省报纸副刊奖评选中，他把我写的乡村匠人系列文章推去参评，获二等奖。这无疑给我打了一支"强心针"，让我的写作劲头更足了。可以这样说，如果没有郝主编的鼓励和不惜版面刊发我的"匠文"，我就没有写下去的信心，也就没有我撰写的"七十二匠"，更不可能去参评获奖。不仅如此，在我把《达州晚报》刊发的匠人系列文章结集出版时，他还从紧张繁忙的编辑工作中抽出时间，不吝笔墨为我的《乡村匠人》一书作序。他的序文诙谐脱俗，语言精练，读后让人耳目一新，窥一斑而知全豹，为此书增色不少。

2023年，我真的有许多感激的话要说，就让我用《乡村匠人》一书后记里写的一段话作为结束语吧："此次《乡村匠人》能够结集出版，我发乎内心有一个致敬：致敬那些已经去世和而今还健在的所有乡村匠人们，正因为有了他们的存在，在中华民族五千多年灿烂文明史上写下了浓墨重彩的一笔，他们的功绩将永远铭刻在时代丰碑之上。五个感谢：感谢中国著名诗人、边塞诗人领军人物、中国诗歌协会副会长杨牧先生，欣然为我题写书名；感谢《达州晚报》副刊主编郝良先生，对我所写匠人的精心编排和辟出专栏刊发，并从繁忙的工作中抽出时间为此书作序；感谢渠县民俗文化协会会长、作家陈科，虽年已古稀，却贵为师长，时常给我写作上的鞭策和鼓励，还为此书出版忙前忙后不遗余力地奔走；感谢有'三汇活地图'之称的文史作家邓坤老师，在我匠人系列写作过程中'拈过拿错'无私地指导，使我少了一些常识性的误笔，避免贻笑大方；感谢我身边所有的文朋诗友，给我写作上的热情指导和无私帮助。"

让我感动的2023，我将永远铭记于心！

（2023年12月21日《达州晚报》副刊刊发）

我的军人情结

记得18岁那年，正值青春年少的我，怀揣着对祖国的热爱和对军旅生活的向往，积极报名应征入伍。

报名初检是在乡政府，武装部部长让报名的青年立定、稍息后，一个一个地量身高、称体重。又从乡卫生院请来一名医生，听心脏、量血压、查痔漏。接下来填报表格，叫我们回去后不要东跑西跑，在家等候通知，参加入伍体检。说实话，176厘米的身高和108斤的体重，让我志在必得，信心满满。

体检站设在当时的区公所院内。去体检那天早上，我吃罢母亲煮的早饭，步行5公里山路，然后乘坐木船到体检站。虽然老天阴沉沉地下着小雨，但并不影响我的心情。我在柴油发电机的轰鸣声中幻想着自己穿上军装，手握钢枪，在军营里站岗放哨，成了一名真正的军人的情景，内心的喜悦无以言表。或许应了那句"期望越高，失望越大"的老话，在体检过程中，我因左眼视力0.5、右眼视力1.0被刷了下来。那一刻，我的心情很糟糕，仿佛从云端跌落到了谷底。在回家的路上，看着几个体检过关的同伴面带笑容，一路欢歌，一股酸楚的泪在我眼角打转。那些天，我想着那身遥不可及的军装，心中充满了遗憾和失落。

对于当兵的渴望，缘于诸多因素。我的父亲曾经也是一名军人，1940年加入国民党军队，参加了抗击日军的诸多战役，淮海战役中随队起义，加入中国人民解放军，1951年入朝作战。父亲戎马生涯16年，参加了渡江战役和解放南京、上海、浙江丁海岛的战役以及上甘岭战役。在数十场生死血拼中，他荣立三等功2次，5次受到营、团嘉奖。1955年，他从朝鲜复员回乡担任生产队队长，仍然保持着一个军人的特有的秉性，一生正直善良，吃苦耐劳，以身作则，80岁高龄仍下田劳作，时常以他的亲身经历教导我们，认真做事，本分做人，用真情回报社会。父亲的一言一行潜移默化地根植在我心中，使我从小就有了一种对军人的仰慕和崇敬。

20世纪70年代初，襄渝铁路开建，离老家2公里外驻扎着一支部队，是铁道兵某部的一个机械连。连队有一个很大的操场，每隔几天，晚上都要放一场电影。电影放映前，连队官兵身着绿色军装，衣领上的红领章和帽檐上的红五星熠熠生辉。战士们带着小凳、喊着口号、迈着整齐的步伐走进操场，在连长的口令声中站队立定、稍息，然后齐刷刷地坐下，紧接着分成两队开始拉歌，欢快的歌声响彻在操场夜晚上空。那时我虽然只有五六岁，但看着兵哥哥们威武的英姿，我真的很羡慕，发誓长大后一定要去参军，做一名解放军战士。

11岁那年，大哥也参军入伍了，在山西省代县服役。1981年，我因胃出血前往大哥的部队去治疗，那是我生平第一次坐火车出远门。在北京火车站换乘车时，大哥的战友带我去参观了天安门广场。站在天安门前，我的心情非常激动，明白了"人不出门身不贵"的寓意。这一切都源于有一个当兵的大哥，内心感觉真的很幸运。

在部队那一个多月时间里，我见证了火红的军旅生活，那嘹亮的军号、洪亮的出操声，还有团部门前旗杆上飘荡的国旗和军旗，都让我感到新鲜、刺激，那情景如烙印，深深刻入了我的脑海。那段时间，大哥所在的部队去参加野外训练，我也跟随他到山西原平县（今原平市）近郊。部队驻扎在附近几个村庄，我和大哥以及团卫生队的伍医生一同住进了一个老乡家，三人同睡一张炕。我除打针吃药治病外，闲时，伍医生还教我打拳。我在葵花地旁的马路上，跟着伍医生一招一式地学习"伏虎拳""擒拿拳"和"匕首拳"套路。伍医生身为连级干部，不仅教导我习拳强身，而且还教我处事做人，这进一步加深了我对"军人"一词的全新理解。

后来，我开始在村上工作，担任村团支部书记，但从军的梦却扎根在我心中。由此，每年的民兵训练我都要去参加，并成了一名预备役战士，参加过两次为期1个月的军事训练。我身着绿色军装，驰骋在训练场上——虽然是预备役，但我却把自己当作一名真正的军人。训练中，我摸爬滚打，一丝不苟，从军容军姿到枪械操作，我用顽强的意志，出色地完成了各项训练科目，用行动去圆了我的参军梦。

人们都说"当兵后悔两年，不当兵后悔一辈子"。我虽然未能如愿以偿地成为一名军人，却把这份遗憾化作了前进的动力。从一名普通的农村青年，到村干部、乡广播员，后考聘为事业单位干部，几十年来，我用不怕牺牲，勇于奉献的军人精神，在自己的岗位上兢兢业业地工作，多次参加抢险救灾等急难险重任务，冲锋在前，用一腔热血谱写平凡人生。

日月如梭，转眼间，41年过去了。每当我看到电视上播放军人的影片，听到嘹亮的军号和军歌声，心中便会涌起一股莫名的思绪，想起那年考兵时的事儿来。如果那年我如愿以偿走进了军营，或许，我的命运会改写，我的人生会更精彩。但我并不抱怨命运的不公，因为当年的梦想和那段难忘的经历，是我人生的一次注脚，为我后来的成长注入了鲜活的血液，让我受用终身。

（2024年5月9日《达州晚报》副刊刊发）

第六辑　他乡逸事

风雨贵阳行

　　为了生存，我在工作之余，偶尔会兼顾一点工程，赚些小钱，也乐在其中。

　　年前，听相识多年的好友说，贵阳市旧城改造，有大量的土石方工程，承揽挖运有钱可赚，并且那边的朋友也非常可靠，十拿九稳。在利益的驱动下，农历正月初九，我便迫不及待地呼朋唤友，一行5人驱车前往贵阳。

　　从渠城出发时，天空下起了入春后的第一场雨。路上很滑，车行至九盘山山顶，浓雾弥漫，能见度在30米以内。好在司机老王非常小心，且驾驶技术精良，我们提到嗓子眼的心才放了下来。老王是江西九江人，在广东当兵10多年，后与在那读书的小杨，也就他现在的妻子相识，结婚后长住渠县城。他开了一家装潢装饰公司，妻子在河东乡小学教书。我们戏称他"江西老表"，老王也很耿直豪爽，操一口半生不熟的普通话，带着椒盐味，可地道的渠县话他也能听懂。老王还是一个名副其实的烟鬼，在朋友圈中，我也算得上一个烟税贡献大户，但与他相比是小巫见大巫了——一天4包烟不在话下。他说，一天不吃饭可以，5分钟不抽一支烟却不行。中毒太深，简直无可救药了。

　　车行至大竹，加油，吃早饭，然后上达渝高速，因下雨路滑和雾气，老王始终将车速控制在100码以内。我们也纷纷叮嘱老王，开车不要心急，安全第一。过"山城"重庆时，我们也顾不上吃中午饭，下达渝高速后，又紧跟着上遵渝高速，等赶到遵义时已是下午2点多。老王将车子开去加油，我们顺便在路旁小店吃了点东西，又立马上车往贵阳赶。一过遵义，全是山，高速公路在山顶上盘旋一般，山虽高，树木却很少，漫山遍野都是杂草。途中隧道也多，最长的一个隧道有4100米，开了七八分钟。堵车情况也多，每逢堵车，周围的农民提篮挎筐，装着鸡蛋或柑橘之类食品，犹如赶场一般围车叫卖。老王看不惯，便大发牢骚，说这哪像封闭管理的高速公路，简直就是个牛马场，何来安全可言！我们笑话老王管得宽，要不干脆到高管局上班去！

我们清晨驱车从县城出发，途经有"雾都""山城"之称的重庆，有"会议之都""转折之城"之称的遵义，再到有"森林之城""避暑之都"之称的贵阳，一路舟车劳顿，在车上坐了10个多小时，直到下午6点多才赶到目的地贵阳。不知是车载卫星定位仪故障，或是其他原因，方位总是报错。刚到贵阳城区，老王为了问路，不慎将车开到了一个混凝土残留堆上，将车肚上的油管挂断，车子不敢打火，打火就往外喷油。这下糟了，大家心头很窝火，老王也很愧疚，抱怨自己不小心。埋怨归埋怨，车还是得修，可附近又无维修点，没办法，同行的老管只好求助当地朋友。大家又冷又饿地耽误了2个多钟头才把车修好。

晚上将近9点，我们才在一家饭馆吃上饭。因贵阳气温低，加之我们又多是"川耗子"，不怕辣，都点了一些辣劲十足的菜，还好，味道和川菜差不多，比较爽口，大家都吃得非常高兴。饭毕，我们草草地找了一家宾馆，顾不得与项目方见面谈合作事宜，倒在床上便睡了。

坐了一天的车，感觉真的很累。

一觉醒来已是第二天早上的8点多，我们穿衣起床，在一家早餐馆，一人吃了一碗羊肉泡馍，味道还算不错。之后，我们驱车到工地，就相关事宜进行洽谈。看来工程预算价格还算不错，但土石挖运要3万立方米才结一次账，试想20多台车的一个车队，且不说从四川到贵阳的油费和过路费要垫支，就这3万立方米就得垫支近100万元，加之项目方一直不与我们接触，我们又担心遇上工程"串串"，所以决定放弃，于是我们又匆匆上车往回走。

回转的路上，老天仍然飘洒着小雨，气温也很低。但这并没影响我们的心情，一路上，我们一边观山景，一边说趣事。司机老王说他今年42岁了，我就此开了他一个"荤"玩笑，引得同车的小陈和小田捧腹大笑。没办法，外省人对四川人的玩笑搞不明白，吃点亏是常有的事，好在老王豁达，也一笑了之。事后，我决定到重庆去吃饭，便与朋友通了话，说等着我们去吃午饭。

由于下雨路滑，回来的路又多是下坡，我们看见了两起交通事故，都是大客车，一辆翻越在护栏外，另一辆则从驾驶台到车尾这边全部损毁，是两车相撞的痕迹（我不明白来去各行其道，为什么会这样），样子很惨，至少有10人的伤亡。老王见此情景也不由得放慢了车速——当今社会，贫富都不重要，活着才是根本，安全第一。

虽然在贵阳待的时间不长，连睡觉在内才十几个小时，但贵阳给我的感觉是良好的。就拿餐馆来说吧，餐巾纸要拿钱买，当时我们都不解，过后方知拿钱买的就金贵，就不会造成浪费，也就不会衍生垃圾，所以地上很少见纸屑。由此，我想到我们县城的饭馆酒店，何不借鉴别人这一招，既节约成本，又利于城乡环境治理，于公于私都有利，何乐而不为呢？

贵州的风景名胜很多，此行无暇顾及，实感遗憾。

再见了，贵阳！我一定会再来的。

北川记忆

9年前的"5·12"汶川特大地震，让群山顿首，世人垂泪，也成了我心中永恒的伤痛。

9年后的今天，我去了德阳，也因此去了北川，目睹了那瞬间灾害的无情。

2017年3月下旬，我出差去德阳办完事后，在二重集团公司工作的老同学约我去北川老县城看一看——有专人陪同，专车接送，我当然求之不得。

一大早，我们在宾馆吃过早餐后，一行10多人3辆车，便往北川方向驶去。沿途城乡建设迅猛发展，山川、河流风光秀丽。当行至北川中学遗址时，有武警执勤，凡进入北川地震纪念馆参观者需购票下车步行方可，票价30元。这时，一身作训服的"票串串"来到我们的车前，说3辆车付费500元，连车带人都可进去。为了免却脚下之苦，同学应允了。我们跟着"票串串"的车，绕过大门，驶入了左侧的一条山间小道。路过一段新修的公路时，一老头拦车收费，我不解其因，"票串串"说这段路是他修的。要从此路过，留下买路钱，山有山规，我们也只好交钱了事。这不由得让人想到，虽有地震之痛，可不法之徒却行为猖獗，悲乎！

进入北川县城，呈现在眼前的是一个个惨不忍睹的场景——大面积山体滑坡，房屋被掩埋，河流改道，房倒屋塌，道路损毁；各种公共设施和建筑物或沉陷，或倾斜……可见当时地震发生那一瞬间，小小的羌族自治县悲壮的一幕。

我们找到一个公共停车场，将车停好。为了让我们加深印象，老同学特地安排司机请了个导游来解说。北川老县城并不大，依山而建，傍河而立，主城区只有两条街道；河对面城区因"9·24"大面积山体滑坡被掩埋，只偶见一些露出的残垣断壁。我们从北川县公安局遗址缓步前行，一路走来，年轻的导游小姐语调低沉，声音哽咽，或许是她目睹了9年前发生时的那一幕，也或许是她与震后的老北川结下了不解之缘，读懂了其之"伤痛"。总之，听她的解说，就像是在寺庙里听僧众诵《大悲咒》一般，让人有一种特别伤心的感觉。

她一路娓娓道来，向我们讲述着一个个悲壮而感人的故事：北川县公安局，在牺牲的28名干警中，有2个刚刚考进公安系统的协警，他们到这里工作还不到10天，还不满20岁，就被无情的大地震夺去了年轻的生命。

曲山小学的一名年轻的老师，我已记不清他的名字，地震发生时，他用钢铁一般的身躯，顶起垮塌的校舍门，让教室里的孩子们一个一个地从他的手臂下逃生，而他却因此献出了年轻的生命。他用生命之躯撑起的脊梁，永远定格在幸存的孩子们心中。

北川信用联社，42名中层以上干部，地震发生时正在四楼会议室召开会议，无一人幸免于难，场景是何等地凄惨。

北川职业中学，倾斜的墙体上悬吊着一根根长长的布绳，那是地震发生的时候，老师组织学生用一床床被面撕扭而成的生命之绳，让被困的学生在布绳的护助下全部安全地撤离了出来。危急慌乱之时，老师是何等地沉着和睿智。

一名坚强的母亲，为了完成丈夫的遗言——"无论如何都要活着出去，见上在外地读书的儿子一面"，在废墟里的她，用砖块砸去只剩下一张肉皮的断腿，划破自己的手臂以血充饥，顽强地活了下来，直到救援人员把她从废墟中救出来。英雄母亲是何等地悲壮。

地震发生后，整个北川县城幸存的10名医护人员，不顾丧失亲人之痛，自发地组织在一起，抢救伤员，救助弱小，一直奋斗在第一线，是何等地无私大爱。

还有一对恋人，女孩被埋于废墟下，男孩趴在废墟上，声嘶力竭地告诉女孩："只要你能活下来，不论你是伤是残，也无论你容颜是否被毁，我都会与你厮守一生。"涓涓爱意，滴滴真情，爱的力量让女孩坚强地活了下来。当女孩从废墟中被救出来后，中央电视台的几位外景记者，在废墟上为他们举行了一场特别的结婚典礼。其情其景，堪称"旷世奇婚"，世上绝无仅有。

…………

我们听着导游的解说，仿佛置身于天主教堂，蒙尘的心灵得到了洗礼，犹如拨云见日，对世间俗事顿感大彻大悟。

地震无情，使美丽的北川老县城毁于一旦，成了一片废墟，它与那些鲜活的生命一起被定格在2008年5月12日2点28分，山河为之恸哭。

人间有爱，淳朴的中华民族在灾难面前，挺起不屈的脊梁，用无疆大爱汇成一股暖流，源源不断地涌向灾区。重建后的北川更加美丽。

北川，9年，3000多个日日夜夜让我魂牵梦萦！

愿北川的明天更美好！

暮秋海南行

　　带着对大海的向往和崇拜，今年国庆期间，我如愿以偿地前往海南旅游。此行不仅开阔了我的视野，而且还了却了我多年以来翱翔蓝天和畅游大海的梦想。

　　我们在重庆江北机场乘飞机前往海南，当飞机在跑道上滑翔而离地起飞的一刹那，失重的感觉瞬间贯注全身，登机前的兴奋感消失殆尽，心想早知如此难受，还不如坐火车。机翼的每一次颤动，都牵扯着我的每一根神经，明知坐飞机的安全系数非常高，但还是生怕它从空中掉下去。害怕归害怕，毕竟上了这条"船"，不可能像坐汽车一样，想下车就下车，只能听由天命了。好在飞机越过云层，在万米高空飞行时，变得非常平稳。机舱外，金黄色的阳光，白皑皑的云层，如大海的波涛翻涌，给人一种全新的感觉。我迫不及待地拿出相机，对着舱外不停地按下快门。机舱内，一个刚出生不久的婴儿躺在母亲的怀里，香甜地睡着，此情此景不由让人感慨良多——都快奔六的人了，与睡觉的小孩相比，20世纪60年代出生的我们，差距是多大呀！真是社会变好了，而我们却变老了。

　　通过1小时50分的飞行，飞机安全正点降落在海口美兰机场。一下飞机，我们就感觉到了空气的潮湿和闷热，也对海南的天气有了初步感性的认识。接机的是一位女士，她自我介绍叫韩丽丽，是我们此行的导游，叫我们喊她阿丽。在前往饭店的路上，她给我们粗略地介绍了海南的风土人情、气象地理、自然风光、历史传说、特产物产以及方言俚语，风趣幽默的解说不时带来阵阵欢声笑语。饭后，我们一行入住海口一家四星级酒店。

第二天，我们驱车前往博鳌亚洲论坛成立会址，感受了来自亚洲各国团结并肩共谋发展的氛围，并在那里拍照留影。然后，我们又乘船到水城著名的玉带滩——一条沙滩把万泉河与南海隔开，是世界上分隔海、河最狭窄的沙滩。站在沙滩上向左看，清澈的河水犹如一条玉带，静如处子；向右看是波涛汹涌的海水，掀起一波又一波惊天巨浪，动如脱兔。一左一右，一动一静，恍然两个天地，真是一大奇景！难怪它被列入世界吉尼斯之最。

离开玉带滩，下午我们来到兴隆镇，这里是全国有名的华侨镇，20世纪20年代初，一大批爱国侨民从国外来到这里，带回橡胶和咖啡种植技术，世世代代在这里繁衍生息，为海南的经济发展注入了新鲜的活力。我们参观了兴隆咖啡厂。在生产车间，我们认真观看了他们的生产现场及机器设备，不禁让我想到，在科学技术日新月异的今天，单单依靠产量的增长是远远不够的，只有不断提高产品结构和档次，才能真正使企业得到长足的发展，才能为社会创造更多的经济效益。

兴隆热带植物园和雨林馆是花的世界，树的海洋。在这里，各种花、树争奇斗艳，而一些濒临灭绝的珍稀植物也在这里找到了庇护所。园内翁翁郁郁地长满了热带植物，阳光都被遮蔽了，只洒下斑斑点点的碎影在小径上跳跃。空气中弥散的是叶子清淡的气息。在植物的王国里，沉积的心情被绿色冲洗得干干净净，只想像树木一样自由地呼吸和生长。雨林馆简直就是根雕的王国，人们以丰富的想象力，雕刻出了一件件人间珍品，或飞禽，或走兽，或游龙，或飞凤，让人眼界大开。

当晚，我们入住兴隆南山温泉度假村。在我们入住的楼前花园内，有一处露天温泉，我们乘着妩媚的夜色欣然前往。在鱼疗的小池中，有许多小鱼向我们聚拢过来，在我们身上亲吻，麻酥酥的感觉像过电，实在让人坚持不住。在温泉池中泡澡能让你片刻之间洗去一路劳尘，全身顿时有一种说不出的舒服惬意。在温泉大池展示一下自己笨拙的游泳本领时，好像久远的童年又回到了眼前，大家在水中嬉戏，好不快活！

第三日，由兴隆至分界洲岛。这里是海口与三亚气候的分界线，三亚日平均气温比海口要高3℃至5℃。我们在重庆出发前穿着秋衣外套，而此时早已换上短衫薄裤了。在岛上，我们领略了灿烂的阳光，温润的海风，蓝得彻底的海水，阳光下一个个静静伫立着的小茅亭，海岸线上一排望不到头的椰子树。我从未见过那样蓝的海水，蓝得仿佛把心底都填满了，满得都快要溢出来了。我们换上泳衣，迫不及待地扑进大海的怀抱，享受海浪的亲吻和拥抱，心中的幸福感像海浪一般一波一波涌荡开来……

下午，我们穿过牛头岭隧道前往亚龙湾沙滩。韩导告诉我们，海南的气候变化大，一会儿下雨，一会儿放晴，属亚热带气候。站在海边，望着一望无垠的大海，我真正感受到海的博大精深和包容大度，自己的心也仿佛变得宽阔透明了许多。亚龙湾沙滩与玉带滩和分界洲岛的区别在于沙，这里的沙子特别细滑绵柔，不少中外游客穿着泳衣躺在沙滩上，沐浴着暮春的阳光，享受大自然神奇的美。大海中，一艘艘游船挂着风帆，船在海中跑，帆在空中飞，好一幅水天一色的壮丽景观。漫步在沙滩上感受着一种温馨舒适感，海边的水清澈见底，浅浅的海水漫过大腿，那种快乐和悠闲瞬间弥漫心间。

走过亚龙湾，我们来到了呀诺达雨林文化旅游区。一路盘山而上，在原始丛林中，漫山遍野的花草夹杂着泥土气息扑鼻而来，简直就是个天然大氧吧。我们呼吸着新鲜的空气，一边走一边看，从未见过的成百上千年的古树名木，奇草异藤，让我们眼界大开，在心底暗暗惊呼大自然的神奇和伟大。

第四日和第五日，我们游览了南天生态植物园、南天文化旅游中心和道教宗坛文笔峰，进斋堂吃斋饭。斥巨资打造的高达116米的南海大观音，让我们真正体会和感受了古典文化与现代旅游相融合的经典之作。

最后一站，我们来到了充满神秘色彩的天涯海角。天涯海角与我想象中的样子相差甚远，只不过是几块巨大的礁石而已。导游戏言："到了天涯海角就算走到天的尽头了。"一望无际的大海和湛蓝的天空，这天之涯、海之角恐怕是永远也只是个传说吧？其实到与不到也不过只是一个人的心境而已，这或许也是"天涯海角"给我的另一番启示。

走进成都宽窄巷子

今年"五一"小长假，在德阳二重集团公司工作的"毛根"朋友（从穿开裆裤到初中毕业都形影不离的老同学）的女儿5月2日结婚，29日，我便从县城坐大巴至成都十岭汽车站，朋友派公司司机开车接我到德阳。同样从山西飞回德阳的大哥，应20多年未谋面的老同学之邀，要去成都玩一天，5月1日，我便借道同大哥赶去成都。

大哥的同学在四川报业集团下属的一家公司任老总，毕业于四川大学新闻系，20世纪80年代中后期至90年代初，在渠县广播电视台当过副台长，其新闻写作水平及文学造诣较高，在川东片区很有名气，曾无数次获得中央、省、市级新闻大奖。90年代中期，他下海南漂海南，后到《华西都市报》当编辑、记者。他说，他本是一块当作家的料，没想到居然做起生意当起老总来。说这话时，他很自信，也很无奈。

我们10点从德阳出发，11点多便到了成都市锦江区，大哥的同学将我们带到一家北京烤鸭店。为了尽兴，他把在老家工作过的老领导和几位大家都认识的老乡招呼了过来。大家许多年未见了，虽然有一些生分，但一阵寒暄之后，便自然亲热了起来。席间，大哥的同学说，到了成都不去宽窄巷子走一走，我们会遗憾的。话语中带着悬念，我们便满口应承了下来。

饭毕，我们便准备打车去宽窄巷子。成都真大，人多，车也多，打车也非常困难，我们在街边等了1个多小时也没打到车。最后，大哥的同学只好打电话请同事开车过来，跑了两趟才将我们十几个人送到了宽窄巷子。

所谓的宽窄巷子，其实就是一宽一窄两条老街，外加一条"井巷子"。

街两旁房屋建筑雕梁画栋，店铺内物什古色古香，韵味十足。宽窄巷子内，游客如织，摩肩接踵，有拍照的，有购物的，更多的是在慢步中品味。在街边，唱川戏的，说评书的，卖糖葫芦的，榨甘蔗汁的，卖各种糕点小吃的，比比皆是，房连房、摊挨摊，古调老味，让逛游的客人既饱了眼福，又饱了口福。还有那满街的古玩、玉器、瓷器、手捏泥人和古怪稀奇的叶子烟杆儿，让人眼花缭乱。更有一身古铜色装扮的人，满脸的花哨，或坐或站摆着各种姿势，乍一看以为是铜色雕塑，实乃大活人一个，在那里等着与游人收费合影。饭店门前的酒幡招牌，饭店内的方桌子、太师椅，柜台上的酒坛子、酒提子十分惹眼，大吊游客胃口。在成都这样繁华的大都市里，如今还能有这等去处，可见当初倡议并构思打造宽窄巷子者的精明。

看够了，走乏了，我们便随兴走进一家饭店。店家笑脸相迎，服务员清一色的装扮，不一会儿便给我们端来一碗碗清香扑鼻的盖碗茶。茶水并不昂贵，不论铁观音或者竹叶青，通价10元一碗。特别是古朴的农家装饰，让人有一种在乡下老家聚会的感觉。我们围坐在桌前，边品茶，边谈古论今，从乡下老家的变化，到成都的发展，从菜价到房价，从农民缴纳"三提八统"、农业税，到免征农税提留，实行种粮补贴，以及办理"五保"、低保、农保和正在全面实施的脱贫奔小康政策，件件实事深入人心。言语中，在场的所有人都在感恩党的惠民政策好。

傍晚6点，我们准时就餐，桌上的饭菜既实惠又实在，仿佛就在乡下的农家堂屋吃"坝坝宴"一般，好时好景好人好酒好菜，都是乡里乡亲的一帮朋友，人们不拘常礼，敞开肚皮实实在在地胡吃海喝了一顿。

这样的感觉真是多年未遇了。

晚上8点，我们站在宽窄巷子的出口处，与朋友握手道别，并恋恋不舍地回望了一眼寓意深刻的古巷老宅，借着夜色又驱车前往工业重镇德阳。

真的，到了成都不去宽窄巷子，你真的会后悔的。

我大哥老同学的那句话一点不假。

近看泸沽湖

　　一直以来，在好友、同事的闲谈中，时不时会提到泸沽湖，把泸沽湖的天、泸沽湖的山、泸沽湖的水，描绘得精彩绝伦，美不胜收。特别是摩梭女的古朴典雅、热情好客的性格，以及摩梭人家沿袭母系氏族习俗——男不娶，女不嫁，外祖母家权至上，还有那神秘的"走婚"传说，勾起了我的旅游馋虫。整日俗事缠身，从不喜欢，也没时间外出游玩的我，决定寻机去走一走，游一游，看一看外面精彩世界。

　　终于逮住了一个机会——2019年11月，渠县"六个核桃"销售公司，给予部分补贴，组织旗下销售商外出旅游，由渠县友联旅行社组团"泸沽湖四日游"，不是销售商的我，顶替朋友的名额前往。

　　也许是"祸兮福之所倚，福兮祸之所伏"，当我们这辆载着44人的大巴行进到高速路口时，大雾封道——如果早到10分钟就可过关上路。整车的人便埋怨起最后上车的3人不守时，耽误了出发时间。埋怨归埋怨，事已至此，大家便纷纷发表意见，一致要求司机走国道318线，到南充上高速。司机仁哥怀着侥幸心理，认为雾不大，高速封不了多长时间，便一直未同意改道行驶。因意见不统一，大家只好在车上干耗着等待"云开雾散"。

　　没想到祸不单行。我们出游乘坐的大巴是南充客运公司的，由于没有南充至渠县的线路牌，被渠县客运公司举报了。8点多，县运管所工作人员来到我们这辆车上，将线路牌和司机的驾驶证没收了，说违规行驶，得扣车并接受处罚。这下好了，车上的游客怨声载道，有说举报的渠县客运公司霸道，也有说司机该走国道就躲过了这一劫，也有说运政周末还这么"辛苦"

223

上班另有所图……总之，闹哄哄的收不了场。

鉴于这种局势，县运管所的工作人员决定，由渠县客运公司派车，将旅客送到南充境内，每人48元的车费由南充客运公司负责。大约11点，总算换车出发了，南充客运公司的那辆大巴在后面紧随。车到营山服务区，吃罢午饭，我们又换乘后面那辆大巴向西昌进发。

说实话，好好的一份心情被整没了，全车的人都有点无精打采。大多数人都在打瞌睡，抑或在耍手机。司机仁哥闷头开着车，也许是心里有气，抑或为了赶时间，车速很快，电子报警器时时在响着"超速"的提醒。

车过成都会展中心，已是下午3点40分左右。导游姓侯，是个20多岁的小姑娘，达川区人，个子不高，属小巧玲珑型，但很专业，能说会道。她拿起话筒给我们讲起了西昌，从历史沿革到风土人情，语不惊人死不休，说起来头头是道。此外，她还时不时地和车上的人互动，让人心生佩服的同时，第一次对凉山彝族自治州有了初步的了解。

凉山彝族自治州位于四川省西南部，南至金沙江，北抵大渡河，东临四川盆地，西连横断山脉。成昆铁路和川云国道纵贯全境，是"南方丝绸之路"上的一条重要通道。凉山历史悠久，早在2000多年前的秦汉时期，中央王朝就在这里设置郡县，委派官吏进行管理。唐、宋、元、明、清5朝在凉山先后设置了郡、州、司、府以及路、卫、厅、县等。这一地区，秦汉以前称古邛都国或邛都部落，汉称越嵩郡，隋唐为嵩州，南诏称建昌府，元称罗罗斯宣慰司，明为四川行都司，清称宁远府，民国称宁属。凉山地区的历史沿革，反映了在不同朝代与中央政权的隶属关系。尽管在历史上，凉山地区辖地范围有所不同，但大抵上是北至大渡河，南及金沙江，东抵乌蒙（今云南昭通），西迄盐井（今四川盐源）。20世纪40年代凉山广大彝族地区社会生产力水平低下，长期处于封闭、愚昧、落后的状态……

旅游大巴刺破夜的黑，如一只苍龙睁着两只发光的眼，向前行驶着。我们一边听着导游的解说，一边相互调侃逗趣，借此消除旅途劳顿。直到晚上10点半，我们才到达西昌市，走进旅游公司事前联系好的一家餐馆，品味铜锅菜，第一次感受彝家风味，小酌几口自带的白酒。然后，在导游的带领下，我们走进提前预订的宾馆，一切安排就绪，草草洗漱后便上床睡觉，一夜无话。

第二天早上6点起床，吃完早餐，6点半准时出发前往泸沽湖。进入盐源县境内，天气晴朗，天高云淡，与四川盆地相比，感觉到了不同的变化。天很蓝，朵朵白云飘移，两岸高山挺拔，新鲜的空气，让人神清气爽。一路上，汽车从西昌1000多米海拔，上升到2000多米，转眼间又下降到海拔1000多米，而后又翻越海拔3600多米的小高山，最后又蜿蜒下行直达海拔2680米的泸沽湖。变化不断的海拔，坡陡弯急的山间公路，小有不适的高原反应，顿感旅途的疲惫和艰辛。好在司机仁哥驾驶技术精良，虽有几次小波折，引得满车人阵阵惊呼，但他都能化险为夷，让我们有惊无险。下午1点多，我们顺利到达泸沽湖。

泸沽湖地处云南省丽江市宁蒗彝族自治县与四川省盐源县交界处，因湖泊南北宽、东西窄，形似曲颈葫芦而得名。湖面海拔2680米，面积51.8平方公里，平均水深45米，最大水深93米，湖中有5个小岛和3个半岛。湖水清澈蔚蓝，沿湖村庄错落有致，四周青山环抱。泸沽湖西北部雄奇俊美的狮子山是当地摩梭人崇拜的格姆女神山。该湖以美妙绝伦的湖光水色和奇特的民俗风情而著称于世，居住在湖畔的摩梭人至今还保留着母系大家庭及男不娶、女不嫁、结合自愿、离散自由的"阿夏"婚姻形态。当地居住的摩梭人称"落水"为"泸沽"，泸沽湖因此得名。

我们来到湖边，分乘5条猪槽船，前往河心的王妃岛，游览和拜祭这位与文成公主和王昭君齐名的女杰。蓝天白云，阳光夺目，清澈的湖水，微风吹拂，水波荡漾；看翩翩飞翔的海鸥和水鸭，耳闻桨橹声声，仿佛置身江南水乡，一身的疲惫感瞬间消散。来到王妃岛上，视野开阔，一弯湖水，四面青山，一览无余。同行的游友纷纷拿出手机，套上自拍杆，面对山，面对水，或自拍，或请人帮忙，把时光和年华瞬间定格成永恒。

游完王妃岛，我们沿水路返回，又乘坐旅游大巴前往草海的"走婚桥"。因时值初冬，水中芦草一片枯黄，给人一种"风萧萧兮易水寒，壮士一去不复还"的感慨。站在"走婚桥"上，来来往往的人流，满眼的迷茫，各怀不一样的心境，都在寻找解惑释疑的焦点。也许，只有青山、湖水、芦苇草，以及夜晚的月光和桥上的小木板，才见证过阿哥那急匆匆奔向阿妹花房的身影，才知道弯刀、草帽、猪膘肉和花房里的那些花事。

我们在走婚桥前的小摊上，吃了点泸沽湖的烤鱼烤虾，小憩片刻后，又乘车环湖游览，观赏了"情人滩""双心岛"；看海鸥、水鸭在湖中起舞，远眺雄伟绮丽的格姆女神山。落日余晖中，湖面金光闪闪，秀丽的湖水山光掩映在彝家风情中。

夜晚，在摩梭人家小院，我们肩披哈达，手转经筒，一碗"咣当酒"，一盘猪膘肉，地道的荞麦饼，优美的彝族舞蹈，高亢激昂的歌声，配合默契的互动表演，彝汉一家亲，把晚餐聚会推向高潮，笑声、喝彩声一浪高过一浪。饭毕，我们围着一堆篝火，相互手牵手，跳起欢快的"达体舞"。我们放声地唱，动情地跳，此时相聚摩梭人家，今宵难忘，难忘今宵。

第三天清晨，天将晓，我们又乘车前往洼夸古寨，去感受彝家风情。气温有点低，地下的枯草上结了一层薄薄的白霜。我们跟随摩梭女导游步入古寨，走进祖母屋，去感受母系氏族祖母至高无上权力和男不娶、女不嫁的婚姻习俗。同时，观赏展示的铜饰、铜器，以及手工织品。在女导游三寸不烂之舌的诱惑下，同行的游客被打动了，不少人花了成百上千元购买银碗、银杯、银手镯和手工织品。当然，只要买个欢心，即使多花几个钱也觉得舒坦；哪怕是花了高价也不觉得冤，就当是给少数民族人民献点爱心吧！

参观完洼夸古寨，我们一行驱车返回，下午又参观了橡胶床上用品厂。3点，我们结束参观，在暮色苍茫之时来到邛海。邛海如同中国一些高原湖一样，以恬静著称，景色四季各异。春日天光水钯，上下一碧，一片浩瀚波光闪耀在苍山碧野之中，"舟行碧波上，人在画中游"，岸边柳眉桃腮，燕语呢喃；夏日湖水盈盈，彩霞耀眼，山寺渔村，相映生辉；秋日天高气爽，落霞孤鹜，秋水天长，使人流连忘返；冬季天净水明，红枫翠柏，倒映湖面。午后起风，海浪奔涌，似白鹅嬉戏于波涛之上。诱人的邛海景色，与西昌晚间皎洁的明月，形成"月出邛池多诗意"的情怀。

在前来邛海的路上，导游小侯说，邛海有4个月亮，"天上一个月亮，地上一个月亮，阿哥心中有一个月亮，阿妹心中有一个月亮"，我们见到的却只有"月亮湾"这个月亮。在邓小平同志题字的雕塑前，面对宽阔的湖面，我们留下了到此一游的影像。

当晚，我们品尝了西昌的名小吃，69元一人的自助烧烤。因有民族歌舞助兴，我们同桌的几人开怀畅饮了几杯，有点"酒不醉人人自醉"的感觉，然后翩翩然各自回宾馆客房休息。

第四天，我们又参观了咖啡厂和玉石店两个购物点，9点整，起身返程。路上，我们游兴未尽，沿途在车上游览了雅西高速干海子雪景和有"世界桥隧博物馆"之称的干海子、铁寨子"双螺旋隧道"，经过"亚洲第一高墩"——200米高的腊八斤沟特大桥，穿越龙苍岭原始森林，直至10公里长的大相岭隧道，真正感受了"人间天路"这一壮丽景观，不由得为中国的桥隧精品工程点赞。在大熊猫保护区吃完午饭合影留念后，我们一路驱车往回赶，晚上9点返回渠县城。

短短的4天旅程，虽然充满了艰辛和疲惫，但结识了一帮朋友，感受了不一样的风景，不一样的地理人文。或许，从陌生到相识，这就是缘分，有此一游，今生无悔。

再见了西昌，再见了泸沽湖、邛海。

（2020年8月7日《达州日报》副刊刊发）

宕渠采风记

4月是多雨的季节，绵延的春雨下个不停，为刚刚过去的清明节，献上了一份"雨纷纷"的厚礼。7日大清早，渠县部分作家、诗人，应宕渠文学院之召，参加"重走初心路，奋进新征程"文学采风活动。心之所向，又何惧雨天路滑？我们在万兴广场大屏幕下聚集，向采风的第一站——贵福镇进发。

这次采风，一行3个车10多人。宕渠文学院副院长戴连渠同志，不仅是倡导者、组织者，而且还是驾驶员。他开着自己的宝车在前面开道，同行的文友大多数都是省、市级作家协会会员。一路上，我们谈文学，谈社会，谈这些年渠县的发展和变化，车内不时传来阵阵爽朗的欢笑声。

车到贵福镇的红色渠县纪念园时，已是上午9点多，镇文化站站长贾在已等候我们多时。我们在纪念馆广场拍完照后，进入馆内参观。纪念馆展厅内分"革命星火，燎原渠县""营渠大战，红色政权""共赴国难，抗击日寇""龙潭起义，迎接解放""革命老区，旧貌新颜"5个单元，以营渠战役为主线，通过图片展出、文字描述、情景再现等方式，生动翔实地讲述了大革命时期、土地革命战争时期、抗日战争时期和解放战争时期的光辉历程。

幸运的是，在纪念馆内的英烈墙上，我看见了我的舅公文必达。他是我外婆的亲弟弟，也是渠县红军精神的传播者。他于1928年参加革命，1934年1月26日清晨，被国民党反动派杀害于岩峰场火亭子操场，就义时年仅27岁。临刑前，他面对敌人的屠刀，大义凛然，面不改色，彰显了一个共产党员英勇不屈的坚强本色。抽时间，我会写一写我的舅公，以示对他的崇敬和怀念。

参观完纪念馆，我们沿着118级战斗梯，拾级而上，来到营渠战役纪念碑前。这座高19.3米的纪念碑，是为纪念红军入川建立川陕革命根据地和红军在解放川东、反国民党"六路围攻"的营渠战役中，英勇牺牲的革命先烈而修建。我们在纪念碑前久久伫立，缅怀革命先烈的英勇事迹，昂扬乡村振兴，建设幸福渠县斗志。紧接着，我们又参观了红军街、国旗台、苏维埃广场、红军亭、七星桥等景点，徜徉于革命先烈战斗过的地方，不由得心潮澎湃，激动万分。

上午11点，我们参观完红色纪念园，前往柏林湿地公园。站在柏林水库大堤上，放眼四周，两岸松柏苍翠，库水深蓝，微风吹皱水面，泛起层层水波。刚刚放晴的天空，朵朵白云飘移，几只水鸟擦着水面一飞冲天，好一幅壮美的山水图画，引来采风的文友阵阵惊呼。

不得不说，贵福不仅仅是一片红色革命土地，而且也是钟灵毓秀、人杰地灵之地。这里曾出了一位翰林学士——贾秉钟，他是渠县贵福镇柏林水库左侧"书房嘴"人，生于清乾隆四十二年（1777年），嘉庆十三年（1808年）进士，入馆选，官至翰林院庶吉士加一级，曾出任山西盂县知县10年。在山西任职期间，他劝农桑，培文风，兴教育人，修桥筑路，爱民惠民，被老百姓称为"清廉父母"。由于与官府某大吏意见不合，他时常被打压中伤。借母亲去世之机，他愤然辞官回到故里，兴办学堂，教授家乡学童。闲时读书作文颇丰，有《屏山文集》12卷、《吟史乐府》2卷、《廛居随笔》1卷和《制艺》（上下卷）留存于世。我们走进贾翰林故居，但见一幢斗拱结构的房屋，历经风雨飘摇，仍坚强不屈地矗立在那里，见证着风云变幻，诉说着世事沧桑。

8日上午，在渠城紫天大世界，我们参观了格调高雅的仿古建筑，戏楼、渔船、钓翁、顽童，流水淙淙，水雾弥漫，仿佛置身于江南水乡。一条条穿弄老巷里，渠县籍知名文人雅士，或题字，或作画，或书写楹联，处处文风古朴，如缕缕春风拂面，净化着人们的心灵；还有"黎錞会三苏"石刻雕塑，寓意深刻，彰显了厚重的宕渠文化。

走进渠城初心公园，迎面扑来一股清新的气息，一幅幅浮雕，一首首篆刻的诗文，展现着宕渠儿女的奋斗史，以及"不忘初心，砥砺奋进"的意境。我们漫步在公园内的花草小径中，感受这经天纬地的变化，畅谈着心中感慨，所有这些都是一代又一代共产党人，牢记宗旨，守望初心，不懈努力的结果。

在渠城体育馆，在巴赛时光建设工地，我们目睹了渠县这些年的发展变化，对未来充满了期望。这一切，都是历届县委、县政府，大手笔、大发展写下的鸿篇巨制，真的值得大书特书。

上午10点，采风团一行人前往中滩镇，参观了该镇观音寺内，建于清光绪十年（1884年）的舍利塔，感受了厚重的佛教文化。沿着中滩河一路走来，阳光、小桥、流水、瀑布、鸭群、飞鸟，还有沿岸醉人的风光，不由得让人心生"此景只应天上有，人间哪能几回见"的感怀。

中滩镇党委、政府，以超前的思维，引进了中民康投资实业有限公司，斥巨资打造集农业生态、绿色康养、观光休闲为一体的乡村振兴示范区。目前，开工号角已吹响，正在进行前期规划设计中。假以时日，展现给我们的将是不一样的中滩镇，不一样的中滩河风光。

我们此次采风的最后一站是有庆镇的四川国沃现代农业有限公司。这是一家省级生态农业园区，在这里，我们参观了"稻渔种养模式"和现代化的农业生产机械，并观摩了日烘干粮食300吨和日生产大米30吨的厂房，感受了日新月异的现代农业科技和渠县未来生态农业发展前景。

可以这样说，此次"重走初心路，奋进新征程"文学采风，是渠县宕渠文学院成立以来的第一次活动，让我受益良多。或许，自今日始，这样的文学采风活动，将会不以次数计。

在此，借札记收笔之时，对此次采风给予盛情接待的贵福镇、中滩镇党委、政府，以及紫天大世界和国沃现代农业公司，抱拳相谢了！

秋访大山寺

仲秋时节的华蓥山，松柏翠绿，枫叶流丹，秋色正浓。我怀揣心中的端倪，前往渠县东安镇里坪村，去寻访大山寺遗迹，破译数百年来流传民间的故事密码。

小车行进在蜿蜒曲折的山路上。此时，秋阳高照，从路旁茂密的树林中透射出的一些光亮，在车窗玻璃上泛出移动的光斑；一些不知名的小鸟使劲儿地啼叫着，数种鸟叫声交织，细心品读，宛如一曲天籁之音，让人赏心悦目。同行的里坪村党支部书记卢小芳和美垭村党支部书记董代文，相互交流着近期的工作事务，如主题教育开展、村集体经济收入、困难群众低保救助、入户路硬化……而说得更多的是当前农事——哪片荒山该整治，哪片荒地该翻耕，计划着栽多少亩油菜、土豆，种多少亩小麦，今年集体经济收入预计创收多少，他们都如数家珍。作为一个村党支部的领头雁，他们心里装的是群众，思考的是本村的发展大计。特别是里坪村党支部书记卢小芳，快人快语，虽然只有30多岁，而且还是名女同志，心中却有一本"明白账"，不由得让人心生敬佩。

车到目的地，已是上午的10点多。在半山腰的一片树林里，我们寻找着大山寺的遗迹。站在一片宽阔的林子里，由低向高望去，几个梯形、平坦的地块呈现在眼前，据说这就是原来大山寺几座大殿的遗址。我们除在林子里发现几条地梁石和一个门柱墩外，根本找不出与寺庙建筑相关的遗迹来。好在，在相隔不到20米的地方，由几名善男信女捐资搭建的一个简易砖瓦棚里，存放了一对造型各异的石狮和一尊石佛，佛像前残存的香蜡余烬，似乎在向世人证实着大山寺的存在和曾经辉煌的过往。

提到大山寺，当地两位年近80岁的老人，把他们从上一辈人口中听到的故事向我们娓娓道来。他们说，大山寺又名红庵寺，至于哪个寺名正确，史书无记载，已无从考究。原来的大山寺有6层大殿，分别是天王殿、大雄宝殿、观音殿、地藏殿、伽蓝殿和罗汉堂。天王殿里正中供奉着弥勒菩萨，两旁侍立着四大天王；而大雄宝殿最为雄伟，正中供奉着如来佛，两旁侍立着迦叶尊者、阿弥陀佛；观音殿里供奉着手持净瓶的千手观世音菩萨；地藏殿里供奉着地藏菩萨，两旁侍立着两个尊者；伽蓝殿里供奉着关公像，手拿青龙偃月刀，微睁双目，义气干云，左有周仓，右有关平，也是威武雄壮；罗汉殿则是五百罗汉塑像，他们大多慈眉善目，形态各异。

相传，大山寺建造于明朝中期。峨眉山寺法号"净空"的僧人，在住持的授意下，遍访华蓥山山脉，寻找建寺宝地。当他云游至此时，见万里坪主峰高耸云端，气势磅礴，两边各有四个山峰侍立，犹如众星拱卫，九个山峰加起来是"九"，有着"九五之尊""至高无上"之意；加之此处山林茂盛，天高地阔，面朝西方极乐，视野目极四方，是一块难得的风水宝地——遂决定在此建庙立佛，消灾弥难，普度一方众生。于是，他回峨眉山向住持报告了此事，邀请来一帮师兄弟，八方化缘筹集建寺银两，一边化缘，一边建造寺庙，建成一殿便开门迎纳香客，用了近20年时间，才建成大山寺6层大殿。

建造完工的大山寺，气势恢宏，金碧辉煌，寺内佛像或石雕，或木刻，或泥塑金身，十分威武雄壮。该寺晨钟暮鼓，佛号声声，声名大振，方圆百里慕名前来朝拜的香客络绎不绝。那时，无论是男婚女嫁、儿女前程、生老病死、祈福延寿，人们都会来到寺庙内拜佛许愿，一旦愿望达成，便会抬着猪头、牛头、羊头和香蜡纸钱进寺还愿，诚谢菩萨保佑；历任的州县官府也会在每年的正月十五日这天前来祭祀，祈祷天地清明、风调雨顺、官运亨通、百姓平安。所以，大山寺在香火鼎盛时期，天王殿前的广场内，到处都停放着朝拜香客的车辆马匹和抬行的滑竿儿；在通往三汇场、宕渠县城和大竹城的几条古驿道上，常常是人头攒动，车水马龙，可见当时大山寺香火之鼎盛。

古语云："饥寒起盗心""山高林密藏匪盗"。清道光年间，天灾频发，民不聊生，大山寺后万里坪山上忽然来了一群匪盗，为首的大当家叫"笑面虎"。起初几年，他们只是昼伏夜出，抢劫过往客商，偷盗乡民财物。到后来，他们的胆子越来越大，居然公开入户"绑肥猪"（绑架人质）勒索钱财，还时常在寺庙前抢劫香客，搞得人心惶惶，人们纷纷避而远之。寺庙住持以佛理劝善，反而招来一顿拳脚，自此再不敢出面干涉。寺庙香火一日比一日清淡，已到了"门前冷落鞍马稀"的境地。

被逼无奈，大山寺住持走进了宕渠县衙，一纸状书状告山上盗匪。哪想到知县也是个当官不办事的主儿，说不日便派人彻查上报州府派兵清剿，几句话就把住持给打发了。至于他是否彻查上报，谁也不知道，反正几个月过去了，也没见剿匪兵马的影子，山上匪盗照抢不误。一日夜半，喝得酩酊大醉的"笑面虎"，找来手下二当家密谋了一番。随后，两人便发出诡谲的大笑声，听起来让人胆战心惊。

在一个月黑风高的夜晚，"笑面虎"带着手下人等来到大山寺，派人翻进围墙打开寺院大院。他们见人就砍，从天王殿一直杀到罗汉堂，把寺庙里的30多个和尚赶尽杀绝，连刚入寺庙的几个小和尚也没放过。干完这一切，他们把尸体拖到后山挖坑掩埋，然后，清扫庙堂内的血迹，扒下死去僧人的衣服——一干盗匪装扮成僧人，"笑面虎"则胸挂一串佛珠做起住持来。

第二日，当东方刚刚露出鱼肚白，大山寺的山门大开，寺内晨钟准时响起，木鱼敲击，念经拜唱声依次传来。当香客们走进庙内，感觉僧众的面孔有些陌生，且敲击的木鱼声、诵唱的经文也与往日有些不同，但他们也说不出个所以然来，只好把狐疑揣进心里，双腿跪毡，双手合十，虔诚祭拜面前的菩萨，默许心中的愿望。

自从"笑面虎"一伙杀人越货霸占庙产做了假和尚后，似乎也向善了起来，抢劫偷盗之事也不干了，邻近周边倒也清静了许多。只不过，他们增加了拜佛的香火钱，还强行索要善捐。最可怕的是，"笑面虎"只要看见漂亮的女香客进寺拜佛，便会起淫邪之心。他以消灾避祸为名，将这些女香客骗至后殿小屋，启动暗道开关，将其关进地下室内，供其淫乐。

从此，大山寺再无宁日。只要有几分姿色的女香客进寺拜佛，便会不知去向。隔三岔五总有人进寺来寻找拜佛失踪的女人，但他们找遍6层大殿的旮旮角角，一点线索也没有，无凭无据无奈何，也只有心存疑虑，怏怏而返。上告官府追查，也无结果，成了一桩桩失踪悬案。

原来，"笑面虎"在观音大殿下开挖了地下密室，"墙设机关""柱子开门"的说法，至今还在民间流传。他们将女香客诱骗至地下密室，日夜派人看守，供他们淫乐。可怜这些女子，在暗无天日的地下室里，叫天天不应，叫地地不灵，稍有不从便会招来一顿鞭责，过着非人的日子。她们思念自己的家，自己的父母、丈夫和儿女，整日以泪洗面，哭诉无门。

接二连三的女香客进庙拜佛失踪，让人谈"佛"色变。大山寺的香火被匪盗玷污，一时间，人心惶惶，一向旺盛的香火走向了衰败。一片阴云笼罩在大山寺上空。

俗话说"行恶者如同毒蛇，最终必被自扰"。某日，一腰佩宝剑的中年壮士从山下路过，因口渴去一农户家讨水喝，见这家人愁眉苦脸，便询问起缘由来。一对老年夫妇哭丧着脸说，他们的儿子生病半年卧床不起，儿媳带着香火进寺庙烧香拜佛，没想到三日未归，传言被扣留在寺庙里了。两位老人上门讨要说法，他们拒不承认此事不说，还被当值的僧人扇了几个耳刮子。儿子知道此事后，病情加重，恐难活过明日了。"你说，我向谁说理去？"听老人言毕，壮士安慰了他们几句，便拱手道别离去。

一路行来，路人都在窃窃私语，议论着大山寺女香客的事，前后已有10多个进寺拜佛的女香客失踪了。壮士觉得此事蹊跷，决定夜进大山寺一探究竟。于是，他便在宕渠城一家客栈住了下来，待月上三更后便往大山寺飞奔而去。

原来这是一位武艺高强，仗剑走江湖的侠士。只见他身背长剑，着一袭黑衣，用一块黑布蒙住了半张脸。来到大山寺山门前，他轻踮脚尖越过院墙，弯腰急行十几步，又飞身上房，从天王殿开始，一层一层地搜寻。当他揭开观音殿的屋瓦，只见殿内烛火通明，有个僧人在殿后的一根柱子上轻按一下机关，柱子便打开了一道门，僧人从门内进去后，门又轻轻合上。

果然有机关。只见侠士飞身下房，用小刀插入门缝拨开门闩，进殿转身关好门，来到柱子前，按动柱上机关钻进门洞，沿暗道行至一宽敞的地下室前。见房门前有两个僧人守着，他左右开弓地在其肩井穴一点，两人便软软地倒在地上一动不动了。他从其中一个僧人腰间搜出钥匙，打开房门走了进去。在另一间宽敞的房屋里，关着20多个蓬头垢面、神情呆滞的女人。他简单安抚了几句，吩咐她们跟在自己后面走出了暗道。趁寺庙的人都睡着了，他打开大殿大门，带着她们从左边院墙的一个侧门出了寺院，然后把她们送至后山的罗汉洞内暂避，天亮后各自想法回去与家人团聚。

侠士交代完毕，转身又返回大山寺——他要铲除这些匪盗，以绝后患。他找到如来殿后的方丈室，推开虚掩着的房门，一刀结果了醉酒酣睡中的"笑面虎"；睡在隔壁的二当家听见响动，揉着睡眼刚打开门，也被一剑刺中心窝，当场毙命。侠士本想将庙内其余匪盗一并解决，但觉得其余人等是因匪首蛊惑胁迫所为，罪不当诛。但寺庙不能留下，以防死灰复燃，为祸百姓。于是，他点燃松明火把，在每层大殿各选了一个引火点，只片刻工夫，6束火焰冲天而起，映红了半边天，寺庙里的盗匪从睡梦中爬起来，慌不择路地逃出了寺院。大火一直烧了3天3夜才熄灭，只可惜金碧辉煌的大山寺，转瞬就成为一片废墟。

沧海桑田，物换星移。在历史的长河中，大山寺犹如一颗划过天际的流星，消失在了浩瀚宇宙之中。只有山川河流和天上的日月星辰，才见证了当初大山寺所发生的一切。但一直以来，与大山寺有关的故事却在民间广为流传。

乞讨新说

在开往县城的一辆中巴上，售票小姐从后排逐一收取着车费。一对60多岁的老夫妻，拿出一沓皱巴巴的5角零钞交与售票小姐，清点后只有16元，而到县城每人票价是10元，还差4元。当售票小姐向其索要剩余的车费时，夫妇二人操着外地口音，夹着生硬的普通话说："我们是要钱的。"一副理直气壮的样子，售票小姐也只好作罢。

道路在整修，客车像老牛负重一般气喘吁吁地行驶在坑洼不平的通县公路上。我闲着无聊，回想着老夫妻刚才的答话，侧身看去，男的不顾司机"禁止抽烟"的警告，坐在后排靠窗的位子上，悠闲自得地抽着香烟。

"你俩不是我们四川人吧？"我好奇地询问夫妇俩。

"湖北的。"男的答道。

"难怪口音有我们四川话的味道，你们出来多久了？"

"来四川有4年了，没法子，年纪大了只好出来讨钱过日子。"男的一脸无可奈何的样子。

于是乎，我们就聊开了。我问他们家中是否遭遇天灾人祸了，夫妇二人都摇头否认。男的说，他们生活在湖北大山区，"老少边穷"的地方，年轻力壮的人都外出打工挣钱了，只剩下一些老弱病残的人在家里。由于不通公路，出一次山就要走两天。日子实在过不下去了，年老的便结伴外出，以乞讨为生。我没去考究他所说的话的真伪，我说，现在国家富强了，惠农政策越来越多，比重也逐年增大；无儿女的可享受农村"五保"待遇，家庭困难的可享受农村低保救助，参加了新农合，生病住院可以报销，还有今年推行的农村社会养老保险，凡年满60周岁以上的老人，不交1分钱的保费，每月可领取养老保险金55元……

还没听我把话说完，男的便急不可待地说："每月几十元钱拿来能干些啥？物价上涨，每月买几斤油和肉都不够花，还莫说其他支出！"

当我提及养儿防老，儿女每月可定期支付赡养费给老人时，两口子苦着脸说，由于山区条件差，儿子大了找不着老婆，女儿远嫁他乡各顾各，再说，儿子外出打工，目的是挣钱娶老婆，还得挣钱买房子，谁还愿意在大山里生活？还有养儿育女要花钱，他们也不好意思伸手向儿女要钱。

我说生病可报销，每月又有养老金，只要把粮食种好，不说卖，够自己吃就行了。两口儿摇着头说不行不行，山区坡高地陡，上年纪了走路都成困难，哪还有力气种粮食，加之种粮成本增大，一遇天旱地灾，辛苦一年还会血本无归。还不如外出讨要点钱物撇脱，天当被，地当床，讨得到钱就吃好点，讨不到钱就吃孬点，年纪大了，说不一定哪天就不吃不喝了，过活一天是一天吧！

两口子说起来一套一套的，听起来也蛮有道理。看来我的三寸不烂之舌今天算是遇到对手了，不管怎么说也动摇不了他们的乞讨之心，我只好缄口不语了。

车到站了，夫妇二人火急火燎地提着几个包裹下了车。

望着他们逐渐消失在人群中的背影，我的心一片茫然。

偶然间，我摊上了一件"大事"

春节这些天，我总是感觉很疲倦，不知是过年蒸炸食品吃多了，或是立春、雨水节气之后气候变化春困所致，吃了午饭总想上床去眯一会儿，今天中午仍然如此。

午睡完后，无事可做，我打开电脑登上QQ，和往常一样进网站搜猎一些新闻打发时间。没多久，传来QQ消息的"吱吱"提示音，一看是一个叫"傲然"的人要加我为好友。我想，既然有人主动加我，那就加吧，反正多个朋友多条路，就像有首歌中所唱的那样，"千里难寻的是朋友，朋友多了路好走"。

不一会儿，对方发来消息说，他通过看我的QQ资料，得知我是四川渠县人，求我帮忙打听战友的消息。他说他有两个战友在渠县住，分别几十年了，一直没有联系，近些年多方查找，一直未果，成了他心中时常牵挂的一件事。每当和其他战友相聚时，他就会想起失去联系的渠县籍战友。我听后很感动，这真是印证了一句话：社会人际交往中，最真诚的是战友情，其次是同学情，然后才是兄弟情，有时战友和同学帮忙办事比自己同胞亲兄弟还真诚。于是我让他把两位战友的基本情况发过来，说可以帮忙寻找，时间长短不能确定，也不保证能找到。他回复说不在乎时间长短，反正联系这么多年都无结果，并对我诚心帮忙道出了而今最时髦的一句话——"感谢的话说多了显得太俗了！"看来他也是一个耿直爽快的人。

原来，这位网名"傲然"的网友叫张五强，他寻找的渠县籍战友叫王长春和毛文辉，1983年入伍同在广州军区210工程指挥部独立通信工程营四连服役。他只说人在渠县，问当时的老地名是哪个区、哪个乡他却一概不知。我后悔揽下了这桩事，偌大一个100多万人口的渠县，我又到哪里去找他们？我有点犯难了，正如今年春晚小品中所说的"我摊上事了，我摊上大事了！"既然摊上这档子事，我就不能失信于人，想方设法也得把这件事办好。

猛然间，我想到了论坛——渠县人的蒙山论坛。论坛上，各方神灵网尽天下诸友，还找不出这两个人来？于是乎，我写了个"寻找战友"的消息，抱着试一试的心态发在论坛上的杂谈版块。不到20分钟，坛友"天空"回复说，他知道王长春这个人，但本人从不上网，也无联系电话，已将此消息转交他人代为转达。下午下班回家上论坛，"船长"大哥发来回复说，已将张五强的手机号码告诉王长春了，估计不一会儿，战友间就能通上话了。得知此消息，我感到很兴奋，立马打电话询问，张五强和王长春的电话都在通话中。我心想，这下终于有戏了。

大概40分钟后，手机铃响，来电显示是河北沧州打来的。张五强高兴地告诉我，王长春去电话了，他们聊了30多分钟，并特别感谢我帮了他的忙，让他圆了几十年的梦，说有机会去了北京或河北，一定去他那儿玩。他的普通话和我差不多，都是半罐子，交流起来很费工夫。我说："举手之劳就不用谢了，要谢就谢咱渠县新闻网，渠县蒙山论坛的坛友们，至于到北京、河北的事，山不转路转，转到哪方去了再论吧，反正多个朋友多条路嘛！"

挂断电话，我油然升起一种感慨，偶然间，我帮了刚认识的网友"傲然"一点小忙，在我看来本是一件举手之劳的小事，而在他看来却是非常不容易的一件事情，让他感激和感动的同时，也让他见识了咱们渠县人帮忙不图回报的品格。这或许会让他更进一步认识和加深对"古賨国都，魅力宕渠"的印象吧！

偶然间摊上这样一件"大事"，我又何乐而不为呢？

挥挥手，与酒说声拜拜

吾初涉酒坛时，正值年少不识愁滋味的年龄。转瞬间，驰骋酒坛已50载余。或许是初生的牛犊，抑或耐酒的分子充盈，更有父母饮酒的基因，所以每逢饮酒便豪气大增，推杯换盏之中更是少逢对手，十饮至少胜八回，在朋友中享有盛名。

遥记当年自己年方16岁，为探明自身对白酒的耐受分量，曾以斗碗试之，2斤纯高粱52度白酒刚好盛满，我一口气饮下，进而昏昏欲睡，醒后啥事皆无。于是乎，内心窃喜，思忖着酒桌上小酒保持1斤方可，大酒1斤半可保无事。继而，便无所顾忌地在酒场上拼杀，败给对手的时候的确是少之又少，浸润于酒坛50多年，不知有多少"酒坛精英"败在了我的酒杯底下。我一生信奉"感情深，一口闷""感情浅，喝一点""感情好，喝睡倒""要想事儿办得顺，酒儿必须喝到位"。当场喝得呕吐，美其名曰"现场直播"；喝得走路打偏偏，名曰"信号强"；醉酒后走错路，敲错门，喻为"串台"；"屁股一抬，喝了重来"——把劝酒词说得溜溜顺，把醉酒后的失态形容得恰到好处。

可也有马失前蹄的时候。几年前，我串门到重庆北碚区，朋友开着一家公司，中午宴请我这远方的朋友。或许是表示对我的"重视"，销售科科长、生产科科长、办公室主任一帮官员作陪，那场面让我有点受宠若惊。菜一上桌，酒便开了场，一阵公式化的你敬我迎之后，办公室主任便对我发起了攻势。他看上去身体很棒，年龄至少小我10岁。经不起他的言语激将，我热血冲头，心想，喝了几十年的酒，我怕过谁？好胜心冲昏了我的理智。我提起一瓶绵竹大曲与办公室主任一人一半，30秒不到便喝下了肚，见无事，我又打开一瓶，还是一人一半。瞬间，1斤白酒加先前4人2瓶的"股份"，1斤半高度酒就装进了我的肠胃中。酒劲上来，我头开始发晕，但心头锃亮，暗想，出门在外，摸不清对手深浅，还是悠着点好。在朋友的劝说下，我俩便借梯下台，草草吃了点饭菜便收了场。我想，年轻的主任估计和我差不多，酒应该是喝到位了。

不出我所料，那位主任喝了酒便乘车回家。他坐的是到风景区金刀峡方向的班车，他家距离公司只有10多公里。不承想，上车后，他酒劲上涌，睡意袭来，到了家门口就不晓得下车了。直到班车到了终点，他仍在车上鼾声如雷，在梦里周游世界去了。售票员和司机怎么也叫不醒他，只好摸出他的手机，翻出他妻子的电话，联系之后才晓得他的下车地点。车返回时，其妻早已在那里等候，并找人帮忙，好不容易才把他"请"回了家——10多公里回家路，折腾了4个多小时。后来听说，那位主任在家休息了两三天才到公司来上班。

我也好不到哪里去，甚至于更惨。在朋友的总经理办公室，我神吹鬼擂，说不尽的屁话，现不尽的洋相，下楼梯时要不是销售科科长把我拽住，我早就摔了一跤，变成国宝熊猫了。我不知道当天下午自己是怎么过来的，也不知道自己说了些什么，干了些什么，反正晚上吃饭时，我头还是晕乎乎的，不知所以。半夜酒醒之后，方才明白，我这次"操宝"了，并且操到重庆市去了。真是岁月不饶人哪！也正应了"好汉不提当年勇""久走夜路也会撞见鬼"之说。

几十年的酒坛生涯，虽然豪气冲天，却苦了我的肠胃，害了我的五脏六腑——不是这病，就是那病，肝、胆、胃都有毛病，血脂高、胆固醇高、血压偏高，颈椎、腰椎也出现问题，几乎是药不离口。医生的劝告，自己静心总结，归根结底坏在酒上。

好多朋友劝我，什么都是身外之物，只有身体才是最重要的。此话一点不假。

为此，我只好挥挥手，与酒说声"拜拜"。

好在我对酒并未上瘾，说戒就戒，毫无半点留恋。只不过从今日始，酒坛上就少了我这个叱咤风云的人物了，想来也有点喜剧……

罗田印象

秋后的八月，依然烈日如炽，气温居高不下。然而，当走进重庆万州区罗田镇，却另是一番景象。站在双寨度假村，环顾四周，山峦田畴，遍地金黄，秋风带着凉意送来扑鼻的稻香。古镇老街、古宅老院、茶马古道、小桥流水，到处弥漫着古色古香的文化气息，恰似一幅秀美的山水画卷在眼前徐徐展开。

"探访云中罗田，打开古镇画卷"。这里是中国历史文化名镇，蕴藏着数百年厚重历史文化。从较场坝子到用坪古村落，再到金黄甲大院，我们踟蹰于亭台楼阁间，看庭院深深，品厚重历史，虽年代久远，却兴趣盎然。从而，对罗田镇加强古村落和文物保护的举措翘指点赞。而让人感到吃惊的是所到之处环境十分干净、整洁，无论是公路两旁，或是农家院坝，地上看不到一张纸屑或杂絮，也不见散养的家禽、家畜，户居环境是那么自然而美好。行走在乡村道路上，两旁的树木郁郁葱葱，阳光透过树叶撒落在地上，折射出一些光怪陆离的图案；秋风拂过，树叶沙沙作响，像是在为这宁静的乡村吟唱着一首轻柔的歌谣。清新的空气夹杂着淡淡的稻香在鼻尖萦绕，让人耳目一新，沉醉其中。

在罗田镇，颠覆人们想象的是所到之处看不见一块撂荒地。在这金秋八月的罗田，遍地金黄，即将收获的稻谷在微风中轻轻摇曳，沉甸甸地谷穗压弯了腰，仿佛在向人们展示着丰收的成果；粗壮的玉米棒子，颗粒饱满结实，一棵紧挨着一棵；还有那漫山遍野栽种的烤烟，像一道亮丽的风景，装点着山凹沟壑，胀鼓了乡民的钱袋子。相关数据显示，罗田镇种植了4000亩烤烟，年产量近万担，产值1200余万元，除去税费300万元，余下的900万元全都装进了乡民的腰包。还有80万丛仿野生铁皮石斛以及油桐、水果、蔬菜种植，成了镇域经济增收的亮点。

罗田镇淳朴的民风，更是如同一股清泉，滋润着人们的心田。行走在乡村院落，迎面而来的是一张张真诚纯朴的笑脸，那笑容里没有城市的冷漠与疏离，只有发自内心的热情和友善。在罗田老街，长391米的街道由1623块条石镶嵌而成，这些带着岁月痕迹的古街老巷，不但具有丰富的历史文化价值，还承载着浓浓的乡愁情结。犹如一个风烛残年的老人，在回忆过往中享受着当下日子的香甜。老街房屋建于明清，街侧茶马古道上的似桃源、普济桥和街头的字库塔等文物古迹，以其丰富的文化内涵，彰显着老街悠久的历史。

居住在老街上的一位大妈见到镇党委书记，热情地打着招呼，并告诉他自家房后有棵黄桷树，树丫趴在了房顶上，一遇刮风下雨会影响房屋安全。书记听后，立即摸出手机与分管安全副镇长联系，安排消防队明天到现场处理排危。末了，书记拉着大妈的手说，今后有什么急难愁盼的事，可以告知社区干部或镇上工作人员，我们会尽力帮你解决的。党和政府的温暖让大妈感激涕零，半天说不出一句话来。第二天吃午饭时，书记接了一个电话后告诉我们，影响大妈房顶的树丫已排除了。他说这话时看似轻描淡写，却渗透着深深的为民情怀。

在燕湾院子，我遇到了一位年逾古稀的老人。他坐在屋内的竹凉椅上，手里摇着一把棕叶蒲扇，目光慈祥而平静。我进屋去与他攀谈，老人用略带沙哑的声音讲述着罗田镇的前世今生。他说，这里的人们一直以来都相互帮衬，邻里之间亲如一家。谁家有了困难，大家都会伸出援手共渡难关。这种互帮互助的传统，在岁月的长河中传承下来，成为罗田人民心中最宝贵的财富。在老人眼里，我仿佛不是一个匆匆过客，而是久未归家的亲人。让我深深感受到了罗田人的淳朴与善良。他们没有华丽的言辞，却用最朴实的语言传递着最真挚的情感。

"一草一木暖归燕，一生一世醉美湾""普济入画，桃源似梦""天赐罗盘，云水田园"。在罗田镇，几乎每一个村、社区的古院村落都有这样的语言或诗歌，不仅对仗工整，意境优美，而且寓意深刻，充满诗意，蕴藏着深厚的文化内涵。它们大多就地取材，把这些诗话雕刻在路旁醒目处的石头上或书写于院墙边。一句句暖心的话语，不无让人心生感怀。罗田"以文铸魂，以文兴镇"，一个又一个惠民利民举措不断提升着乡民的幸福指数，他们在每个村、社区都打造了1至2个文化健身广场，让人们在劳动之余享受着幸福安逸的乡村生活。

而夜晚的罗田，却别有一番宁静的美。我们借宿在双寨度假村。天上繁星点点，明月高悬，夜虫鸣唱，夜风带来阵阵清凉，远处的农家院落灯火闪烁。一帮文友饭后相聚凉亭内消夏夜话，笑语欢声不断。尔后借着月色，在空坝内燃起一堆柴火，烤起烧苞谷来。一边赏月一边啃苞谷，其情其景，让人品味到了儿时乡村原始的味觉。夜半入室躺下便酣然入睡，只有偶尔传来几声犬吠，才打破了夜的片刻宁静。

罗田镇，这座隐藏在万州大山深处与湖北利川相连的边陲小镇，一条小溪穿流而过，孕育着山的灵气。它那厚重的历史文化底蕴和淳朴的乡风民俗，深深地打动着我。在这里，时间仿佛放慢了脚步，让我看到了生活的本真，能够静下心来，抛开俗事纷扰，去感受人与自然和谐共生的美好。

"清晨醒来风儿甜，枫香古树斜靠在屋前，水粼粼，绿浪翻，一桥普济溪水间……天赐罗盘，十里香飘万家醉心田……"。当离开罗田镇时，耳畔悠然响起罗田之歌《云水罗田》，歌声飘过罗田的山水，也温暖了我的心田。

战争中的家国情怀

——观看《志愿军：存亡之战》后的感想

　　一把钥匙、一颗水果糖，把李默尹、李想、李晓父子三人串联在一起。父亲李默尹是军委作战参谋，随志愿军总部第一批入朝参战；儿子李想是63军188师一营教导员；女儿李晓长期寄养在外，回到父亲和哥哥身边没几天，一家人刚刚团聚。此时，抗美援朝战争爆发，一个电话，刚回家的李想立即返队，与父亲告别时，李想向父亲询问母亲死亡的原因，父亲说，等你回来了再告诉你。于是父子匆匆别过，奔赴抗美援朝前线。李想走时去与妹妹告别，把一把铜钥匙交给她，叫李晓好好看住家。看着哥哥转身离去的背影，李晓含泪喊着哥哥不要丢下她一个人在家。其场面让人热泪盈眶。这是2024年国庆档电影《志愿军：存亡之战》中的一个场景。

　　影片聚焦抗美援朝战争中松骨峰战役之后的又一次关键战役——铁原阻击战，生动再现了中国人民志愿军第63军2.5万将士，为掩护数十万志愿军安全转移，与近5万"联合国军"展开的一场惊心动魄、生死存亡的较量，其惨烈与悲壮令人震撼。63军的志愿军战士们以血肉之躯筑起钢铁长城，以"人在阵地在"的决心和誓言，顽强地抵御着敌军的猛烈进攻，鏖战12个昼夜，最终成功粉碎了敌人的阴谋，为稳定朝鲜战场局势作出了不可磨灭的贡献。影片中，李默尹作为志愿军总部的一名作战参谋，为摸清"联合国军"的进攻意图，主动前往63军189师前线。临行前，彭总给了他一颗水果糖，说这是国内儿童寄来的慰问品，让他带给李想。殊不知，作为外文翻译的李晓，也主动申请来到了朝鲜，途中路遇归国军工专家吴本正，他们突破美联军的层层封锁来到188师，见到了哥哥李想。后来父子三人在战场上又不期而遇，他们相拥在一起，见面的时间虽然短暂，却感受到特殊时期一家人团聚的喜悦和温馨。临别时，李默尹将水果糖给了儿子，说，这是彭总给你的。此时，李想再次追问母亲死亡的原因，李默尹终于告诉了儿子。原来，20多年前，同为上海地下党成员的李默尹夫妇，在一次任务中被捕，被分别关押在国民党不同的监狱。在敌人实施枪决时，他俩又在同一个刑场，侥幸的是李默尹在敌人的屠刀下生存了下来。他逃过敌人的追捕，将嗷嗷待哺的女儿托付给一个熟识的人抚养，带着儿子又踏上了革命征程。

此时的李默尹之所以把珍藏心中20多年的秘密告诉了儿子，或许是因为他感受到了战争的残酷和无情，他深知与儿子见面的可能性越来越小。李默尹不幸而言中，他带领189师打散了的战士去协助攻打曹川水库守军，战斗中身负重伤摔下山坡后失联；李想在阻击美军进攻时负伤，他将身边的弹药都装上了引爆器。此时的美军包围了上来，63军军长傅崇碧电话中告诉李想，阻击敌军的任务已经完成，无论如何也要把一营带回来。而孤身一人的李想，看了看渐渐围上来的敌人，他回答军长道；"回不来了！"接下来，他启动引爆装置，顿时，巨大的爆炸声响起，冲天的硝烟弥漫着整个战场。

该部影片气势磅礴，演员阵容强大，战争场面宏伟。真实地再现了志愿军战士，无论军用物资如何匮乏、敌人炮火如何强大，他们克服着恶劣的自然环境带来的巨大挑战，凭借着坚定的意志，始终坚守在阵地上，没有丝毫的退缩。这种意志让他们在极度艰难的情况下，依然保持着战斗的决心和信念，成为他们坚持战斗的强大精神动力。志愿军战士们心中怀着对胜利的坚定信念，这种信念让他们在战斗中不畏强敌、不惧困难。他们深知自己的战斗是为了国家的尊严、人民的幸福，为了实现这一目标，他们不惜付出一切代价。这种深深的家国情怀，使他们在面对强大的敌人时，能够勇往直前，不断克服各种困难，最终取得战斗的胜利。

然而，他们所面对的是以美国为首的"联合国军"，他们不但拥有先进的武器装备、强大的空中支援，而且还有充足的后勤物资保障。可我们的志愿军战士们，没有被敌人的强大所吓倒，他们以无畏的勇气，毅然决然地投入战斗。他们克服人力和武器的相对劣势，充分利用地形地物阻击敌人，采取各种创新的战略战术，如钉子战术、稻草人迷惑、地道潜入、近身肉搏、开闸放水等阻挡美军进攻，掩护大部队转移，取得了阻击战的全面胜利，再现了伟大的抗美援朝精神。

该部影片充满浓郁的家国情怀，父子三人入朝参战，一把钥匙、一颗水果糖贯穿全剧。钥匙是家国的象征，一把普通的钥匙，父亲交给儿子，儿子又交给了妹妹；而水果糖则代表着国家和人民情意，从彭总手上交给了李默尹，又转给了儿子李想，最终这颗糖吃进了女儿李晓嘴里。还有在战场上，战士们捧着雨后湿润的泥土，仿佛闻到了家乡的味道，那种激动和喜悦的心情呈现在了他们脸上。影片中一个个小场景，把家国情、父子情、兄妹情、战友情展现得淋漓尽致。

当然，影片描绘的只是抗美援朝战争第5次战役铁原阻击战的部分战斗场面。63军188师顶住美联军步兵、坦克、空军的协同作战，1小时4500吨炮弹的轮番轰炸，他们与敌人斗智斗勇，顽强地阻击敌人进攻，掩护几十万主力部队安全转移。影片中的归国军工专家吴本正和警卫员张孝恒、在松骨峰受伤患有战争失忆症的副连长孙醒，以及在松骨峰战役中为逃生而没有炸毁敌坦克而心怀愧疚并在牺牲前向孙醒坦白的杨三多，他们是抗美援朝战场上几十万志愿军战士的缩影。

"家是最小国，国是最大家"。走出电影院，我的心情久久难以平静，影片中的战争场景在我脑海里翻腾，让我对家国情怀有了更深层次的理解。

（2024年10月23日《达州晚报》副刊刊发）

从"诚信"说开去

诚信是一个道德范畴，是公民的第二个"身份证"，是日常行为的诚实和正式交流的信用的统称。泛指待人处事真诚、老实、讲信用，一诺千金等。但一般主要是指两个方面：一是指为人处世诚实，尊重事实，实事求是；二是指信守承诺。

然而，在我们的日常生活中，有的人视诚信如虚无，常在口中念，说一套，做一套。关系到自身利益时，便弃诚信而不顾，做出一些损人利己之事，既伤害了别人，也败坏了社会公德。

朋友老刘的女儿，在省城成都周边的一个地级市工作。上月中旬一个周末的中午，老刘的儿子、儿媳、女儿、女婿一大家子在旌湖公园旁的土巴碗火锅庭院聚餐。席间，老刘去柜台结了账，啤酒、饮料加菜品总共花了568元。其女婿说，中午的菜品要打七八折，这是该店在市广播电视台"全媒体"平台发布的消息。

老刘到柜台前询问此事，结账的服务员说不知道此事，老板没告诉员工打折一事。其女婿来到柜台前，翻出该店在"全媒体"平台上发布的消息让服务员验证，消息中称："中午菜品七八折；晚上9：00—11：00，菜品七八折；折后满百再返20元代金券。活动时间：8月10日至31日。"结账的服务员又辩称，打折优惠是针对办了会员卡的客人。可发布的消息上并没有指明只限于会员优惠打折。叫其经理出来解释，该服务员却以经理下班回家为搪塞，想把打折一事蒙混过去。

最后，老刘一方只得使出"杀手锏"——如果这件事处理不好，就给市工商质监局电话投诉。没法，服务员只好拨通了老板的电话。老板一番道歉之后，立即责成大堂经理处理好此事。大堂经理拿出菜单，除去酒水外，菜品按七八折计价，退返了85元，此事才算了结。仅当天中午，该火锅店就有10多桌客人吃饭，除老刘这桌维权后打了折之外，其他吃饭的客人都被蒙在鼓里。因为他们没有看见发布的消息，不知道中午菜品打折一事，就被店家悄悄咪咪地割了"闷鸡"。

商家在公众媒体发消息、打广告，目的是招揽顾客，增加人气，让店里的生意红红火火。空口无凭，立字有据，怎么说的，就该怎么去做，这就是人们常说的"说了的话要算数"，得讲信用。诚信是人的道德观念基本原则，只有重视信誉的人才会获得别人的尊重和认可。一个小孩从牙牙学语开始，父母都会教导他们做一个诚实守信的人。我相信"狼来了"的故事大家都听说过，不诚实所带来的后果是悲哀、凄凉的。

古话说"人无信不立，业无信不兴"。如果一个人没了诚信，就会变得更加自私、阴暗和贪婪，为达目的不择手段。使朋友关系离散，亲人关系淡漠，整个世界也将由此变得浑浊不堪。这有如前些年泛滥成灾的"传销业"一样，全都是熟人连熟人，亲戚连亲戚，想方设法拉你做下线，一个骗一个——一切都是为了自己的利益，到头来亲戚、朋友关系反目。试想，一个人三番两次地欺骗你，就算有一次说了真话，你还会相信那是真话吗？

在生意场上，诚信是商家的立足之本。但也有一些商人为了利益，不讲诚信，不讲良心。他们为了蝇头小利，不顾别人的死活，于是就有了地沟油、毒奶粉、假疫苗等事件发生。一句话，只要对自己有好处，他们便把"诚信"二字抛之脑后，昧着良心的事他们也要干。他们伤害了别人，也伤害了自己，最终也会为此付出惨痛的代价。如果连基本的诚信都不讲，社会又何来真诚、真信可言？！

可以这样说，社会就像一棵大树，历经风雨，依旧挺拔；而诚信就像大树根基的养分，有了养分，大树根基才会扎得更深，才会生长得更加健康茂盛。让我们以诚信维护社会的清平和公正，在社会这个大家庭里，快乐幸福地沐浴大好时光。

　　因此，我们要树立诚信的理念，做事待人要真诚，任何情况下都要诚实守信，不能因为自己的利益去欺骗他人。人与人相处是建立在相互信任、相互尊重的基础上的，我们不能打破这个为人处世的基本规则，否则，你将会寸步难行，不能在社会上立足。

　　战国时期的改革家商鞅，为了取信于民，推动变法，安排人在都城的一个城门前，放了一根高三丈的木柱，并到处张贴告示：谁能把城门前那根木头搬走，官府就赏他五十金。人们半信半疑，认为天上不会有掉馅儿饼的事发生。但有一个年轻力壮、膀大腰圆的小伙子说："让我试试看吧！"他来到城门前，把那根木头搬走了。商鞅听到这一消息，马上下令赏给那人五十金。此事不胫而走，赢得了民众的广泛认同，推动了秦国变法求新策略的实施。

　　这个故事告诉我们，承诺了的事就要"言必行，行必果"。无论是为官、为民、为商，都要以诚信为根本，做到"君子一言，驷马难追"。说了的事就要做到，做不到的事就不要说，以免失信于人。假如骗取了别人一时的信任，久而久之会形成适得其反的后果，其结局是害人又害己。

　　我们每一个人都应以诚信为本，与那些不诚信的行为针锋相对，使其没了生长繁殖的温床，让诚信永远扎根在人们心中，用诚信推动社会向前发展。

　　若如此，乃民之所幸，国之所幸矣！

（2020年8月4日《达州晚报》副刊刊发）

三汇血旺豆腐汤

黑红的猪血旺，雪白的豆腐块，红红的海椒面，几粒姜末葱蒜，少许花椒末，吃起来麻辣味十足，让你通身冒汗。这就是地道的三汇血旺豆腐汤——一道早已淡出人们视线的普通小吃，却在我的脑海中记忆深刻。

我不是三汇人，但同饮一江水，家住邻近的东安乡。因为相距只有十多公里，自然成为我们那一带人的油盐场。打我记事时起，隔三岔五地去赶场，踟蹰于三汇镇的大街小巷，什么劳动街、大井街、英明街、汇园、寨上、沙湾河边、石盘上、向阳门、川主庙、哑巴市场、杨家花园等街道码头几乎玩了个遍。三汇的盐锅盔、凉粉、凉面、油果子、心肺汤圆、羊肉蒸笼以及其他小吃，前前后后我都品尝过。

20世纪70年代后期，我才十二三岁，对外面的世界知之甚少，三汇镇在我的眼里是那样高大、完美，感觉什么都有，啥事都新鲜，去赶场玩耍简直是一种渴望和享受。那时是七天一场，所有场镇都是逢星期天当场，三汇镇便成了我儿时光顾的好去处。有时是奉父母之命去采买家中日常生活用品，有时是背着父母偷偷摸摸地去。

早起，趁父母外出干活的时候，揣好平常替家里称盐打油落的"角子"钱，尾随生产队的其他人步行5公里到邱家渡码头，交1分钱的过河钱过渠江，下船后再步行十来公里小路，过枣树丫口、白塔石挢，然后穿行劳动街，过电影院，到三汇镇中心。

每到冬季，在去向阳门前50米处左边有一条宽阔的巷子（此地多年前已变为百货大楼了），巷子里有一个小食摊，专卖血旺豆腐汤。巷道内摆放着几张小桌，一对老年夫妇招呼应酬着客人。一口大铁锅冒着热气，满锅的血旺豆腐汤翻滚，飘溢着诱人的香味，勾引着路人胃里的馋虫。只要付上1角钱，一碗热气腾腾的血旺豆腐汤就端上了桌。用筷子轻轻将佐料搅匀后，夹起一块送进嘴里，香、麻、辣味俱全，豆腐嫩滑爽口，血旺香中带酸。一碗血旺豆腐汤下肚，让你清鼻涕直流，头发根根冒汗，周身血液沸腾，热气上升，刚刚还是冷气飕飕的感觉早已荡然无存。

吃完血旺豆腐汤，用手抹抹嘴离开巷子（那时可没有餐巾纸，讲究点的人兜里揣着一张对角帕，一用就是几天，其实并不卫生），然后到大街上去，把该办的正事办了，比如帮别人代买火柴、买针线、称盐、打煤油等。要不就是往书摊上一坐，看几本画本，或去逛一逛新华书店，在玻璃橱柜前，看着一本本漂亮的小人儿书，最终也只能恋恋不舍地怅然离去，因为囊中羞涩，想买又掏不出钱来——虽然一本小人儿书只要1角多钱。要不就是去看川戏，1角钱可看一上午。那时物质生活和精神生活十分贫乏，能看上一场川戏，也算是一种享受了，加之三汇川戏在川东也算一绝，难怪那么吸引人。后来，年岁稍长，就去电影院看电影。改革开放后，有了录像厅，那里也成了我时常滞留的地方。

也许，血旺豆腐汤是20世纪生活困难时期的一种产物，但无论如何，只要冬季赶场去三汇，我上街的第一件事就是去吃血旺豆腐汤。这种习惯一直延续了好多年。

后来，不知是哪一年哪一天，当在三汇镇那条巷子里，不见了冒着热气的大铁锅和香气四溢的血旺豆腐汤时，一种失落感陡然而生，感觉吃什么都没了食欲。

这或许就是三汇血旺豆腐汤的魅力所在吧！

（2022年12月22日《达州晚报》副刊刊发）

后 记

　　人过中年，思绪发生逆转，曾经的往事如同电影一般，在眼前起伏闪现，让我不由自主地拿起笔把它记录下来。当这部文集即将付梓之际，我的内心充盈着复杂而深沉的情感。这不仅仅是一部文字的集合，更是我灵魂深处对家乡的倾诉与怀恋。那一个个章节如同岁月的琴弦，拨动着我内心最柔软的部位，奏响了一曲曲关于家乡的深情乐章。

　　"亲情友情"是我这部文集的开篇之章，也是我生命中最温暖的底色。在这片广袤的土地上，亲情如同一座巍峨的山脉，坚定而深沉地守护着我的成长。小时候，父母辛勤劳作的身影是我眼中最美的风景，他们用粗糙的双手为我编织出一个温馨的家。每一次生病时母亲的悉心照料，每一次遇到困难时父亲的坚定眼神，都如同冬日里的阳光，温暖着我的心房。而兄弟姐妹间的打闹与欢笑，更是我成长路上最珍贵的陪伴。我们一起在田野里追逐蝴蝶、蜻蜓，一起在夏夜的星空下捕捉萤火虫。那些纯真无邪的时光，如今已成为我心中弥足珍贵的宝藏。

　　友情则如同一束束璀璨的烟火，在生命的夜空中绽放出绚烂的光芒。那些与儿时伙伴们一起玩耍的日子，充满了无忧无虑的欢笑。我们在小河边捉鱼摸虾，在山坡上放风筝，每一个瞬间都定格成了永恒的画面。长大后，即使身处异地，那份真挚的友情依然紧紧相连。每当在电话中听到熟悉的声音，那份亲切与关怀便瞬间穿越时空，让我感受到友情的力量。还有不期而遇的爱情，却总是让我念念不忘。当亲情、友情、爱情交织在一起，便构成了我生命中最坚实的依靠，无论我身在何方，都能找到回家的方向。

"一方风物"是故乡独特的魅力所在。家乡的山川河流、田野村庄，都仿佛是大自然精心绘制的画卷。那连绵起伏的山峦，宛如巨龙蜿蜒伸展，守护着这片土地的宁静与祥和。那潺潺流淌的小溪，清澈见底，水中的鱼儿欢快地游弋，仿佛在诉说着岁月的故事。春天，漫山遍野的花儿竞相绽放，五彩斑斓，如同一幅绚丽的画卷；夏天，稻田里的蛙声此起彼伏，奏响了一曲曲丰收的赞歌；秋天，金黄的麦浪随风翻滚，带来了收获的喜悦；冬天，皑皑白雪覆盖着大地，银装素裹，宛如一个童话世界。每一处风景都承载着家乡人民的辛勤汗水和对美好生活的向往，它们是我心中永恒的眷恋。

"田园故土"是我灵魂的栖息地。那片熟悉的土地，见证了我的成长，也承载了我太多的回忆。小时候，我在田间地头奔跑嬉戏，感受着泥土的芬芳和阳光的温暖。农舍烟囱里升起的袅袅炊烟，是家的呼唤，也是我心灵的归宿。田地里的每一株庄稼、每一棵树，都像是我的亲密伙伴。我曾亲手种下一颗颗种子，看着它们破土而出，茁壮成长，那种喜悦和成就感至今难以忘怀。家乡的一草一木、一砖一瓦，都深深烙印在我的心中，成为我生命中不可磨灭的印记。

"乡村趣闻"是家乡生活中的调味剂，为平淡的日子增添了无尽的快乐。还记得夏日夜晚，大家围坐在一起，听老人们讲述那些古老而神秘的传说，让我们对未知的世界充满了好奇和想象。孩子们则热衷于各种游戏——捉迷藏、跳皮筋、弹玻璃球……每一个游戏都充满了竞争与合作的乐趣。乡场集市热闹非凡，吆喝声、讨价还价声交织在一起，构成了一首独特的交响曲。那些有趣的场景和瞬间，如今回想起来，依然让我忍俊不禁，它们是乡村生活中最生动的写照。

"陈年旧事"犹如岁月的窖藏老酒，越品越有味。那些曾经发生在家乡的故事，承载着先辈们的智慧和勇气，也见证了时代的变迁。听长辈们讲述过去的艰辛岁月，让我更加珍惜今天来之不易的幸福生活。村里的老房子、古老的山寨、传统的乡村匠人手艺，都蕴含着深厚的历史文化底蕴。它们是家乡的根和魂，是我们与过去连接的纽带。通过这些旧事，我看到了家乡人民的坚韧与勤劳，也感受到了传统文化的魅力和价值。

"他乡逸事"则是我在漂泊旅程中的见闻与感悟。离开故乡，踏上远方的土地，我看到了不同的风景，体验了不同的文化。在他乡的日子里，我结识了许多新朋友，听到了许多新故事。每一次的相遇和交流，都让我开阔了视野，增长了见识。他乡的繁华与喧嚣，与家乡的宁静与淳朴形成了鲜明的对比，让我更加深刻地体会到了家乡的独特之处。然而，无论身处何方，家乡始终是我心中的归宿，是我永远的精神家园。

在创作这部文集的过程中，我常常沉浸在对家乡的回忆中，那些美好的瞬间如同一幅幅生动的画面在我眼前不断浮现。每一个章节都是我对家乡情感的一次梳理和表达，每一篇文章都是我心灵深处的真情流露。我希望通过这些文字，能够让更多的人了解家乡的美丽与魅力，感受到那份深深的思乡情结。

同时，我也要感谢在创作过程中给予我支持和帮助的家人、朋友和老师们。是他们的鼓励和指导，让我有了坚持下去的动力；是他们的陪伴和倾听，让我在创作的道路上不再孤单。

"羁鸟恋旧林，池鱼思故渊。"乡愁是一种永恒的情感，它不会随着时间的流逝而褪色，反而会在岁月的沉淀中越发香醇。《烟火里的乡愁》是我对故乡的深情告白，也是我对那段美好时光的致敬。愿这本书能够成为一座桥梁，连接起故乡与远方，让每一颗漂泊的心灵都能找到归宿，去感受故乡的温暖和力量。

2024年7月20日写于陋室